GOTO MEISEI

後藤明生の夢

朝鮮引揚者(エグザイル)の〈方法〉

東條慎生 Tojo Shinsei

幻戯書房

エグザイルたちは、エグザイルでない者たちを憤りの眼差しで見つめる。彼らは、彼らの環境にどっぷりつかっているとエグザイルたちは感じてしまう。一方エグザイルたちは、つねに場違いなのだ。どんな気持ちだろう、ある場所に生まれ、そこにとどまり、そこに暮らし、ほぼ永久に、その場の一部と化すことは。

エドワード・W・サイード「故国喪失についての省察」（大橋洋一訳）

どうせ私は殖民地生れ
混血児なんだ、
お気にさはつたら
御免なさい、
理解できなかつたら
勝手にしやがれ、
私は人生の雑種として
節操がない

小熊秀雄「人生の雑種として」

目次

第二部　失われた朝鮮の父――〈中期〉

第三部　混血＝分裂の近代日本――〈後期〉

装画　Adobe Stock／装丁　幻戯書房

後藤明生の夢

朝鮮引揚者（エグザイル）の方法

本文中、引用文の後の頁数は、巻末の「引用・参照文献」に掲げた媒体におけるものを示しています。

序章　私という喜劇

——後藤明生の「小説」

後藤明生という作家がいる。一九六〇年代に登場した阿部昭、黒井千次、坂上弘、古井由吉などとともに「内向の世代」と呼ばれた一人だけれども、芥川賞候補には何度か挙げられながら受賞はせず、ある時期までは新刊で入手できるのが一、二冊だけだったという、いわばマイナーな作家だ。没後二十年を数えた現在、それでもここで後藤明生を論じようとするのは、この作家の書き残したものにはいまだ新鮮な方法意識と、いまだ汲み取られていないものがあるからだ。

後藤明生は日本の現代文学において、小説とは何かというジャンル論、方法論をもっとも精力的に考えた作家の一人だろう。いわく、「笑い」、「楕円」、「喜劇」、「超ジャンル」、「混血＝分裂」、「千円札文学論」等々、さまざまなキーワードで語られるその論考は、明快かつ原理的で、その実践とも言える奇妙な小説ともども、初めて読んだ当時大学生だった筆者の小説観をほとんど一変させるものだった。

後藤明生は、一般的に想定される小説のスタイルをどこまでも外していくことで、逆説的に小説とは何かを問い返しつつ、そのズレ、脱線、飛躍、パロディの語りという「笑い」によって世界と自己のあり方を問い直していった。そして日本近代文学の果敢な読み直しとともに、朝鮮引揚者としての目から土地、都市、日本を読み直してきた。「私」を、「小説」を、「日本文学」を、そして「日本」を考えるとき、後藤明生の視点は今なおインパクトを与える。

後藤明生の思考においてことに重要なモチーフに「喜劇」がある。「私が相手を笑うことができるのならば、相手も私を笑うことができる」という自己と他者の関係の相対性を意味し、「神」という絶対者がいない世界ではそれぞれの存在は対等に置かれるほかない、という近代世界の構造をも指している。後藤にとっての「笑い」とは、ユーモアを指すのではなく、世界のありようを把握し表現する方法のことだ。一つの中心をもつ円ではなく、「二つの中心」をもつ楕円を世界把握の原理とする後藤の「楕円」も、ここから出てくる（数学的に正しくいえば楕円は二つの「焦点」からなるけれども本書では後藤の用法に倣う）。後藤の「関係」や「笑い地獄」といった小説はその実践だった。そして近代小説の祖と呼ばれる『ドン・キホーテ』について、小説とはセルバンテス以来、この世界の喜劇性をこそ表現したジャンルだとする後藤の小説観には、筆者も大きな影響を受けた。

この認識論と同時に、きわめて具体的な小説論として重要なのが、「千円札文学論」だ。文学、ことに小説と呼ばれるものは、ある天才の個性と才能によって書かれ、人間の内面や思想を深く掘り下げるものであり、またそうあるべきだ――という考えは、現在も一般的に根強いだろう。しかし作品の創造性を、作家独自の発想と霊感による「オリジナル」に由来するものとみなす観念は、作家の独創性を必要以上に強調する結果を生む。

後藤はこの発想を徹底して批判する。たとえば大学で創作をしたいという学生に対して、「何故、小説を書くのか?」と後藤は問う。

するとは学生は一瞬、ケゲンな顔をします。つまり自分は小説を書きたいから書くのだ、ということなのです。自分の感覚、想像力、衝動を小説に書きたいから書くのだ、ということなのです。それ以上の理由は不要ではないか。それはよくわかる。体験、アイデア、メッセージを表現したい衝動、欲求はよくわかります。ただ、そこで訊ねたいのは、では何故それを小説として書きたいのか、ということです。何故、小説というジャンルを選ぶのか、ということです。他の形式、ジャンルではなくて、どうしても小説でなければならない、というその理由ですが、私の結論はこうです。すなわち、なぜ小説を書くか? それは小説を読んだからである。これが私の小説論の第一原理です。(「小説の快楽」『小説の快楽』二二二頁)

旧千円札には夏目漱石の肖像が描かれていたけれども、いかに文豪といえども表だけでは贋札にすぎない、読むことと書くことの表裏が一体になってこそ文学だ、という「千円札文学論」を主張した一節だ。小説を書くのは、小説を読んだからだ――という理屈は、あまりに身も蓋もない。しかし先行する作品を読み、そこから方法を受け取り、なにがしかの形で変形させて小説はつねに書かれる、とする「模倣=批評」という後藤流の小説論は、この考えを基盤にしている。優れた作品は天才による突出した独創性によって書かれるのではなく、つねに先行する作品を意識したなかから生まれる、という連続性を強調するわけだ。

そしてじっさい、後藤の小説、特に八〇年代以後のものは、具体的に様々なテクスト――文学や歴史に限らないさまざまな文章を読み込む過程がそのまま小説となった特異な形式を持っている。ドストエフスキーからゴーゴリ、カフカのみならず、生き返った永井荷風「本人」を相手に原稿用紙にして千七百枚をこえる大著のおよそ半分を費やして荷風論を戦わせる異色作『壁の中』をはじめ、住み始めた土地を歩き回り、そこにまつわる歴史や文学作品をたどるテクスト散策が展開される『首塚の上のアドバルーン』や『しんとく問答』などを代表とする後期作品は、この「読むことで書かれる小説」という理論の堂々たる実作だ。

後藤明生の小説は、実験的で難解なものだと思われただろうか？　確かに後藤は「日本のヌーヴォー・ロマン」と呼ばれることもあるものの、文章自体はきわめて平明で簡潔、非常に読みやすい。ところが難解なところなどないのに、作品としてはきわめて不可解。この笑うしかないような奇妙さが後藤明生の面白さだ。おそらく多くの人は、後藤明生の小説を読んで、「これははたして小説なのか」と思うことだろう。しかし「これこそが小説だ」というのが後藤の返答だ。このような小説を通して、「文学」への先入観を徹底して突き崩していく笑いが、後藤の真骨頂なのだ。

そしてこの、小説は常にある別の作品を参照し、取り込んで変形していくという原理を文学史にまで広げ、日本近代文学もまた西洋文学を模倣し批評しながら書かれてきたとする、「混血＝分裂」の様相における読み換えの作業が、八〇年代以後の大きなテーマとなっていった。

小説とは何か、という問いは「喜劇としての世界」という大きな問題と同時に「私とは何か」を問うものでもある。後藤明生は「楕円」から「混血＝分裂」にいたる小説理論を通してこのことを小説において語ってきた。書くことにおいて読むことが重要なのは、読むという行為がつねに他者の言葉を取り込むことで自分を「混血＝分裂」させていく営為だからだ。そして読むことと書くことの表裏一体によって文学が成立するという考えの核心には、読み、書く主体たる「私」がある。「私」があるテクストを読み、自身の内に取り込むことで、それまでつくられてきた経験からテクストを解釈し、あるいはテクストによって生まれた新たな認識が私のなかにかたちづくられる。この私と他者の言葉の混血、それこそが新たなテクストの誕生を促す。この時、それを読む「私」も、既にそれ以前から「混血」を経てきた存在だということが含意されている。「私」とはそれまで読み聞きしてきた膨大な他者の言葉によって作られた存在にほかならない。そもそも言語自体が他人の言葉の模倣によって習得するほかない以上、この混血性は根源的なものだといえる。

　後藤明生の代表作として衆目の一致する長篇『挾み撃ち』は、この「私」と「世界」の交差するポイントにおいて書かれている。そしてこの長篇の最深部にこそ、朝鮮引揚者としての体験が存在している。朝鮮や引揚げの経験は、デビュー作から晩年にいたるまで後藤のテクストの至るところに書き込まれており、後藤を理解するには無視できないだけではなく、八〇年前後で大きくその姿を変える作家的変遷をたどる上でも重要な意味がある。

　面白くも謎めいて不可思議な後藤明生の小説に、「引揚げ」という軸を通すことで見えてくるものがある。現在、著作権継承者自身が立ち上げたアーリーバード・ブックスによる電子書籍選集の刊行、国書刊行会の『後藤明生コレクション』全五巻、また、つかだま書房によって対談・座談集をはじめ、『壁の中』『引揚小説三部作』や『笑いの方法』『小説は何処から来たか』など重要な作品が復刊され、著作の入手が没後の一時期に比べかなり容易になったけれども、いまだに後藤明生の全体像を俯瞰した論考はない。本書は、後藤明生案内ともなるよう主要な作品をたどりつつ、「引揚げ」という観点からその全体像を明らかにすることを目指している。

後藤は笑いのうちに自身の分裂、世界の「とつぜん」さを肯定する。それでいながら、私を、文学を、日本人を、日本を、純粋な一個の確たる存在だとする固定観念に対し、その混血性・分裂性を探り出し、再構築していく。絶対性のなかに相対性を見いだしていくこの営為をこそ「笑い」と呼ぶのではないか。後藤明生を読むということは、小説を、文学を、日本を新たな目で見直しながら、朝鮮と日本の関係、私と他者との言葉の関係を探り直し、位置づけ直す営為ともなる。この普遍的な原理において後藤明生はつねに読まれ、読み直される存在であり続けるはずだ。

第一部『挟み撃ち』の夢――〈初期〉

第一章　「異邦人」の帰還

——初期短篇1

日本ポストコロニアル文学の裏面

一九四五年の敗戦によって大日本帝国は瓦解し、いくつもの植民地は「日本」ではなくなった。何百万という外地の日本人は、突如「外国」となった旧日本領から、追われるようにして「日本」へと引揚げ始める。朝鮮は永興（現在の朝鮮民主主義人民共和国咸鏡南道金野郡）で商店を営んでいたある歩兵中尉は、家族を連れて日本を目指していたさなかに亡くなり、その母親も一週間後に後を追い、二人は朝鮮の山中に葬られた。埋葬に同行した「無名中尉の息子」明正少年——後の後藤明生はそのころ中学生、十三歳だった。朝鮮で生まれ育った彼はそして、それまで暮らしたことのなかった「日本」に「帰還」した。

第二次大戦後の引揚者は軍民あわせておよそ六百五十万人以上と推測され、なかでも朝鮮からの引揚者は約九十万人おり（若槻泰雄『新版　戦後引揚げの記録』巻頭図「海外引揚者の地域別分布」注釈および、「第十四表　年次別・地域別引揚者総数（軍人、一般邦人）」二五二〜二五三頁）、後藤明生もこのうちの一人だ。この体験については後藤自身が「朝鮮経験者」としてさまざまな場所で語っており、小説の多くがこの体験と関係がある。

後藤明生といえば、引用やパロディを駆使し、ゴーゴリ論『笑いの方法』があるとおり「喜劇」や「笑い」、その方法論の重要性を繰り返し強調する、自他共に認める「方法」の小説家だ。そしてすでに蓮實重彦、渡部直己、芳川泰久らの批評家によって、『挾み撃ち』（七三年）や初期作品については細密な検討がなされてきた。ことに蓮實重彦による「『挾み撃ち』――または模倣の創意」（初出七五年、『文学批判序説』所収）は後藤明生評価を決定づけた重要な文章で、いまに至るもその影響は大きい。渡部直己『かくも繊細なる横暴』（二〇〇三年）や、芳川泰久『書くことの戦場』（二〇〇四年）といった後藤没後の評論も重要な仕事だ。しかし、こうした議論からは、彼の小説における朝鮮からの引揚げ体験の持つ意味が取り落とされてしまっている。

作家専業になる前、後藤は平凡出版（現マガジンハウス）の編集者を勤めており、五木寛之『青年は荒野をめざす』の担当でもあった（ちなみに、この作の題字を書いたのは伊丹一三、のちの伊丹十三だ。五木寛之「原稿用紙に歴史あり」朝日新聞、二〇〇四年十二月六日朝刊）。五木は後藤と同じく朝鮮引揚げ組で、カミュの『異邦人』について次のように書いている。

アルジェリアの風土に対するカミュの入り組んだ感情が、私にはよくわかるような気がする。〈異邦人〉とは、単に観念上の問題ではなく、アルジェリアに生まれ育ったフランス人植民――

者が、国籍上の祖国に対する違和感と、生まれ育った風土の土地からは拒絶されているという、宙ぶらりんの人間、引揚者としてのカミュの立場そのものではないか。（五木寛之「長い旅への始まり——外地引揚者の発想」『深夜の自画像』三八頁）

これこそまさに後藤明生も共有した感覚だろう。ひとくちに引揚者といっても、本国での記憶がある植民一世と、植民地を故郷として生まれ育った二世以下では感覚が大きく違う。ことに、三十八度線以北の永興郡を故郷とする後藤明生は、韓国を訪ねることはできても、北朝鮮となった故郷の土を踏むことは二度とできなかった。彼は〈異邦人〉として日本に帰国するほかなく、故国に帰りついて故郷を失った。その故郷喪失者（エグザイル）としてのあり方は、「在日日本人」とでも言うべき奇妙な立ち位置といえる。

一九七八年のエドワード・W・サイード『オリエンタリズム』を始点として、植民地支配とその影響を対象とするポストコロニアリズム研究が活発になり、『オリエンタリズム』が邦訳された八〇年代後半以後、日本でも文学と植民地の関係は重要な論点となった。

前掲の五木の一文を引用しつつ「外地引揚派」作家小林勝の文学を考察し、それを「世界植民者文学」へと接続しようとする原佑介は、在日朝鮮人文学を日本のポストコロニアル文学として論じる試みはすでになされているのに対し、そもそも引揚げという体験が歴史的記憶として広く共有されていないことや、[*1]支配者側の葛藤を論じることへの「倫理的抑制」がなされた結果か、「外地引揚派」の文学について未だ研究が進んでいないと指摘している。カミュ『異邦人』の読解を実存主義文学から植民地主義文学へ転換させたというサイードの議論（「カミュとフランス帝国体験」『文化と帝国主義I』）においても「植民者の苦悩への想像力を許容しない苛烈さ」があるとしつつ、[*2] しかし、と原は以下のように主張する。

> 在日朝鮮人文学が、植民地支配を受けた側のポストコロニアル文学の日本における代表的事例であるとすれば、当然「外地引揚派」の文学はその裏面を成すものであり、植民地暴力を行使した側のポストコロニアル文学の一支派として、きわめて重要な文学史的意義を持つはずである。（原佑介「「引揚者」文学から世界植民者文学へ——小林勝、アルベール・カミュ、植民地喪失——」「立命館言語文化研究」二十四巻四号、二〇一三年二月、一四四頁）

後藤明生の植民地体験において重要なのは、植民地の支配者側として生まれ育った者が、引揚げという過酷な体験を通して加害者と被害者の両面を抱え込むことにより、どちらの立場からも離れた宙吊りの位置に置かれてしまったことにある。このあいまいさこそ「引揚者の文学」が、在日朝鮮人文学のように一つのカテゴリとして注目されることの少なかった原因でもあるだろう。

後藤明生については近年、植民地朝鮮での体験に着目したポストコロニアルな観点による研究が進められている。西成彦（にしまさひこ）は朝鮮を描いた後藤の七〇年代の諸作を論じ、また朴裕河（パクユハ）は外地から引揚げた作家による「引揚げ文学」という枠組みがこれまでほとんど注目されてこなかったとして再評価を訴え、後藤明生の『夢かたり』を集中的に論じはじめている（西成彦「後藤明生の〈朝鮮〉」『韓流百年の日本語文学』二〇〇九年。朴裕河『引揚げ文学論序説』二〇一六年)。二人がともに参加した学術誌「立命館言語文化研究」での「比較植民地文学研究の基盤整備(1)「引揚者」の文学」と題された特集は、アルベール・カミュやジーン・リース他ヨーロッパの事例とも比較検討しながら、世界的な視点に繋げる形で小林勝、森崎和江らを論じたものとなっている。朴裕河がここで発表した論文を改稿収録した伊豫谷登士翁・平田由美編『「帰郷」の物語/「移動」の語り 戦後日本におけるポストコロニアルの想像力』(二〇一四年)も、引揚げ体験に着目した議論として重要だ。[*3]

植民地出身作家ということでいえば、英国領上海で育ち日本軍の捕虜収容所で三年を過ごした後、はじめて祖国に帰ったというJ・G・バラードもまた引揚げ作家だ。バラードは戦後イギリスでニューウェーブSFというSFの革新運動を牽引し、のちに車の衝突に性的興奮を覚える人間を描く『クラッシュ』など人間とテクノロジーの関係を描いた挑発的な作品でも知られる。評論家の渡邊利道はバラードを論じつつ、カミュのほか、クロード・シモン、アラン・ロブ=グリエ、マルグリット・デュラスといったヌーヴォー・ロマンや、安部公房などの植民地体験を経た戦後文学者を「みな戦争や植民地での体験によって古典的な人間性に強い懐疑を抱き、十九世紀風のオーソドックスな小説技法に積極的に揺さぶりをかけ続けた作家たちである」(「解説」『ハイ=ライズ』二六七頁)と指摘している。ニューウェーブやヌーヴォー・ロマン、そして後藤明生といった戦後文学の方法的革新が、近代帝国主義の破綻としての植民地体験から生まれたという仮説は興味深い。余談ながらもう一点付け加えれば、カミュと同じくフランス領アルジェリアからの引揚者には、後藤の二歳年上になる哲学者ジャック・デリダがいる。

朴裕河は朝鮮の回想を主な題材とする『夢かたり』を中心的に扱っているけれども、後藤明生にとっての朝鮮を問うならば、『挾み撃ち』に至る〈初期〉の検討を欠かすことはできない。初期後藤明生とは、本書での区分で一九五〇、六〇年代のデビューから初の書き下ろし長篇『挾み撃ち』を発表する七三年頃までの時期を指す。中期はその後『夢かたり』をはじめとする引揚小説三部作を経て七九年までの朝鮮や故郷が重要なテーマとなる時期を、後期はおおよそ八〇年代以後の『吉野大夫』や『壁の中』、『首塚の上のアドバルーン』などの土地と歴史や日本近代文学史をテーマにするとりわけ実験的な時期を指している。それぞれの区分が本書の三部構成におおむね対応している。

本書で扱うのは、引揚げ体験そのものというより、引揚げに伴う一連の故郷喪失体験をもった書き手が、戦後どのように小説を書いたかという点にある。前掲の五木寛之の一文にこうあるように。

> つまり、引揚げを素材とした作品をなにひとつ書かぬとしても、それ以外のすべての作品は、いやおうなしにその体験を内在化していると私は思っている。たとえ、ユーモア小説やドタバタ劇を書いてもである。(『深夜の自画像』四一頁)

「赤と黒の記憶」の喪失感

一九五五年十一月、早稲田大学在学中だった後藤明生のデビュー作「赤と黒の記憶」が第四回学生小説コンクール入選佳作として「文藝」に掲載された。川端康成、丹羽文雄、青野季吉、佐多稲子、臼井吉見らによる選考会では、川端が候補作中第一位の評価を与えているのが目に留まる。高校生、大学生を対象に半年ごとに行われていたこの文学賞では他に、第三回（五五年五月）で「優しい人たち」が佳作、第五回（五六年五月）で「火葬のあと」が選外佳作となった大江健三郎がいる。後藤の三歳年下の大江は翌五七年に「奇妙な仕事」が平野謙に賞賛されデビューを果たす。またこの五五年には後藤と同年生まれの石原慎太郎が「太陽の季節」で大きく話題となった。同世代の若者が華々しく登場するなか、後藤はこの一作だけを残して数年のブランクを置くことになる。「赤と黒の記憶」は後藤の商業誌における第一作であるにもかかわらず、あまり注目されていない。しかし、朝鮮体験という観点からすると、このデビュー作はやはり重要だ。冒頭部分は次のようになっている。

中学一年に入学する時、ぼくは既に、五人の親しい者の死を体験していた。実際、それは少々多過ぎた。その事は、ぼくの少年時代とも言うべき一時期を、謂わば不連続的な苦痛の感覚として、絶えず底流したものだった。

しかし、苦痛から一時的にも逃れることを得た時に屢々人を捉える、あの、もう一度それを再現して見度いと言う慾望は、極めて一般的なものであろう。若しかしたら、ぼく達が怖れ、忌避するのは、決して苦痛そのものではなく、苦痛の中に、永久に自己を見失うことなのだ、といえるのではないだろうか。（「赤と黒の記憶」『関係』九三頁）

五五年作ということもあり言葉遣いは硬く、死と苦痛のテーマを語る文章にユーモアは薄い。そして話はこの通り作品は朝鮮において主人公が体験した、曽祖父、弟、叔母など身近な五人の死から始まる。

主人公は、生きたまま埋葬される恐怖を描いたE・A・ポオの「早過ぎた埋葬」を読んだことで、死者の蘇りという想念にとらわれ、従兄弟の火葬のさいに「未だ死んでいない」と叫んで「失心」してしまう。この恐怖はあとを引き、予期しない死から受けた「屈辱感」を跳ね返すために、あえて「文字通り一瞬にして砕ける死」として航空兵養成の予科練を志望するようになる。しかし、それは突然の敗戦によって断たれた。『死に損ない。死に損ない。』と泣いた」彼は予科練に行くなら絶対にしてはいけないとされた煙草を吸うことで、「真紅の肺臓」を黒く染める。

死への恐怖と航空兵志望が敗戦によって挫折するまでを、やや感傷的に描く「文学」的な本作は、発表当時、奥野健男には「底の浅い感傷」と切り捨てられ（「日本読書新聞」一九五五年十月三十一日）、山室静からも「自己の体験を描いたものらしく、そのような切実さに支えられているけれど、その体験する主体があまりに狭い自己に縛られていて、客体を素直に写し取る余裕を持たず、従って自己を成長させることができないのではないか」と批判された（「近代文学」一九五五年十二月）。今読んでもやはりのちの後藤を思えば習作と呼ぶよりないだろう。

この「赤と黒の記憶」に書き込まれた敗戦体験に着目し、後藤明生の「模倣と批評」というスローガンをはじめ、初期から後期までを「同化と拒絶」という図式において把握した乾口達司の「後藤明生と「敗戦体験」—同化と拒絶のはざまで—」(「近畿大学日本語・日本文学」二〇〇〇年三月)という論文がある。乾口はこの作について、「死に対する同化によって、死の恐怖を乗り越えようとした「ぼく」の意図は「敗戦」という現実のまえに、激しく拒絶される」として、以下のように指摘する。

> 現実という他者の介在によって、自己と同化を願う対象とのあいだに亀裂＝ズレが生じること。そして、そのはざまで、敗北と屈辱感を嚙み締めながら生きていくこと。カフカの言葉でいえば、それは「生の恥辱」である。それこそが、後藤が「赤と黒の記憶」のなかで発見した自己存在の在り方であるといってよい。(前掲六二頁)

「同化」を求めて「拒絶」され、失敗あるいは迂回してしまうというこのメカニズムは、荷風に憧れながらもその模倣は不可能だと悟る『挾み撃ち』ほか、のちのさまざまな作品に見られる後藤の基本的なパターンといえる。

またこの作品において重要なのは、敗戦を解放や自由の到来と語る人々の姿を通して、語り手の「ぼく」がいかにものを知らない未熟な子供なのかを痛感するところにある。戦時下が不自由だという認識すらない子供にとって、軍人になる夢は切実だった。しかし、敗戦による解放を経てみれば、それがきわめて滑稽なものでしかなかったことに直面させられる。「ぼく」は敗戦後、東京の焼け跡に自由を感じたというある文章を読んで羨望を感じ、さらにこう続ける。

それが、戦争中を不自由と感ずることの出来た者の、特権だと知った時、自分にはその特権が与えられていないことを悟らされたのだった。不自由を不自由と感じ得ず、また、自由を自由と感じ得ない、悲劇的で滑稽な役割を負わされた自分に気付いた時、屈辱以外に、一体何を感じ得るだろうか。（「赤と黒の記憶」『関係』一一九頁）

この宙吊りの喪失感こそ、後藤の敗戦体験の核心だった。「赤と黒の記憶」においては、それが「滑稽」だと書かれてはいるものの、悲劇的な感覚の方が強く出ており、後年のスタイルとはかけ離れている。習作と自認する所以だ。

のちに「現点」という雑誌で行なわれた後藤明生特集のインタビューで彼はこう答えている。

あの場合はぼくも実に素朴なガキでしてね。それとあれは懸賞小説だったんですね。だから本当のことを書くと当選しないんじゃないかと思ったんです。これも打明け話なんですが、ある種のオーソドキシーというか、そういったスタイルを持たないとね、考えていることを初めからどんどん書いてしまうと、たぶん予選で落っことされるんじゃなかろうかと思っていたので（笑）。（「現点」一九八七年春、一三頁）

言葉どおりとすれば「赤と黒の記憶」のいくぶん感傷的な文体は選考に対するポーズでもあった。

事実、玉音放送を聞いたときにその場で放送の意味を理解しているくだりや、ポーの「早過ぎた埋葬」を引いた死の恐怖への述懐は、後藤のその後の作品とは食い違う。朝鮮を舞台にしながらも引揚げは描かれず、敗戦時点で小説が終わっているのは、後藤が引揚げ体験を小説化する方法をまだ見つけられていなかったからではないだろうか。後藤が敗戦直後の体験を描くのは、六七年の短篇「無名中尉の息子」を待たねばならない（後述する「無名中尉の息子」には「赤と黒の記憶」の種明かしのような記述があり、関連させて読む必要がある）

　とはいえここに描かれた喪失感、宙吊りの感覚は常に後藤が持ち続けていたものだった。その感傷性はのちに方法的に相対化されていくものだとしても、確かに後藤明生のひとつの基盤になっている。この宙吊りの喪失感を見失うことは、後藤の片面を見失うことではないか。その意味でも「関係」の前に「赤と黒の記憶」があることを強調しておきたい。

　早稲田の学生時代にはこのほかにいくつか作品が残されている。後藤は創刊メンバーでもある同人誌「新早稲田文学」で「星夜物語」（一号、五五年十一月）、「夢と夢の間」（五号、五七年九月）を、「江古田文学」で「最後に笑う」（二十一号、五七年三月）を書いている（「新早稲田文学」は六号まで出ているのが確認できるものの、日本近代文学館では一、二、五、六号しか所蔵していないのでこれ以外の原稿があるかどうかは不明だ）。「新早稲田文学」の同人には七〇年に文藝賞を受賞する黒羽英二、後にすばる編集長を経て作家石和鷹（いさわ）としてデビューすることになる水城顕（みずしろあきら）、後藤に上田秋成を薦め、のちに秋成研究者となった中村博保がいる。

　これら学生時代の作品は観念的な印象が強く、やはり習作的だけれども、なかでも「最後に笑う」は恥辱に満ちた自己に対する「笑いの衝動」を描いており、「赤と黒の記憶」をより笑いの方へと展開したものとなっている。のちに新聞連載小説で再度採用されるタイトルの「夢と夢の間」は、発表は卒業後ながらこれらの延長の感がある。

後藤は大学卒業後実家で失業者として暮らすあいだに、武田泰淳の『司馬遷』を読んだ。そして「二つの中心」を持ち、対立する者同士が対等の価値をもって関係し合う「楕円」の思想に出会い、世界認識が根底から覆されたという（「『司馬遷』と失業の思い出」『円と楕円の世界』）。学生時代の作品と、「楕円ショック」を挟んだ作品ではかなり感触が異なる。確認できるなかで楕円ショック以後の最初の作品は「異邦人」だろう。

「異邦人」とは誰か

「赤と黒の記憶」ではおおむね「舞台」でしかなかった朝鮮を、正面から題材にして描くのは四年後、一九五九年の「異邦人」がはじめてだ。朝鮮にいる日本人の少年を主人公にし、日本人が朝鮮にいることの軋みを描いている。

「わたしは、生まれは朝鮮人ですが、今はもう立派な日本人です。ですから、お国のために喜んで息子を兵隊にやります」（「異邦人」『関係』一二八〜一二九頁）

小学五年生の「タケヲ」は、「いやです」と言えないまま、学芸会でこのセリフを喋る朝鮮人の役に決まってしまう。タケヲは役を嫌がり母親に泣いて訴え、使用人として働く朝鮮人へ八つ当たりをし、学芸会が近づくにつれて身体のかゆみに悩まされるようになる。級友には「よぼよぼのおやじ」を意味する「アボチ」という朝鮮語で呼ばれ、練習が進むうちに「日本語を忘れてしまったみたい」と褒められ、次第に足と舌が勝手に動いてしまう感覚に襲われる。被植民者を「立派な日本人」だとみなすという建前と、じっさいには見下しているという分裂が、少年の身体に現われている。そしてある日、タケヲをアボチとは呼ばなかった友人と一緒に、朝鮮人の娘を「ドイツ人の教会の丘」におびき出して、「やっつける」ことを計画する。心身の分裂が朝鮮人への暴力衝動に転化している。

しかし、その場にはすでに見知らぬ朝鮮人の少年がいた。パチンコに使いやすい木の枝があると言ったのはタケヲのでまかせだったのにもかかわらず、そこに少年を見つけたことで「誰にも取られたくなかった朝鮮れんぎょうの枝を、いつかこっそりと見つけておいたような気持ち」になって、少年を追い返そうとする。その時、朝鮮人の少年はこう言い返す。

「逃げない」と少年はこちらをにらんだまま答えた。「お前たちが帰れ!」（『関係』一三九頁）

これに逆上したタケヲたちは彼を石で殴りつけ首を絞め、ほとんど殺しかける。タケヲが、自分のものではない木の枝が朝鮮人の少年の手にあることで奪われた気持ちになってしまうというのは、彼の「お前たちが帰れ！」という言葉が煽り立てた、植民者という「異邦人」の不安ゆえだ。

　今作では、喧嘩の制止に来る教会神父のドイツ人、使用人や現地の朝鮮人、工場に勤めるロシア人、畑を耕す「支那人」といった多民族が混住する場所としての朝鮮が描かれている。しかし、植民者二世の認識ゆえに、冒頭は「わたしが生まれてはじめて見た外国人はドイツ人だ」と始まり、もっとも多いはずの朝鮮人は外国人とは見られていない。となればラストシーンにおいて、朝鮮の丘の上で朝鮮人の少年を痛めつける日本人少年二人が、ドイツ人神父に制止されるという状況で、はたして「異邦人」とは誰のことなのか。少年時代においては間違いなくドイツ人のことだったとしても、引揚げた後では日本人の「わたし」もまた異邦人でしかなかった。そして引揚げた日本から見れば、海の向こうの朝鮮は異邦となり、朝鮮人もまた異邦人となった。「丘の上」の朝鮮人、ドイツ人、日本人その全員がある意味では〈異邦人〉だという、植民地とその後における多義性がここには刻まれてある。

　今作は元々「丘の上」という題で読売短編小説賞に落選したものが、応募作を集めた『読売短篇小説集』（一九五九年）に収録されたものだ。後藤自身の著書に収録するさいに改題した理由を、後藤はこう説明している。


〈朝鮮〉および〈朝鮮人〉とわたし自身との関係が、運命の問題としてふたたび、北朝鮮で生まれて戦後引揚げてきたわたしの現在と、いろいろなかかわりあいを持ちはじめているためである。（『関係』二一六頁）

後藤は上京前後、ロシア文学への関心と共に「フランス文学に対する反撥があった」せいで、カミュを読んでいなかったという（「上京前後」『円と楕円の世界』）。改題したのはカミュ『異邦人』を読むことで、五木寛之のように植民地の〈異邦人〉という状況が自分と通じることを発見したからだとも考えられる。

今作は語り手をにらみ返す他者の姿や、初期短篇群に特徴的な、下痢、嘔吐に通ずる心身の「分裂」のモチーフなど、以降の後藤作品で展開されるものの萌芽がある。「楕円」を小説の原理において展開するにあたり、後藤が朝鮮の日本人を題材に選んでいることに注目しておこう。さらに今作の末尾を引用する。

> 「オヤメナサイ！」見上げると、そこに黒い僧服のドイツ人神父が立っていたのだ。
> 「オヤメナサイ！」とドイツ人神父は、わたしがはじめてきく声で、もう一度繰り返した。
> 「ハヤク、ハヤク、オヤメナサイ！」（『関係』一四〇頁）

学生時代の悲劇的、観念的な調子の硬い文体はすでになく、おおよそ簡潔で平明な文章とカタカナの使い方など、この頃にはすでにのちの後藤の文体ができあがりつつある。一文は短いながらも緊張感が増している。「楕円ショック」はこのような文体の変化をもたらしているわけだ。

同年に書かれ、後に「青年の病気」として改稿された「恢復」（「文芸日本」一九五九年十一月）は、お互いを笑い合う人間関係と、性病という身体の失調がまさに「楕円」というキーワードによって書かれており、六〇年代の後藤作品とかなり印象が近い。

たしかにわたしは、そのような、いたって非科学的な精神の好みをわたしにゆるしていた。そのくらいのわがままは、ゆるしたっていいだろう。どうせ肉体の方は奴隷のように科学にゆさぶられ、ひきまわされ、支配されつづけなければならないのだから。精神の好みの方は非科学的であり得ても、この肉体というやつは、どうもいたって科学的にできあがっているらしいからな。だから、わたしの住む世界はいつも隋円(ママ)形にひしゃげ、歪んでいるのだ。

（「恢復」「文芸日本」一九五九年十一月、四四〜四五頁）

この二篇と「赤と黒の記憶」では文体がすでに相当異なっており、関係の喜劇性を描こうとする文体へと変質していっていることが分かる。なお、「恢復」では分身テーマのポー「ウィリアム・ウィルソン」が言及され、「赤と黒の記憶」でもポーの「早過ぎた埋葬」が出てくるように、この頃の後藤はポーを下敷きに書いていることが多い。「新早稲田文学」の二作で冒頭から群衆の描写があるのも、「群衆の人」を意識したポーのモチーフなのかも知れない。

なお、「異邦人」の翌年、同じ読売短編小説賞に落選している。選者平野謙の該当欄（「読売新聞」一九六〇年六月二一日夕刊一二面）において、予選通過作品の一つに後藤明生「嘘のような過去とほんものの嘘」が挙げられている。選評に言及はない。

「関係」の多重化される〝関係〟

「異邦人」の発表された五九年は、大学を卒業して一旦福岡に帰った後藤が、ふたたび上京し就職した頃にあたる。五八年に博報堂の嘱託として一年勤め、そして翌年平凡出版（現マガジンハウス）に入社し週刊誌編集部員となっており、「異邦人」はこの時期に書かれている。

五九年というのは平凡出版の週刊平凡が創刊された年で、同年には週刊文春、週刊現代、朝日ジャーナル、前年には週刊明星、週刊大衆、女性自身などが創刊されている。盛り上がりつつあったまさに当時に後藤は週刊誌の世界に飛び込んだことになる。後藤は平凡出版では「週刊平凡」、「平凡パンチ」の担当だった（「四十四歳の花見」『酒 猫 人間』）。具体的な執筆記事としては、後年の短篇「石尊行」（七六年）の記述から、「週刊平凡」掲載の、皇太子投石事件の少年と面会し手記を載せたルポ（一九五九年十一月二十五日号）が後藤によるものだということがわかっている。

そしてこうした雑誌編集部の人間関係を題材にしたのが、自筆年譜で後藤自身が「一つの世界をつかまえたと思った」（『関係 他四篇』旺文社文庫、一九七五年、三三一頁）という六二年の文藝賞中短篇部門の佳作「関係」だ。本作を表題にした単行本のほか、単著に限っても河出書房新社の『新鋭作家叢書 後藤明生集』や集英社文庫『笑い地獄』、旺文社文庫『関係 他四篇』、福武文庫の自選短篇集『行方不明』などに収録されている。後藤の短篇のなかでおそらく最高の採録回数で、後藤自身も重要な一作だと認めていることがわかる。

西野は北村に弱味を握られていると思っている。北村はああいう男だから年の二十九歳にもなれば社会的信用などというものを考えているにちがいないが、その彼の考えているおれの社会的信用というやつを、やりようによってはゼロにたたき落とすことだってできると北村は考えているにちがいない、そんなふうに西野は思っているのだ。(『関係』七頁)

ということを考えている「わたし」の視点から、各人の思惑とその関係の仕方を分析していく短篇で、これは今読んでも実験的な印象を与える。最新風俗の現場といえる週刊誌編集部を描きながらその実、ライター世界の仕事の融通や人間関係の狭さといった卑近な部分をクローズアップしており、女性を語り手に据えつつ女性らしさを強調しない硬質な語り口もあり、風俗小説的な古さを与えないところが特色だ。「恢復」でも身体と精神や三角関係のかたちでかなりの程度試みられていた「楕円」という後藤の発想を、真に小説に落とし込んだ最初の作品だろう。

話は男女の三角関係のごたごたではある。「わたし」井上淳子が付き合っていた西野という男はじつは二股を掛けており、北村という男はそのことに憤慨して西野に怒りを燃やしている。そのことに怯える西野は井上淳子に、北村と肉体関係をもつことで三角関係を「成立」させ、二人の力関係を平衡させることを提案する。北村は既婚者なので、不倫関係という弱みを握ることを西野は目論んでいる。

この状況のなかで、井上淳子は西野を臆病者のインテリだと観察したり、余計な介入をして保守的な道徳を説く北村をバカだと断じる皮肉な見方を崩さない。三角関係の中心にいながら事態からは距離を取り、二人の男の自意識と腕力の関係を的確に観察し記述し、業界の人間関係、肉体関係、不倫関係、三角関係といったさまざまな「関係」を「関係」という一語に重ね、複層的に描き出そうとする。誰が誰と関係し、誰が何を知っているか、それによってさまざまに見え方が変わる人間相互の関係のありかたを描き出すわけだ。

興味深いのは、後藤が自身の小説原理として「楕円」を論じる際、「二つの中心」という構造が持ち出されるけれども、それが作品化される時には、西野と北村の二者間の関係を成り立たせる第三項、井上淳子が現われる点だ。二者関係だけではスタティックな固定したものになりがちな関係を、第三者を加えることで常に変転していくダイナミックなものに変えることが「関係」では試みられている。「関係」のような一語にさまざまな意味を書き加えていくことで一見単純な言葉を多面的な抽象概念に仕立て上げていく、というのは後にも用いた方法で、『挾み撃ち』がまさにそうだ。そして「楕円」にしろ「挾み撃ち」にしろ後の「対話」にしろ、後藤の用いる語彙の特徴はその一見した二元性にあるものの、実際にはそうした複数の二元性を掛け合わせることで、「関係」のようにダイナミックな運動を与えようとするのが後藤の方法だといえる。

そのことがよくわかるのは、横光利一「機械」のパロディとして「関係」を見る時だ。文藝賞の選後評で野間宏は本作について、伊藤整『氾濫』の思想と横光利一「機械」の方法で書かれている、と指摘している（「文藝」一九六二年三月、六七頁）。後藤自身もインタビューで、カフカとともに「機械」を意識したことを肯定しており（前掲「現点」七頁）、進むごとに関係が変転していく様子や作品に漂うじりじりとした圧迫感、句点の少ない一文の長さも「機械」を意識したものだろう。

そして後藤が「機械」に付け加えたものこそ、井上淳子という女性の語りだ。後藤が後年『小説――いかに読み、いかに書くか』（一九八三年）のなかで述べるように、「機械」が「「近代」の分裂した自意識」を描く一方、「関係」はその自意識を西野と北村に分割した上で、井上淳子という女性の視点を付け加えている。「機械」の近代人の自意識を取り出し、現代社会のただなかにある「関係」として書き直すこと。この語りによって、近代人の自意識なるものが男の小ささとして皮肉に眺められることになる。

関係を書くこととは、自意識を相対化することでもある。そのために構築された、情緒も叙情も排した散文的な文体、これこそ「関係」で獲得されたものにほかならない。そしてそれが他者としての女性の視点を通過することで成立している点は重要だ。

後藤的散文の特質がよく表れた箇所を挙げよう。バーでの会話の最中「篠原」の「ろれつのあやしくなりかけた口調」によって、井上の「後頭部にとつぜん鈍い頭痛の感覚」が訪れたという、衝撃を頭痛の比喩を思わせるような叙述の直後、その鈍痛は「篠原の言葉によって興奮したらしい北村の右腕によって加えられたもの」だったと明かされる。比喩を台無しにする即物性きわまる印象的な場面だ。

冷静で一見メカニカルでもあるような文体から誤解されがちだけれども、その語りの冷静さが読者に対しトリックとして機能するよう、唐突に北村と関係を持ったことが明かされる下りや、そのことを西野に伝えないのは自分に二股、三股を掛けた西野に対する意趣返しをしているのではないかともとれる点など、じつはきちんとコメディとしての面白さがあることも指摘しておくべきだろう。

この、自分とはかけ離れた女性の視点[*4]から水平的な横の関係を描く「関係」に対しては、後年改めて「私とは何か?」と問うた「「関係」のメタテクスト」(永島貴吉「「私」をめぐる主題」前掲「現点」八九頁)として、短篇「笑い地獄」が書かれる。しかしそこでは後藤のなかの「朝鮮」という微妙な問題とはすれ違うことになる(次章参照)。

「無名中尉の息子」の恐怖

後藤が敗戦以後のこと、なかでもとりわけ重要な「父」のことを書き始めるのは「無名中尉の息子」(六七年)においてだ。今作は息子が死ぬ夢を見て夢精して目覚めた語り手が、朝鮮で死んだ父を手ずから埋葬したことを想起しつつ、息子の中絶を断念した過去を語る、という導入を持つ。この朝鮮の話と、妻の妊娠中に風俗を利用したことや、性病の恐れを抱いたことで十年前の淋病を想起するなど、時を経て不意に訪れる恐怖が描かれる。夢精、吐血などの不意の逆流のモチーフは記憶の底から甦る過去の体験のトリガーとなる。この射精、吐血、嘔吐、下痢、等の排泄へのこだわりや種々の病気とその治療といったモチーフは六〇年代末の後藤作品に頻出しており、今作はいわば後藤の不健康時代の代表作だ。後に「一通の長い母親からの手紙」でも扱われる母からの手紙や、朝鮮花山里の部落で金潤后に匿われた夏、朝鮮人に混じって農作業をしたことなど、後に繰り返し描かれる題材が登場する点でも重要な作品といえる。日本と朝鮮での事柄が、父の死と子の誕生という生死のモチーフと密接に絡みついており、その過去と現在が身体を介して語りの現在へ呼び起こされる。後藤明生の初期短篇の諸要素が詰まった一作だ。

この作品に、以下のような下りがある。

> 数え年十三歳の中学一年生のときに、自分の手で父を北朝鮮の赤土の山に土葬したことを、日本へ帰ってきてからしばらくの間わたしは極めて悲愴な体験として考えていた。それは、やがて十年ほど経ったころから、こんどはポオふうの幻想につながってゆき、あたかも『早過ぎた埋葬』の主人公のように、仮死状態のまま埋められた父が、ちょうど死ぬ数日前に、あの豚小屋の隣の牛小屋の隅に掘られた便所へ立っていってたおれたときと同じ声で、赤土の斜面の底から「幹雄、幹雄」と兄の名を呼んだのではないかという恐怖を抱くようになった。(『私的生活』五三頁)

十年ほど後とは「赤と黒の記憶」が書かれた頃にあたる。「赤と黒の記憶」で描かれた「早過ぎた埋葬」という恐怖の本当の対象は、やはり父だったのではないか。死んだ父と祖母を自分の手で埋葬したからこそ、生き埋めに対する恐怖が湧く。そう考える方が後藤自身の事実に近いのではないか。

「赤と黒の記憶」は、死の恐怖という課題を抱えながらも直接父の死を語ることを避け、引揚げ体験を朝鮮での親族の死に置き換えることで書かれている。父や祖母の死という体験は、その過酷さゆえに素朴に語ることができない。「無名中尉の息子」自体、「本当の恐怖を喋れないため」の「愚かな演技」という、言いよどみが語りに伏流している。「わたし」は妻の中絶を支持する理由が朝鮮での記憶に淵源することをいえず、父の死に関する母の頼みを放置してしまう。「赤と黒の記憶」では書かなれかった、懸賞小説に対する演技において隠された「本当のこと」とは、この父と祖母の死と埋葬だったのではないか。生と死に関して、つねに朝鮮での父の埋葬を想起してしまう語り手のこだわり＝呪縛こそが本作の核となっており、「嘘ではない」という本作の結語は、まさに演技としての「赤と黒の記憶」に対する自己言及ではなかったか。

　なお、父は敗戦後に出征先から勝手に永興まで戻ってきてしまい、また朝鮮の山中でそのまま埋葬されてしまったため、戦死の公報がきちんと出されず、母の遺族年金の手続きに障碍が出た。母の手紙は、このことについての協力を求めたものだ。引揚げ過程が人の死をもあいまいにしてしまい、戦後二十年を経ても尾を引いている。そして、記憶の不確かさから、母の手紙に頼りながら引揚げ前後を語る「わたし」の姿には、敗戦時に中学生だった子供の無知と混乱が刻まれている。この母の手紙のなかの父というテーマは、のちに「一通の長い母親の手紙」において全面的に展開されることになる。

　「無名中尉の息子」が書かれた七〇年前後は、成田龍一によれば「植民地二世」による引揚げ体験に関する発言がなされるようになった時期（『「戦争経験」の戦後史』一九二頁）にあたり、後藤の諸作もその一つだ。また、当時は在日朝鮮人文学の興隆があり、渡邊一民は、金時鐘（キムシジョン）、金石範（キムソクポム）、李恢成（りかいせい）、高史明（コサミョン）、金鶴泳（きんかくえい）等のデビューや作品刊行、雑誌の企画などがこの頃相次いでいたことを指摘し、「すくなくとも文学の世界では、この一九七〇年前後に、戦後はじめての朝鮮ブームが現出した」（『〈他者〉としての朝鮮　文学的考察』二〇九頁）としている。

植民地で生まれた日本人と、日本で生まれた朝鮮人という帝国植民地政策の帰結の両面から、この時期それぞれの言説が生まれていたことになる。

＊1　当時の人口の一割近い人数が帰還したため、五木寛之が「引揚者」とは「差別用語でもあった」と述べているように（『運命の足音』）、窮乏する日本社会において裸一貫の引揚者たちはしばしば貧困層となり差別されることもあった。満州で生まれた民俗学者篠原徹が戦後暮らした住宅が「泥棒部落」「引揚者部落」として蔑まれていたばかりか、そこが伊勢湾台風での半田市の死者のうち九一％を出す立地だったのはその証左だろう（篠原徹「記憶のなかの満州引揚者家族の精神生活誌」、島村恭則編『引揚者の戦後』）。また、加藤聖文は「戦後社会のなかで引揚者が冷遇されていったと同じく、学問的にも海外引揚げ研究がほとんど行われてこなかった背景には、戦後政治において引揚者および未帰還者問題が冷戦構造にとらわれるかたちで「反共」の材料として左右両派の政争の具とされ」た点を指摘している（阿部安成、加藤聖文「『引揚げ』という歴史の問い方（上）」『彦根論叢』三四八号、二〇〇四年、一四〇頁）。敗戦後の引揚げの全体像については右記論文も改稿して収録された加藤聖文『海外引揚の研究』を参照。

＊2　サイードのカミュ論はカミュの葛藤を無視するために時期の異なるテクストを一緒くたにして論じているという批判も出されている。松浦雄介「脱植民地化と故郷喪失――ピエ・ノワールとしてのカミュ」（「Ｂｅｃｏｍｉｎｇ」一八号、二〇〇六年）参照。「ピエ・ノワール」とはアルジェリアから

引揚げたフランス人のこと。

＊3　引揚げ文学については、崔佳琪「満洲引揚げ文学について─研究史の整理及びこれからの展望─」（『現代社会文化研究』二〇一二年十二月）が関連論文の整理をしている。

＊4　余談ながら、多和田葉子の初期の短篇「三人関係」（一九九一年）は印象的なタイトルも含め、三角関係を成立させようとする話運びに「関係」の影響がないだろうか。

第二章　ガリバーの「格闘」

――初期短篇2

「わたし」への遡行――「笑い地獄」

「関係」での文芸誌デビューのあと、後藤は立原正秋主催の同人誌「犀」に参加し、高井有一らと知り合う。そこで発表した「離れざる顔」が六六年、「文学界」の同人雑誌推薦作として転載され、彼は改めて文芸誌に登場する。これが契機となりコンスタントに作品を発表するようになるのが知られた経歴だ。

しかし一方で、後藤自身は自筆年譜などでも一切触れていない、「文芸日本」や「円卓」という榊山潤主催の同人雑誌での活動がある。「文芸日本」では前述のように「青年の病気」の原型「恢復」（五九年）を発表し、「円卓」では「人間の部屋」（六三年四月）、「機械物語」（六五年五月）、「見物の終り」（六五年七月）という短篇を書いている。「人間の部屋」は「離れざる顔」の原型で、大きな違いはラストシーンが追加されていること、「機械物語」はほぼ「ある戦いの記録」（六九年）の前半部分、隣室女性が引っ越すまでで終わっていることと語り手が画家ではないのが主な相違点で、「見物の終り」は、タレントの追っかけ女性を手籠めにする芸能マネージャーの「手腕」を見物する「画家」を語り手として芸能業界を描いた、ややウェルメイドな業界風俗を題材にした短篇で、これのみのちに改稿されることがなかった。

この「円卓」での活動については、大森光章が『たそがれの挽歌』（二〇〇六年）において当時を回想している。編集長だった大森光章が後藤明生に恫喝されてその任を降ろされ、後藤らが編集を担当して刊行を続けたものの、六五年三月に一般誌となって同人制が廃止されたのち、六七年に「円卓」は「南北」に吸収され廃刊するという顛末が綴られている。後藤は同人制廃止の頃、同誌を離れたと思われる。

上坂高生『有馬頼義と丹羽文雄の周辺　「石の会」と「文学者」』（一九九五年）においても、六〇年代末頃、後藤が有馬頼義主宰の親睦会「石の会」に参加し、高井有一、五木寛之、立松和平、大森光章、色川武大、新庄嘉章、原田康子、渡辺淳一といった名前と並んでいるのが興味深い。

「離れざる顔」転載ののち、週刊誌編集部を舞台に共産党員の組織の論理をアイロニカルに描いた「人間の病気」（六七年）が芥川賞候補になった。後藤暁子夫人に直接聞いたところに拠れば、夫人が英語教室などで二年間ほど生活できるだけの資金を貯め、後藤に作家として軌道に乗れるかどうかの試行期間を用意したことで、六八年、後藤は平凡出版を退職し専業作家をスタートさせることができた。この頃の作風は、岡和田晃によれば「なによりもまず、平凡出版（現・マガジンハウス）に在籍した（元）週刊誌記者の手になる洗練された風俗小説として受け止められた」（『向井豊昭の闘争　異種混交性（ハイブリディティ）の世界文学』二六頁）という通り、[*1] 芸能マネージャーにPR会社、週刊誌編集部、そして当時ブームの最中でクジの抽選率がもっとも高かった頃に当選入居した草加松原団地を舞台にしており、最新の消費社会の風景や団地における生活の変容がさかんに書き込まれている。

こうした題材の選択は「組織の中で疎外されているもの同士」の関係を描く際に、「その組織が知的社会であればあるほど、その関係がグロテスクなものとなる」(『笑い地獄』二四八頁)からだったという。この方向性の極点にあるのが、週刊誌のゴーストライターを語り手に、デザイナーにして詩人、そして性に前衛的な評論家として活動する女性の主催する高級マンションでの乱交パーティを題材にした「笑い地獄」(六九年)だ。なお前掲「現点」のインタビューによると、「笑い地獄」は「人間の病気」が芥川賞候補になったさい、受賞第一作として「文學界」の要請によって書かれ、「無名中尉の息子」と同時に提出したものの採用されなかった方だとのことで、執筆自体は六七年中ということになる。

芸能業界関係者の生態を皮肉に描きながら、パーティが女性の脱糞で終わってしまう下世話な展開を見せる今作で語り手は、眠りこけたゴーストライター——不参加という姿勢においてそこに関係する。この「不参加」という姿勢については芳川泰久や渡部直己らの考察(前掲『書くことの戦場』。渡部「「演技」と「仮装」のあいだ　後藤明生『笑い地獄』に寄せて」『私学的な、あまりに私学的な』)が既にあるけれども、ここで注目されるのは、「仮装」、「不参加」というかたちで問われているのは、「わたし」自身の存在様態だということだ。作中、現代風俗を舞台に人間同士のグロテスクな「笑い」の関係性を問うなかで、突如「わたし」の一種異様な焦迫をもって独白がはじまる。そこで語られるのは、中学生だったため戦争にも参加できず、玉音放送の意味もわからず眠りこけ、五二年五月一日の血のメーデー、六〇年五月十九日の安保闘争にも間近ですれ違う、といった歴史的な事件への「参加」の失敗だった。現在においてもパーティの核心的事件のさなか眠りこけてしまう失敗、これをこそ語り手は「仮装のからくり」と呼び、「不参加、仮装そして幽霊」という様態を肯定する。これがこの一篇の「わたし」の姿だ。

急な独白と過去へと遡行して自己の根源をたどろうとする手法は『挾み撃ち』でも再登場するものの、この二作の差異として、「笑い地獄」の「わたし」が九州「チクジェン生まれ」(筑前)とされていることが挙げられる。作中の「わたし」が語るのはおおむね後藤の朝鮮での体験と重なっていながら、場所は朝鮮ではない。この異同をことさら問題にするのは通俗な私小説的読解として退けられるべきかもしれないけれども、後藤作品において、あえて主人公の生まれが九州だと明言されることは希有だ。「すれちがい」「場ちがい」の存在として「わたし」を構成しようとする「笑い地獄」において、まさに「場ちがい」の所以たる朝鮮が削除されるのは、政治への不参加を「わたし」の属性とする今作において、政治的たらざるをえない「朝鮮」はノイズになってしまうと見なされたのではないか。

業界人の生態と「楕円」的人間関係を描く点で「関係」との相似は明らかながら、「関係」では語り手を女性に設定しほとんど自己・内面を語らせることがなかったことと大きく異なっている。笑い合う「関係」を追求するなかで、その関係を眺める「わたし」とは何か、という問いが小説の基底として露出するわけだ。そしてその「わたし」とは、まさにズレ、逸脱し、脱線する存在だというのが今作の宣言するところとなっている。歴史とその核心から決定的にズレてしまうことを自身の様態として肯定する、それがまさに急な脱線のさなかに行なわれるのは、その実践にほかならない。そこに「わたし」がある憤りの眼差しを向けていることにも注意しておきたい。

時代との、すれちがい、というか、それとも、場ちがい、というべきか。不参加、仮装そして幽霊。（中略）わたしがゴースト・ライターということばを好んでいる以上、幽霊のもうひとつの属性であるところの、怨恨というやつもわたしは持っているのだ。（『笑い地獄』四〇頁）

怨恨とは何か。おそらくは自分を笑う相手へ向けられたそれは、時代とのズレに見舞われた幽霊たる「わたし」に抱かれることによって、世界とのズレそのものへと向けられた何か、へと変貌している。この「怨恨」こそが『挾み撃ち』における「『とつぜん』論」の根底にあるものではないか。後藤は「赤と黒の記憶」「異邦人」以来、「無名中尉の息子」をのぞいて朝鮮を大きく扱うことはなかった。引揚者というレッテルを避けようとしたからだと思われるけれども、この「朝鮮」の消去は、七〇年に書かれた連作において場所と土地――つまり団地の問題に関係するかたちで回帰することになる。

後藤の作家的変遷のなかで重要な点に、七〇年の「誰?・」から文体が後藤自ら「急カーブ」というほど変化していることがある。高田欣一はこの文体の変化を、「作者の生理」を排除することで「風俗小説への傾斜を、意識的に作者が回避した結果」だと指摘している（「誰が現実を喪ったか—後藤明生論—」「氾」一九七一年八月、一八頁）。しかしこれは因果が逆で、出版社を辞めて専業作家になったことで現代風俗と密接な関係を持たなくなったことが大きいのではないか。前掲のほか六〇年代末までの作品は、断食道場、湯治の温泉など週刊誌的話題と親和性が高く、「ああ胸が痛い」などは、まさに仕事を辞める話だった。

もっともこの点については、文章の接続への意識が切り替わったことのほうが重要だろう。いくつもの文節が関係代名詞のように連なる長回しの文体はある粘度を文章に与える。一方で文章を切断し、接続詞を極力消して個々の短文を並べる文体は、一文ごとに肯定と否定を揺れ動き、ごく自然に脱線していく素地を作り出す。連続から切断への転回はこの時期の作品が「結びつき」をテーマにしていることと無関係ではない。文章は繋げるから繋がるのではなく、配置として連続していることによって繋がっていく——という思想は、後年の連作のスタイルへも連なる重要な転機だろう。同時に、答えのない自問自答によって事態を無際限に発散させていくような「?・」の使用が増えていく。

そして、団地という現在の生活の場所が本格的に追求の対象となる。これは「朝鮮」という過去が大きな問題として浮上することと表裏一体の関係をなしている。「赤と黒の記憶」や「笑い地獄」の核心は「敗戦体験」にあるものの、「笑い地獄」がそうだったように、それは「朝鮮」なしでも成立した。しかし、七〇年以降問われるのは、まさに「朝鮮」を出生の場所として持つ男の戦後、故郷喪失の現在となる。

後藤は七〇年に書かれた諸作を「連作」と呼び、「誰?」「何?」「隣人」「一通の長い母親の手紙」「書かれない報告」「結びつかぬもの」と「疑問符で終る話」(これのみ発表は七一年)の、すべて「男」という人称で書かれた七作を挙げている(「連作(一九七〇年)前後」『大いなる矛盾』)。「?」で始まり「疑問符」で終わるこの並びは明らかに意図的だ。ゆえに、朝鮮の出てこない「書かれない報告」がここに並ぶ意味を考慮する必要がある。

最初の作品「誰?」には奇妙な寓話性がある。ある朝ベランダから富士山を見たことで、得体の知れない衝撃を受け、団地を出なければならない、と考える週刊誌の「ゴーストライター」が、コンクリートの団地を出ようとしてコンクリート溜まりに落ちることで、この小説は終わる。衝撃の理由も曖昧なままとなっており、現代人の空虚さというような安易な寓話とも読まれかねない。

しかし「誰?」と問いかけている通り、今作で「男」は「自己証明の問題」(前掲「連作(一九七〇年)前後」)にぶつかっている。私とは何者か、という問いが彼を動かし、団地の外を目指させている。「男」はこう考える。

すでに男からは、彼自身であることさえ失われている。男は存在しなくなった。ゴーストライターの男はいまや、彼自身の手によって書かれた週刊誌の記事の中に、消滅する。（『何？』七五頁）

ここでは、「ゴーストライター」が虚構の記事のなかに消滅し、存在しない男、という幽霊的存在が生まれている。「笑い地獄」での「不参加」の存在様態としての「仮装」は剝ぎ取られ、「誰？」という問いが生身の「男」に突きつけられている。そこで露呈したのは、「曾祖父の代から半島に渡っていた」、「男」の根無し草としての生だ。ベランダから眺めた富士山が想像よりも低かったことに衝撃を覚えた、というのは、日本の象徴と直面することで、植民地帝国日本の瓦解の体験が語り手に回帰したからではないか。「生きるということは、何ものかを少しずつ失うことだ」というとおり、自分自身の「記憶」の欠落、朝鮮という根との切断に思い至ったからではないか。地面から切り離された、存在しない男の幽霊性がここで示唆されている。

「何？」は「誰？」における衝撃の内実をより踏み込んで展開した続篇として読みうる。勤めを辞めた男の職安通いを描きつつ、核となっているのは「食べる」ことだ。

一つは稼いで生活が維持できるかという意味での「食べる」、そして一つはダイエットのために妻が要求する「断食」道場入門、そしてもう一つは「男」が持っていたはずの飢餓の記憶。

勤めを辞めて生活の不安を抱えながら、泥酔しなくなったことで食欲が「三倍」に増進したこと、それに対して妻はダイエットを訴えているという状況は「飢えるということは、いまや最高のぜい沢なんだ」という時代観を反映している。団地ではダイニングキッチンという食べる場所が住居の中心におかれていることもその一つだ。この飢餓すら忘れられた現代の生活において、「男」は自らの飢餓の記憶が消えていっていることに気づく。「飢えの体験に基づいた」小説などを読んでも、自らの飢餓の「過去が生々しい記憶となってはどうしても甦ってこなかった」。このことで生じた「ふしぎな不安」は「北朝鮮からの引揚げ者だからだろうか?」という疑問となり、「男」は「とつぜん」九州の母親への手紙を書きはじめる。「男」は自分が大学受験のために早く親元を出たことを記しながら、こう考える。

> 記憶には場所が必要です。(中略)ところがわたしには何もありません。記憶というものに必要な場所がどこにも見当らないのです。お母さん! わたしがいま住んでいる団地は、お母さんも何度か見たでしょう。わたしはこんな見も知らぬところへ流れ着いているのです。ここでは毎日毎日、記憶が失われてゆきます。それも他ならぬわたし自身の、飢えに関するものなんですからね。まさしくここは、記憶を抹殺する流刑地のような場所です。(『何?』二九~三〇頁)

「引揚げ者」と「団地」の関係はこのように捉えられている。縁もゆかりもない場所で、漂着者は自らの苦難の記憶が失われていく不安に襲われる。会社を辞めたのは、誰もが持っているはずのこの不安に「とつぜん気づい」たからだと男はいう。しかし、実際に母親に書いて送ったのは、「引揚げ前後の模様」、「特に食べ物のこと」を「詳しく思い出させて欲しい」という手紙だった。

健忘症者の戦い——七〇年連作2

「何？」で「男」は父と祖母の死のことをこう書いている。

男の父親が、縁もゆかりもない見知らぬ北朝鮮の山の中の、朝鮮人部落の狭いオンドルの一室で、何日間かにわたって黒い血を鼻と口から吐き続けたあと息を引き取ると、着ていた厚い陸軍将校用の毛シャツとズボン下の間から、ぞろぞろとシラミが這い出してきた。祖母はそれを一匹ずつつまみ取って口へ入れながら、もう半年早かったらなあ、立派なお葬式だったのになあ、と口の中のシラミをかみつぶすように繰り返し繰り返しいった。三十年以上も朝鮮で暮したのに、選りも選ってなあ、こんな誰も知らんとこで、誰も知らんとこでなあ。あんたも朝鮮の土、おじいちゃんもみいんな朝鮮の土になってしもた、あたしもあんたと同じ朝鮮の土になってしまお。ぶつぶついいながら、男の父親が死んでちょうど一週間後に祖母は死んだ。（『何？』四八頁）

後藤の作品中でも特に陰惨なこの回想のあと、母親からの返事に書かれていた事実は、これもまた死と食のことだった。

なにしろそこには、朝鮮の土となったところの父親と祖母が土葬された山に生えたツツジを食べたと書かれているからだ。そのツツジ入りの米の粉団子で男たちは飢えをしのいだのだった。つまり男は朝鮮の土を食べたわけだ。(『何?』四九頁)

家族は「朝鮮の土」になり、土を食べた男の現在がある。食べることには死の匂いがまとわりついている。記憶を失っていたこと、そしてそれを母親が詳しく覚えていることに衝撃を受ける「男」。ここで彼は、記憶の欠落というその「現在」を肯定的に捉え返す。「過去はべつに正確である必要はない」し、その記憶も「母親とともに消滅せざるを得ない」以上、いま、すべきことをするだけだ、と。

小松太一郎はこのプロセスを「〈いま・ここ〉に盲目的に追従する団地空間を批判しながら、最終的にはその対象に滑稽に似通ってしまう「男」の転倒ぶり」が前景化されたものとして読む(「後藤明生『何?』論—戦後〈郊外〉小説の系譜から—」「国語国文研究」一二六号、二〇〇四年三月、四九頁)。しかし、鯉のぼりのために奔走した父を想起しながら、夫として父親として、この夏の計画を立てながら忘却を受け入れる一篇の結末は、記憶の悲惨さからは離れた明るさがある。

「誰?」「何?」とは、自分は何者か? という突如湧き上がってきた問いだった。それは「北朝鮮からの引揚げ者」として、また上京者として、土地に根付いていない根無し草の不安・記憶の消失として浮上してきたものだ。その衝動が彼に会社をやめさせ、「誰?」では団地の外へと向かわせた。「何?」において、「団地」という「記憶の流刑地」にあって自らの不安の正体を見届けたことで、「父親」あるいは「夫」としての自分の「現在」を摑み直すまでが描かれたのが「何?」ではないか。

過去との繫がりが断たれた不安から、喪失されたものを追求し、その失敗を肯定する、というプロセスはそのまま『挾み撃ち』に通じている。

しかしこれで探求が終わったわけではない。「健忘症」を自認する「男」にとり、過去と現在の切断というモチーフは「結びつかぬもの」や「一通の長い母親の手紙」においても繰り返し追求される。電車の座席の「外」と「内」が、通路側なのか窓際なのかを間違えたことから起こった、隣席の男性との不思議な関係=「結びつき」が、北朝鮮での「男」と団地の「男」の「結びつき」の追求へと展開する「結びつかぬもの」では、団地で蛇を殺したことで、北朝鮮で蛇を殺した記憶が「結びつ」くことになる。

> 男が出会ったのは日本で初めての蛇だった。日本へ帰国した男が二十五年目に初めて一対一で向い合った日本の蛇である。したがって男がおぼえた満足は、北朝鮮の蛇を殺した男と、現在の日本で生きている男とが、日本の蛇を殺すことによってはじめて結びついたための満足であったと考えられる。(『書かれない報告』一〇三頁)

このように、連作では「北朝鮮からの引揚げ者」による過去と現在の関係への問いがベースとなっている。しかし、「何?」において見たように、必ずしも過去との十全な再接続が求められているわけではない。欠落した記憶を、事実や他人の証言などによって回復することは目指されていない。切り離された存在としての自己をそのまま肯定しようとしている。

「一通の長い母親の手紙」においては、この過去と現在とは、母親の詳細極まる手紙と健忘症の「男」との、書くことにおける「格闘」として描かれる。[*2]

「記憶というものについてほとんど否定的な考え方」を抱いて、「感傷的な」回想、「記憶によって現在の自己を語る」などといったことを憎悪していた「男」にとって、「健忘症」とはむしろ意志的な選択ですらあった。しかし、それでも「他人の中に記憶された男」という厄介で「グロテスク」なものが存在する。記憶もまた、他人との関係を措いては考えることができない。「自分」も自分だけのなかではなく、他人のなかに「訂正のきかない」ものとして記憶されてしまうからだ。

三十五頁にもわたる敗戦から引揚げに至る事情を書き綴った長文の母親の手紙は、作中の現在では八年前に受け取ったとされる。すでに「無名中尉の息子」においても同様の内容が引用されているけれども、[*3] 連作において過去との切断の問題が浮上したことで再度言及されることになる。しかし、その詳細極まる記憶力に対して、「男」は自分が、「他人の中に記憶された男」という「蛇に呑み込まれたあひるの卵」になってしまうと危惧する。これは究極的には父のような「〈記憶され尽くした〉死者」となることを示唆する。ここで「男」は、手紙を書き写すことで呑み込まれた自分を奪還しようと試みる。その過程として膨大に引用される母親の手紙には、引揚げ体験にまつわる経緯がさまざまに書き込まれており、貴重な引揚げ体験記としても読める。しかし「何?」において記憶の欠落の回復を求めて母に助けを求めた「男」は、ここではその母の記憶力の過剰によって、逆に他人に呑み込まれてしまうのではないかと怖れることになる。

芳川泰久は『書くことの戦場』においてこれを、「母親の記憶＝言葉」が男の現在をも呑み込もうとしている「大いなる領土に対する脱領土的な〝戦い〟である」とドゥルーズ＝ガタリの『カフカ マイナー文学のために』を援用して論じている（九三頁）。そこでは、ドゥルーズ＝ガタリにならい、食べることと書くこと＝喋ることのあいだの競合関係が、「言葉になった食べ物」によって廃棄され、それを書き写す、という「摂食行為としての書記行為の設営」により、「記憶＝言葉」を奪われた状態から奪い返すことが可能になる、とされている。

しかし、「母親の手紙」において書き写されているのは、父親規矩次の死にまつわる敗戦前後の状況を書いた八年前の手紙のほうだ。これは「何？」において「男」が受け取った、父と祖母が土葬された山に生えたツツジを食べたことが記された手紙とは異なる。つまり、「母親の手紙」では「食べ物のこと」が特に詳しく書かれた手紙そのものが書き写される」わけではない（だから、芳川の論で続く部分での食べ物の描写は「何？」から引用している）。一方で芳川が忘れているのは、この頃の後藤作品における「「音」としての記憶」を強調する平田由美が指摘しているように、「母親の手紙」において「男」が手紙を書写するという「格闘」において、その援軍として用いられているのが「朝鮮語の歌」だということだ（「女の書き物を奪胎する―後藤明生における〝父の物語〟の創生―」「表現研究」九二号）。書写作業と同時に「しばしば鼻唄を歌い始めた」というその歌はすべて「朝鮮語」で、「〈記憶された〉」母親の手紙に対し「歌は逆に男が自ら〈記憶〉したもの」を用いることで「陽気に振舞う」ことを可能にしているわけだ。つまりは、母親の記憶に対する「格闘」は、手とロとのふたつの言語行為による両面作戦として遂行されている。

健忘症を肯定するだけでは他人の過去の記憶に飲み込まれてしまいかねないという時、「男」の現在を維持するのは、この「鼻唄」だったわけだ。この「鼻唄」はじめ歌曲のたぐいは軍歌を「わが叙事詩」とも語る後藤明生がしばしば作中に象徴的に埋め込んでいる。『挾み撃ち』において替え歌として戦前戦後の切り替わりを表わし、「ああ胸が痛い」（六九年）で語り手の歌う「軍歌」が上下世代から難じられる挾み撃ちの場面の描写などがそれだ。しかし、軍人になる夢が絶たれた戦後の後藤明生的作中人物にとって、歌はその幼少期の夢や記憶を残す貴重な存在となっている。記憶喪失の現在にあって、忘れようとも忘れられない身体的記憶としての「歌」が、「健忘症」の「男」の武器だった。

漂着と土着——七〇年連作3

時間という縦軸において「男」と過去の関係を描くのが先述の諸作だとすれば、空間という横軸において「男」と住居の関係を追求するのが「書かれない報告」、「隣人」、「疑問符で終る話」となる。「団地とはどんなところか?」という県庁からの雑駁な依頼に応答するかたちで「報告」を書こうとする「書かれない報告」では、階上から水が漏れてくる、「男」の部屋にどこからともなく虫が現われる、といった侵入の脅威をめぐる「戦場」での格闘が描かれる。もちろん、上下左右に連ねられた団地生活そのものの奇妙な構造やその描写、「隣」の家はあるいは「向かい」ではないか、などと新時代の建築が小説の文章を解体していくという散文性の面から読むこともできるけれども、この連作においては「男」にとっての「団地」とは何か、ということが問題になる。

いずれも後藤の団地小説を論じた前田愛『都市空間のなかの文学』や磯田光一『戦後史の空間』、前掲の小松太一郎らが整理するように、一九六〇年代から七〇年代にかけては核家族化が進み、それに随伴するように日本住宅公団による年間設計戸数が飛躍的に増大した時代だった。食事と就寝の場を分離し、夫婦と子供の寝室を分け、ダイニングキッチンを生活の中心におく団地の住居構造がもたらす新生活に人々が殺到した。共同だった浴室やトイレも戸別に作られ、シリンダー錠の大量生産による公私の区別――プライヴァシーの概念という「近代的な意識」の浸透を促したのは、この「公団住宅の特色」のためだと日本住宅公団は高い自己評価を与えている(『日本住宅公団10年史』一九六五年、一三八頁)。

この団地という空間の新しさが公私の区別にあるとすれば、「書かれない報告」において描かれる、団地の一部屋という「住居」と「男」自身とが一体のものとなる描写が、その延長上にあることは明らかだろう。

> はっきりしていることは、唯一つだった。住居はすでに男の一部だ。同時にもちろん、男は住居の一部でもある以上、一日たりとも男が住居を離れて自分を考えることなどできないはずだ。(『書かれない報告』六〇頁)

だからこそ、錆を削ぎ落とすペンキ屋がなかば「敵対者」と見なされ、虫が侵入する「暗闇の中の迷路」は「意識の迷路の暗闇」になり、部屋の「凹みの意識」は「男」の「意識の凹み」に変換され、天井のへこみを指摘されると「頭の真上を押されたような気」がしてしまう。階上の部屋の設計図が自分の部屋と同じものだとすぐには理解できないのも、この過剰な同一化のためだ。前田が指摘するとおり、「住居は住み手の内面に入りこみ、その自我の一部にな」っているからだ（『都市空間のなかの文学』五八〇頁）。「疑問符で終る話」において「テレビ屋」に対する「玄関における戦い」が始まるのも、住居に侵入してくるものが自己への攻撃と同一視されるからだ。団地と自己の問題が不可分だという認識がここでは示されており、連作における意味もそこにある。

しかし、この奇妙なまでの住居への自己同一化には不可解さも残る。なにしろ、その場所はくじ引きによる漂着――後藤の比喩を用いるなら、ガリバーが小人国にたどり着いたような偶然の場所に過ぎないからだ。

ここで興味深いのは、「何?」の次に書かれた短篇「隣人」では、「男」が団地の外に「露文和訳」の仕事場として四畳半一間のアパート借りて住む一年が描かれていることだ。トイレが共同でスリッパも共用という狭いアパートの暮らしをわざわざ選んでおきながら、「露文和訳」を放ってずっと眠り続けていたというこの奇妙な生活は、隣人の夫婦に赤ん坊が誕生しその泣き声のために終了する。団地とアパートの居住環境の差異が際立つかたちとなるこの短篇では、団地を一端離れて冬眠にも似た「出直し」が目論まれている。

ここで問われているのは「男」にとっての「漂着」の意味だ。団地に住むことを「流刑された囚人」とたとえ、「そこ以外に男が生きるべき場所はどこにも見当らないからだ」と認めた後、新しい自分だけの部屋を選ぶ理由を「とにかく自分の意思でどこかにひとつの場所を男は決定したかっただけだ」と語る。そして「自己流刑」しなければならなかった「男」にとって、強い憎悪を抱かせるのが土着の「百姓」たちだ。不動産屋で「この百姓上がりの不動産屋たちに、こちらの正体を明かす必要はない」と考え、公団に売った土地の残りを建売住宅として切り売りするばかりか自分で斡旋業まではじめたのか、と非難はエスカレートしていく。

土地、土地、土地！　まったくご先祖様はありがたいものだ！　実さいご先祖様がハダシでこやしをまいた田圃から彼らは札束を穫り入れたようなものだった。（『何？』九二頁）

さらには「百姓家の主婦」から買った白菜の目方を誤魔化されていた件もあり、「近郷の百姓どもは、有史以来空前の土地ブームというもののために、頭がおかしくなっているのだ」、「みんな気が狂ってしまっているのだ」とまで言うのだから尋常ではない。農家に対する非難は、この一年前に書かれた、広告代理店を退職した係長を語り手とする「ああ胸が痛い」にも存在する。団地へ小型トラックでやってきて違法な路上販売をする農家の息子が、何度取り締まられてもふてぶてしく再来するさまを眺めながら、自らが売り払った土地に戻ってこずにはいられない「地霊のような亡霊」だと語る場面だ（『私的生活』一九八頁）。ここで語り手は「先祖伝来の土地」を売ることを「百姓」呼ばわりしながら否定的に語っている。この憎悪は、「世界じゅうにこのわたしの住む場所が、ここだけしかないというのは、ふしぎだ」という言葉と表裏一体のものだと考えられる。後藤はエッセイでこう言っている。

「団地とはなんぞや?」という問いは、とりも直さず、「わたしとは何か?」という問いだったのである。(「さらば松原団地」『不思議な手招き』八四頁)

「わたし」というものを考えるときに否応なく足場となっている現在の住居は、「男」にとっては偶然行き着いた根拠なき場所でしかない。この時、団地すらもが「陸地に座礁したまま動かなくなった一隻の船体」に見え、そして「唯一つの住居であり、そこにしか男の住居はない」という、漂着者の運命が露呈している。出生地から引きはなされた引揚者という漂着者は、サイードの言う故郷喪失者(エグザイル)の「憤りの眼差し」で、伝来の土地に安穏と暮らす「百姓」を憎む。だからこそ、「隣人」の「男」は、その偶然の「ふしぎ」さを受け入れるために、「自分の意思」で一度「自己流刑」という「死んだふり」、つまり方法としての「仮死」を経て出直さなければならなかった。これが「誰?」にも書かれていた、「団地の外」ということの意味ではないか。「わたし」という存在へ向けられた「?」は、文中に頻出するようになり、切断を繰り返す短文へと後藤のスタイルを変えた。この時、団地と朝鮮は「わたし」の存在を、現在と過去から考えるためのものとなっている。

しかしながらわたしはここで、いわゆる故郷喪失ということばを用いて何ごとかを語ろうとしているのでは、もちろんない。すでにそんな年でもないと思うし、また故郷喪失者というこ とばは、もはや現代においては、人間の代名詞とさえなっているといえるからだ。（『書かれない報告』二〇三頁）

「挾み撃ちにされた現代人」

以上の議論を先回りしてか、後藤自身は『書かれない報告』後記でこう韜晦する。この主張は、エッセイ「挾み撃ちにされた現代人」（『円と楕円の世界』所収）でソール・ベローの「ユダヤ的な笑い」をまさに「わたし自身の問題であるかのような衝撃」として受け取ったことと通じる。固有の体験を普遍化し、抽象化することで方法とする意思だ。しかし、後藤が「わたし」を考えるときに「朝鮮」「引揚げ」を切り離せない以上、それを最初から切り離して読むこともできない。問題は、いかにして作品においてその方法が展開されているのか、という点にある。

七〇年連作で問われた諸要素は、かなりの部分が長篇『挾み撃ち』へと引き継がれていく。その前に一度触れておきたいのが「行方不明」（七一年）だ。七〇年連作の翌年に書かれたこの中篇は、団地新聞の編集部を舞台としており、いわば週刊誌編集の「関係」と七〇年連作の団地テーマを掛け合わせたような趣向を持っている。興味深いのは後藤自身が「連作（一九七〇年）前後」で今作を当初「挾み撃ち」の仮題で書きはじめたと書いていることだ。疑問符の列挙、ヘルメットに象徴される学生運動、将棋などさまざまな細部が『挾み撃ち』とも共通し、「君はいったい何者かね?」という問いを突きつけられる「自己証明の問題」は、連作と共通する。

今作で執拗に問われるのは部分と全体のテーマだ。こちらにとっては部分でしかないものが向こうにとっては全体でもあり、逆もまたしかり、という認識・知覚の相互のズレを意味する。語り手の勤める編集部が「分室」で「本所」を見たことがないこと、自分の勤めていた会社のフロア以外ビルの全体を知らないこと、語り手が『大東京全地図』を抱えて東京タワーに行き、望遠鏡で東京を眺めても看板の文字が拡大されて映るだけだということなどに示される、感知できない不明瞭なものとしての全体、ということが反復されるのは、七〇年連作での住居の一部としての男、と男の一部としての住居、という結びつきのテーマの変奏でもある。

端的に言えば、この部分と全体というモチーフは植民地朝鮮と日本の関係を示唆していると思われる。日本の側から見れば朝鮮は戦後切り離された一部にしか過ぎないけれども、後藤からすれば、朝鮮こそが日本だったという内地人と外地人の認識の視差がここにある。日本の部分としての東京、その東京の部分としてのタワーからは、望遠鏡を使ってもきわめて個別具体的な細部しか見ることはできない。地図はその全体を知る手がかりになることもない。細部の描写は豊かになっても、全体が一向に明らかにならないのがここでの饒舌の方法だ。富士山に衝撃を受ける「誰?」の「男」と、突如会社を辞め地図を持ってタワーにのぼる「行方不明」の「わたし」は、この全体と部分の隘路に陥り、電話からは「君はいったい何者かね?」という疑問符を突きつけられる。

全体を展望することの不可能性と、この「何者?・」という問いに、改めて答えようとしたのが『挾み撃ち』だ。「関係」と「笑い地獄」のように、方法的作品を試みた後、その方法で自己の問題を新たに掘り下げるケースが後藤にはある。「行方不明」と『挾み撃ち』もそれに似た関係を持つ。『挾み撃ち』には「上京」、「都市」といった七〇年連作にはない要素もあるものの、それまでと決定的に違うのは、ゴーゴリや永井荷風を下敷きにしたパロディの方法を全面的に用いたことだ。この憧れと模倣のテーマが『挾み撃ち』を成立させている。

＊1　向井豊昭は後藤の翌月に同人雑誌推薦作として「文學界」に作品が転載された「同期」の作家でもある。「早稲田文学」を本拠とした向井は平岡篤頼のヌーヴォー・ロマン論の影響のもと、オーソドックスな小説作法から逸脱し、引用と脱線の方法作風へと転換している。

＊2　「戦い」、「格闘」という語彙を後藤が終生愛用していたことについては、黒井千次、阿部昭、古井由吉、坂上弘らとの座談「現代作家の課題」(「文芸」一九七〇年九月、二六二頁)で以下のように語っているのが注目される。「ただ家で飯を食うとか、あるいは子供を殴るなり可愛がるなりということを書くにしても、やはり一行一行の中に、人間は戦争をし勝ちまた負けるものであるということね、これはやはり抜き差しならぬ形でしみこんでいると僕は思うのですがね。僕は人間が生きていくということは戦いだということをよく言うけれども、これは単なる比喩としてではなく、やはりほんとうに戦いだと思うのです」

＊3　「無名中尉の息子」での引用とは表記が細部で異なる箇所があったり、そこでは削除されている親族のことが「〜母親の手紙」では残っていたりと、細部で異同はあるものの、実在の同じ手紙だと思われる。

第三章　「引揚者（エグザイル）」の戦後

──『挾み撃ち』の夢1

上京の「夢」

後藤明生初の、そして唯一の書き下ろし長篇が七三年の『挾み撃ち』だ。長篇第一作としては前年にすでに新聞小説『四十歳のオブローモフ』があるけれども、一挙に書き上げられた作品としては初めてで、後藤はこの後、長篇の書き方としては連載、連作を主とするため、他には中篇『蜂アカデミーへの報告』があるだけだ。間違いなく後藤の随一の代表作で、三度も文庫化され、近年も複数の版が再刊されるなど、もっとも読まれている作品だろう。パロディの技法、脱線、迂回、現実と虚構の入り交じる語り口など後藤の特徴的な特徴を備えつつ、長篇としても明確な枠組みを持っている。そして、『挾み撃ち』の特質のひとつは、解答されない謎や来たらぬ待ち人といったネガティブな意匠に彩られていながら、そこには確かな開放感があることだ。

脱線と迂回に満ちた語り口に目が向けられがちだけれども、『挾み撃ち』は端的に言えば「夢」

の物語だ。「夢」とは睡眠中の幻の他にも、人生の目的や空想、儚いものなどさまざまな意味を持つ。『挾み撃ち』はこの「夢」の多義性を物語と話法に編み込んだ小説だ。「夢」をここではひとまず憧れと呼んでおこう。ごく素朴に読むならば、『挾み撃ち』とは憧れとその挫折を繰り返し語る小説だからだ。それは冒頭にすでに現われている。

ある日のことである。わたしはとつぜん一羽の鳥を思い出した。しかし、鳥とはいっても早起き鳥のことだ。ジ・アーリィ・バード・キャッチズ・ア・ウォーム。早起き鳥は虫をつかまえる。早起きは三文の得。わたしは、お茶の水の橋の上に立っていた。夕方だった。たぶん六時ちょっと前だろう。(『挾み撃ち』七頁)

一文ごとに話の脈絡がずれていく唐突さに満ちたこの書き出しは、これまでの作品と比べてもそのリズムと速度において異質といっていいほどの進展を見せている。この「早起き鳥」とは、語り手「赤木次男」が志望した「二葉亭四迷がロシア語を学んだ昔の外国語学校」——当時の東京外国語大学ロシア語科を受験した際の問題だ。この、「次の和文を英訳せよ。《早起きは三文の得》」という問題の「解答欄にわたしは書き込むことができなかった」。

ある朝「とつぜん」の早起きによって思い出した失敗の記憶を導きの糸として、概ね作者その人と経歴を同じくする「わたし」が、二十年前の受験の際に九州から着てきた「カーキ色の旧陸軍歩兵用の外套」をいつ、どこで無くしたのかを確認しようと浪人時代に住んでいた町を訪ねる「失われた外套の行方を求める巡礼」――というのが『挾み撃ち』のおおよそのあらましとなる。前年の中篇「父への手紙」（七二年）が、朝鮮在住時の父の友人に話を聞きに行くまでを書いた「巡礼」だとすれば、『挾み撃ち』はそれを方法的に洗練させたものだといえる。

本篇では二葉亭についてまとまった言及はないものの、受験大学の選択において二葉亭が出てくることは見逃せない。「上京前後」（『円と楕円の世界』）などで語るように、後藤自身は二葉亭への憧れから外語大の露語科を受験したからだ。文学は男子一生の仕事にあらず、と国士として死んだ二葉亭への憧れは、『挾み撃ち』で語られる軍人への憧れと通底するものがあり、しかしその二葉亭ではなくゴーゴリが主題となることに今作のポイントがある。二葉亭は江戸市ヶ谷の尾張藩邸で生まれ、幼少期に明治維新でそこを追われて名古屋へ帰っている。その旧尾張藩邸に作られたのが、陸軍士官学校だった。後藤はこのことについて次のように書いている。

それはまさに、明治政府の勝利と少年二葉亭の敗北感の象徴みたいなものだったのではなかったかと思う。

つまり、彼にとって陸軍士官学校はただ陸軍士官学校であっただけではない。そこに「入る」ということは、彼にとって、いわばすべてだ。なにしろそれは失われた過去であり、目の前にある現在であり、あるいは自分を再生させることが出来るかも知れない未来であっただろうからである。

しかし彼は、三度試みて、三度ともそこへ入ることを拒絶された。（「「言文一致」の夢と現

実」『復習の時代』二二頁）

士官学校に「拒絶」された二葉亭が入った外語大に、後藤は憧れながらも「拒絶」された。ここで後藤は、二葉亭をズレとともに反復している。そしてこの憧れと挫折という「上京」への注視は、『挾み撃ち』においてはゴーゴリを焦点に語られる。

「「裁判官」になるという年来の夢を実現」しようと首都ペテルブルグに上京してきたことからはじまるゴーゴリの年譜をたどる語り手は、その年譜的事実が自身と奇妙なほど一致していることに驚いている。法学部を受けるなら親戚から支援しようという話があったこと、少年期に死んだ父親が「退役中尉」だったことがそうだ。語り手はそのゴーゴリに憧れて「九州筑前の田舎町から東京へ出てきた人間」だった。

このゴーゴリとの重ね合わせは、『挾み撃ち』全篇においてなされている。アカーキーのもじりとしての名前を与えられた語り手赤木、ゴーゴリの「外套」を下敷きとしていること、女性を追うシーンや質草の鑑定などゴーゴリ作品の描写と重ねられる場面も多い。そして、ゴーゴリと「わたし」において重ねられているのが、若き田舎の青年が夢破れる場所としての都会＝東京という構図だ。「陸軍歩兵用の外套」からして、上京のために用意されたものだった。

ここで「外套」に託されているのは青年期の夢といってよく、『挾み撃ち』は上京、浪人、赤面症克服のために娼婦と交渉を持った経験など、青春小説の要素が強いことは見逃せない。「上京前後」にあるように「青春を嫌悪」していた後藤による、批評的青春小説でもあるわけだ。

さらに言うと、今作における「外套」が秋山駿の言う「「自分であるもの」のシンボル」だとか、平岡篤頼が「《私》の象徴」だというように、よく言われる「外套」＝自己のアイデンティティを象徴していると見なすのでは、作品の半分を見失うことになる（秋山駿「内向の世代の文学とは何か」「朝日ジャーナル」一九七四年二月八日、五七頁。平岡篤頼『文学の動機』一七一頁）。『挟み撃ち』を「冗談でアイデンティティを探してみましたが実はそんなものはありませんでした、アッハハハという話」と絓秀実が粗雑に要約したのもその一例だ（「座談会　小説の運命II」「新潮」一九九五年十一月、三〇二頁）。刊行翌年すでに柄谷行人が「後藤氏はアイデンティティを求めているというわけではない」と指摘しているのはこの点注目に値する（柄谷行人「一九七三年の文学概観」「文芸年鑑　昭和四十九年版」五八頁）。

真に「外套」に重ねられているのは、「わたし」の「夢」だ。

> あのカーキ色の旧陸軍歩兵の外套を着て、九州筑前の田舎町から東京へ出て来て以来ずっと二十年の間、外套、外套、外套と考え続けてきた人間だった。たとえ真似であっても構わない。何としてでも、わたしの『外套』を書きたいものだと、考え続けて来た人間だった。
> （二五頁）

こうして、「旧陸軍歩兵の外套」とゴーゴリの「外套」が重ね合わされる。外套探索行は上京時の「外套」探しに、小説家とおぼしき「わたしの『外套』」の模索という「夢」が重ね書きされた二重性において遂行される。

　ここで指摘しておかなければならないのは、『挾み撃ち』のこの構造の直接の参照先は永井荷風『濹東綺譚』だろうということだ。『濹東綺譚』もまた小説を書こうとしながら街をうろつく小説で、作中作「失踪」では吾妻橋の真ん中で男が女を待っているという共通点もある。『挾み撃ち』とは『濹東綺譚』を下敷きにして「外套」を書くという構造になっており、これはのちに論じるようにドストエフスキーによって荷風を読む『壁の中』（七九〜八六年）を考える上で重要だ。

　さて冒頭で語り手が述懐するのは、そんな東京の様々な橋の名前をちりばめて小説を書いた永井荷風やゴーゴリの「鼻」の橋のように、「自分の小説の至るところに」名前をちりばめたいという憧れだった。


　しかし現実には、わたしは自分がその上に立っている橋の名前さえわからない有様だった。一つにはこれは、わたしが田舎者のせいだ。（九頁）

「田舎者」には都会の地名などわからない、というわけだ。無数の歩道橋が立ち並び、「わたしを混乱に陥れている」現在の東京で、橋の名前をちりばめて小説が書けるだろうかと語り手は問い返す。「荷風の橋は、もう書けないのである。少なくともわたしには、それを模倣する資格がない」。憧れの荷風のようには書けず、もはや書きようもない都市が、語り手を「混乱」させる。語り手が立っているのはそのような幻惑的な場所としての都市とその橋だった。

団地にこもることでその作品世界を展開してきたこの頃の後藤が、あえて団地を出たことの意味はここにも求められる。幻想と迷路としての都市で、「とつぜん」と「偶然」に身を任せる「巡礼」に出る。

それは団地の一部屋で「不寝番」をし、迫りくる虫や水漏れ、テレビの修理屋といった存在との「格闘」ではなしえなかった出会いをもたらす。「誰？」において目指された「団地の外」がここにおいてようやく姿を現すことになる。漂着者ガリバーは、自身の漂着の意味を問い直すために、安住してしまった地を離れ、自身の流浪の過程をたどり直す。

「土着」からの拒絶

旅に出た者には帰るべき場所がある。語り手にはそれがない。流浪の過程をたどり直しても、根を下ろしうる始点＝終着点はない。右に挙げた「一つにはこれは、わたしが田舎者のせいだ」という文章に「田舎者？　左様、ひとまずここではそうして置くことにしよう」と続くのはこのためだ。「田舎者」かどうかすら確かではないわけだ。

語り手は、「1」では外套の話から唐突に「痔疾」、そしてゴーゴリ「外套」の話からこれまで着てきたスーツや外套へのこだわりを語り、語り手が寒冷な北朝鮮出身だと明かされる。迂回と脱線を続けているように見えながら、『朝鮮北境警備の歌』の引用を通して朝鮮と軍隊という要素を示唆するなど、語り口の巧妙さのうちに、生まれ故郷は国交もない外国となって再訪も叶わぬ語り手の素性が示される。

「敗戦の翌年に北朝鮮からそこへ引揚げてきた」語り手にとって、九州福岡もまた「田舎」となりえなかった。上京先で部屋を貸してくれる古賀夫婦と同居するその弟は、年上にもかかわらず語り手を「先輩」と呼ぶ。ここで語り手は「先輩」が「シェンパイ」と響く「チクジェン訛り」を気にしている。生まれながらの「植民地日本語」を話す語り手は、引揚げ後に住んだ一族の故郷たる九州福岡の地で、土着の者になるべく試みた「チクジェン訛り」の習得に失敗したからだ。

> もちろん六年間の中学、高校生活の間に、わたしはほとんど完全に筑前ことばを習得した。喧嘩もできるし、猥談もできる。しかし「ジェンジェン」だけは、ぜんぜん駄目だった。古賀弟の「先輩」が気になったのはそのためだった。つまりわたしは、「チクジェン」訛りを持たない、九州筑前の田舎者だったわけだ。（四八頁）

九州筑前とは語り手にとって見慣れぬ「故郷」でしかなかった。*1

また、「筑前の田舎町」では涼み台で将棋を指す男がいたり、中学校の教室の机が即席の将棋盤になっていたりするほど、将棋が日常のものとなっていた。しかし語り手が知っていたのは曽祖父から教わった挾み将棋と、朝鮮の店で働いていた張に教わった朝鮮将棋だけだった。語り手が将棋を学ぼうとしたのは、「なにしろ筑前の田舎町においては、中学二年になっても将棋のさし方を知らないような人間は存在しないことになっていたから」だ。

わたしにとって将棋は、土着のシンボルだった。それをマスターすることなしに、土着との同化はあり得なかった。(二九九頁)

しかしルールと戦法を学んでも、語り手は将棋で一度も勝ったことがないという。語り手の言葉が、「チクジェン訛り」のようにマスターすることができず、「本物の「チクジェン」ことば」ではない、「チクゼン」ことばという贋物に過ぎなかったように、マスターすることに失敗した。

当然といえば当然の話だった。そもそも習得したり、マスターしたりすることの不可能なものが、土着というものだろうからだ。(二〇〇頁)

語り手はここで、「将棋は、また別問題」だろうとも言う。将棋で勝てないのは土着の問題ではなく、才能以外の努力や意思を放棄したからだった、と修正する。ただし、その意思を持てなかったのは、「土着に対する絶望のせいだ」と。

チクジェン訛りを思い出させる古賀弟、そして将棋を教えてもらった久家の二人は、蕨時代に交流を持った同郷の者たちだった。「田舎」を持つことのできた二人のあいだで、語り手の「田舎」は「滑稽な絶望」のもとに眺められるほかなかった。

この引揚者の恥辱については、語り手が「悟りをひらきたい」と坊主に憧れたエピソードでも重要になる。久家の家だった禅寺の土地に住む「大佐の娘」の前をなぜ自分は「真っ赤にならずに通ることが出来ない」のか、という思春期的な回想において、唐突に「わたしが中尉の息子だからだろうか?」あるいは「わたしが引揚げ者だからだろうか?」と語り手は自問自答する。久家は逆になぜその「器量は十人並み以上」の娘を気にせずにいられるのか、という問いにおいて語り手が注視するのが、久家の土着顔と、娘の顔が「明らかに筑前土着の顔ではなかった」ことだった。ここではつまり、「田舎町」で土着顔ではない娘に、土着ではない語り手が関心を持たざるを得ない、という「異邦人」同士の関係に語り手の注意が向いている。久家が娘に無関心なのは、土着顔ではないからではないか、と。さらにはその赤面症を治すため、と久家の紹介で「文学娼婦」と評判のあったヨウコさんと交渉を持つ場面では、「満州からの引揚げ者」の身の上が明かされ「土着には属さない顔」だと語られる。

ここで強調されているのは、土着とそれ以外を区切る線が走っている、ということだ。同様の福岡での少年時代を描いた場面を持つ『四十歳のオブローモフ』ではいささか事情が異なっている。そこでは、農家の子で食物が豊富な「土地っ子」から、配給で貧しい食生活だった子らが「ハイキュウマイ」と蔑まれた食糧難の時代状況が描かれている。土着と引揚げとはまた別の境界線があるわけだ。さらに、『四十歳のオブローモフ』の語り手宗介にとって、福岡そのものとも呼ばれる野球のことも『挾み撃ち』には出てこない。野球は宗介が数年にわたって打ち込み、熱中しているあいだは「いったい自分の故郷はどこなのだろう?」と土着への同化を疑わなかった、《福岡との蜜月時代》を象徴するものだった。別の境界と蜜月時代の有無という違いは、『挾み撃ち』での描写が挫折を強調する方向で書かれていることを示している。

そして筑前といえば、豊前とあわせ筑豊炭田として日本最大規模の炭田があった土地だ。外村大によれば戦時下、労働力不足にあえぐ内地に計画動員された朝鮮人はその六割が炭鉱・鉱山に配置されており、特に鉱山における朝鮮人労働者の比率は、一九四四年において三割を超えていた（外村大『朝鮮人強制連行』一五三頁）。炭鉱での暴力を背景とする抑圧的な管理や長時間労働の強制は朝鮮人に対してだけではなく、また戦後においても継続しており、自身も筑豊の鉱山で十年間坑夫として働いた上野英信は六〇年の『追われゆく坑夫たち』でその様子を克明に描いて告発した。

朝鮮戦争による特需が去ったあと、石炭から石油へのエネルギー転換を迎えた鉱山は次々と閉山し、六〇年前後、あふれる失業者たちは政府による甘言に騙されるように粗末な準備のみをさせられて南米へと移住していった。この「国策」としての「棄民」の現在を取材した上野の七七年の『出ニッポン記』には、朝鮮など植民地からの引揚者だった元鉱山労働者の集住する村など、「国策」によって翻弄された人びとの存在が書き留められている。

なお、筑豊にまで茶の行商をしていたという五木寛之は、後藤との対談で筑豊の労働者たちに恐怖と共に「持たざる者たちの連帯感」を見て憧れていたと発言している（「文学における原体験と方法」「文學界」一九六九年四月、一三五頁）。この点、五木が「貧しいゆえに外地へはみ出し」た日本人が特に朝鮮人に対し差別的だったという階級の問題をみなければ「外地体験を語ることは無意味」（前掲『深夜の自画像』三八頁）だと語っていることは注目に値する。政治については立場を明らかにすることを避けようとする後藤との差異が露わになっているポイントだからだ。後藤家は早い時期に植民しており、商店を経営し富裕だった点も、五木とは対照的だ。

九州は、交通の便からも大陸植民地への移住者が多い。引揚者の本籍地順では、樺太居住者が多数を占める北海道に次いで福岡が二位となっており、九州各県が上位を占める（前掲『新版　戦後引揚げの記録』二七〇頁）。戦前戦後、筑前・九州はこのような人々の移動の舞台となっていた。

後藤は土地との同化を志し、失敗した。これは第一章で触れた乾口達司の後藤論における「同化と拒絶」の典型的なパターンだ。乾口は『挾み撃ち』へ言及していないけれども、本稿で提示している「憧れと挫折」は、そのまま「同化と拒絶」の図式に接続しうる。そして、『挾み撃ち』における最大の挫折とは、少年期の夢にある。

「挾み撃ち」の戦後

上京まえに新しい「旧陸軍歩兵の外套」を着せられたとき、兄から語り手にかけられたのが、幾度も反復される「お前は、子供の時から兵隊になりたがりよったとやけん、よかやないか」という言葉だった。それは語り手が一歳の頃、将来を占う遊びにおいて「おもちゃの剣」を摑んで以来、家族に聞かされ続けた出来事だった。物心つく前のこの伝説によって、語り手自身の夢が育まれ、「名誉ある中尉の息子」だからこそ「父親よりは上級の将校」になりたいと「幼年学校に憧れ」る夢を膨らませた。

滑稽にもわたしは、士官学校出の大佐である自分が、一年志願の予備役中尉である父親に向って、直立不動の姿勢で挙手の礼をする場面を、空想していたのである。（六一頁）

「陸軍歩兵の外套」がきわめて重要な意味をもつのはここにある。上京前日に用意された「外套」が、語り手に「不思議な気持」を抱かせたのは、敗戦前の夢と思いがけない再会をしたからだ。中盤、語り手は、二十年前に映画会社のアルバイトで、「伴淳とアチャコ」の『二等兵物語』（五五年）の宣伝として二等兵に扮して「捧げ銃」をしたことを思い出す。[*2] この回想のさなか語り手の胸中をよぎる朝鮮で死んだ祖母の三味線が、突然労働歌として聞こえてくる。

聞け万国の労働者／轟（とどろ）きわたるメーデーの／示威者に起る足どりと／未来を告ぐる鬨（とき）の声（一四一頁）

しかしこれは軍歌「歩兵の本領」の替え歌だ。

万朶の桜か襟の色／花は吉野か嵐吹く／大和男子と生れては／散兵戦の花と散れ（一四二頁）

この曲は朝鮮の小学校での騎馬戦のテーマだった。こうして語り手は話題を二十年前から一挙に戦時下へと転じる。「ソ連の初空襲」を体験し、玉音放送は辛うじて誰かが話していると聞こえる程度にしかわからず、要領を得ない校長の訓辞を聞いて帰った寄宿舎でなぜか上級生が泣いているのを見て、なにもわからないながらも「わたしの知らないうちに、何かが終わったこと」を知った敗戦の日へと遡行する。

そのとき、永興は外国となり朝鮮人は支配者となった。赤木商店は朝鮮人民保安隊に封鎖接収され、幾ばくかの手持ち荷物のみを許されて家を出て行くことを余儀なくされる。こうして兄と二人で穴を掘り、燃やした藁に様々なものを捨てていく。父の指揮刀、中学の背嚢、教科書とノート、制帽、そして「少年倶楽部」や毎月買っていたその後継誌「陸軍」を次々と火中に投じていく。燃やしながら、大量のレコードのうち五割を占めた軍歌を蓄音機にかけては割り、聴きながら歌っては割っていく。軍歌とは語り手にとって「物語であり、ドラマであり、歴史であり、そして講談であった。少し格上げしていえば、抒情詩でもあり、叙事詩でもあ」り、長大なそれらの曲を彼は暗誦していた。

未練を残しながら、父の軍帽も穴に捨てる。

　さらば、わたしの陸軍！　さらば、無知そのものであったわたしの夢！（一六三頁）

——

渡部直己が「この臨場感はたぶんここにしかない」という（『かくも繊細なる横暴』一〇三頁）、作中もっとも哀切な感慨を抱かせるこの「夢」こそ『挾み撃ち』における喪失感の根源となり、「陸軍歩兵の外套」へと転化され、さまざまな模倣や憧れのエピソードを招き寄せる磁場として機能する。

夢とともに自分の生地が消失するこの体験が、目的と足場とを失った引揚者たる語り手の戦後の出発点となる。

『挟み撃ち』は様々な形でこの「夢」を典型とする戦前と戦後の価値観の断絶のありさまを書き込んでいる。たとえば、朝家を出る前に「グァム島」を「外套」と聞き違えた些細な場面もそのひとつだ。「グァム島」とは、七二年にそこで潜伏しているところを発見された陸軍兵士横井庄一が同年結婚したニュースを念頭において妻が言った言葉で、戦後二十年以上も戦前を継続していた軍人の話題が「外套」と重ねられているのだ。

ほとんど論じられることのない地味な同居人古賀弟もこの文脈で重要だ。彼は当時「紅陵大学」の「空手部員」として登場するけれども、この「紅陵大学」こそ、戦後における「戦前」の一例だからだ。語り手が「拓大の名は戦後マッカーサーによって追放され、紅陵大学という優雅な呼び名に変わったわけだ」と言う通り、紅陵大学とは現在の拓殖大学の一時的変名で、現在も高校にその名が残されている。*3

拓殖大学は桂太郎によって一九〇〇年に創設された台湾協会学校を前身としており、植民地として獲得したばかりの台湾を経営する人材の育成が出発点だった。校名の「拓殖」とは開拓殖民のことで、一九一九年からの十年間、第三代の学長として台湾総督府民政長官、満鉄総裁を歴任した後藤新平が就任しており、敗戦時は元陸軍大臣宇垣一成が学長だったように、「拓大」は帝国日本の植民地政策と密接な関係がある。

「空手」も同様で、語り手は空手をどうしてもスポーツとは見ることができなかったと語る。

> 空手は、暴力だったのである。同時に、まことに矛盾した考えではあるが、空手は精神だったのである。暴力しからずんば精神、だった。そしてそれは、いずれも新制高校の教科書民主主義によって、否定された暴力ならびに精神であった。(一一五頁)

剣道、柔道が「国民体育大会高校生の部の、正式競技種目」にはなかったように、語り手の「頭の中」では空手という「精神的暴力あるいは暴力的精神」は「新制高校の教科書民主主義」によって追放されたものだった[*4]。

つまり「拓大空手部員」とは、戦後の「教科書民主主義」によって追放された戦前的価値観そのものだ。古賀弟の空手の稽古着には「拓大」と書かれたままで、追放された空手と追放された「拓大」の名の結びつきが「よく似合った」と語り手が感じるのはそのためだ。古賀弟は、戦前日本の植民地政策と暴力の象徴をまとっている。習得を断念せざるを得なかった「チクジェン訛り」の持ち主でもある古賀弟は、この意味で語り手が望んでも得られなかった様々なものの象徴ともなっている。

空手をやってみないか、という古賀弟の語り手への誘いを、古賀兄が「バカらしか、ち!」といって遮ったことはその証左だ。この九州弁は、語り手の翻訳によれば「何をバカバカしい!(この民主主義の世の中で)空手なんぞ本気でやってみようと考えるわけが無いではないか!(お前さんじゃあるまいし、ねえ、赤木君!)」と訳される。しかし語り手は戦前、陸軍幼年学校を志願していた人間だった。だからこそ、戦後アカハタを読んでいた兄の「お前は、子供のときから兵隊になりたがりよったとやけん、よかやないか」という言葉と「バカらしか、ち！」の「挾み撃ち」によって、「見よう見真似」で覚えた「拳突き」は停止されざるを得なかった。語り手の戦前の夢は、戦後の価値観によって軽々と否定されてしまう。この暴力の自覚とその模倣への断念が、「拳突き」の停止として現われる。「挾み撃ち」とはそのような戦前と戦後の断絶にはまり込んでしまった「わたし」のあり方を指している。

坪内祐三が坂本忠雄、島田雅彦との座談で『挾み撃ち』を「現代版『濹東綺譚』みたいなところがある」（「後藤明生「挾み撃ち」――都市小説の浮遊感覚」『文学の器』二六七頁）と評しているように、『挾み撃ち』が戦前戦後の断絶を描いているとすれば、荷風の『濹東綺譚』が描くのは震災前後の断絶だ。後藤がしきりに「作後贅言」に言及するのは、東京を知悉した明治人荷風という足場の確立した人間による、新時代への批判というものを、外地育ちの引揚者たる後藤は決して持つことはできない、という断絶があるからだ。荷風を下敷きにしながら、もはや荷風のようには書けないというのはこの差異が核心にある。

植民地二世として生まれ、戦前の価値観を「当然」として育った一人の四十年の生が『挾み撃ち』には込められている。土着の習得に失敗し、戦後的価値観にもまた安住することのできない宙吊り――空中で立ち止まる橋の上の、男だ。これが引揚者の戦後のひとつの形ではあるだろう。

そして後藤はこのような戦前と戦後の断絶とは何かを考えていくことになる。それこそが『挾み撃ち』の核心ともなっており、なぜゴーゴリなのか、という疑問はここにかかわる。様々な『挾み撃ち』論において、このことは不思議なほど問われてこなかった。『挾み撃ち』においてやはりゴーゴリは本質的に重要な意味を持っている以上、ゴーゴリが下敷きにされていることを考えずして『挾み撃ち』を読むことはできない。

＊1 後藤明生長女松崎元子は、後藤の方言はかなりわざとらしく聞こえるものだったと証言している。

＊2 蕨の浪人時代は五二〜五三年にかけてのことと書かれており、映画は時期が異なる。二等兵に扮した出来事をこの流れに挿入するために時期をずらしていると考えられる。

＊3 『拓殖大学百年史昭和後編・平成編』（拓殖大学百年史編纂委員会、二〇一三年）の第一章第一節によれば、校名変更がGHQによる解散指示を回避するためだった、という流布している説は史料的に根拠がなく、GHQからもそのような指示はなかったと指摘している。しかし当時、「拓殖」が侵略に通じる、大学が侵略に奉仕したという認識や、学内から廃校動議が出る動きがあったことが触れられており、敗戦直後（八月二十日）から校名変更の動きもあったのは、このような認識をもとにしたアメリカへの恐れからの自発的なものだと思われる。作中、拓大の名がマッカーサーに追放された、とあるのは当時の人々の一般的認識に基づくと考えられ、後述する平田論文でも廃校回避のために名が変わったと認識している証言が載せられている。

＊4 平田了三「GHQ占領期における武道の一考察」（青山学院大学史学会「史友」四五号、二〇一三年）によれば、いわゆる「武道禁止令」はじっさいにはGHQが出したのではなく、文部省からの自主的な指示によるもので、また学校教育において禁止したに過ぎない。その意味では「武道教育禁止令」と呼ばれるべきだろう。しかし、GHQによって武道振興団体の大日本武徳会が軍国主義的団体として解散させられたのは事実で、それが武道教育禁止と重ねられて認識されていたと思われる。なお、空手道はもともとが学校武道ではなかったことなどから「大日本武徳会で認められていた武道の

中で唯一、戦後、早い段階で学校内での活動を行っていた」（六二頁）。「空手道の普及の一環で朝鮮遠征を行う」ほどだった拓殖大学では一九四八年には既に学校から正式に部として認められ、五〇年には道場の使用が認められている。柔道は五〇年に中学以上の学校教育で復活し、剣道はその軍国主義要素、軍事訓練としての側面から復活が遅れ、五三年に高校以上で、五七年に中学以上での剣道が復活した。国体での正式競技採用年次は柔道五〇年、剣道五三年と公的な場への復活がそれぞれその時期だったことがわかる。そのため、語り手が浪人している時期は既に空手部が活動し、柔道も学校に復活しているはずで、記憶違いや当時はそういう認識だった可能性とともに、これが意図的なずらしの可能性もある。

第四章　「夢」の話法
──『挟み撃ち』の夢2

「とつぜん」と「当然」のあいだ

『挟み撃ち』での兄はいわば仮想敵といえる人物だ。三歳年長の者として語り手に対しつねに批判的で、敗戦時に軍帽を捨てた後にも、兄は突然朝鮮語で歌いだしたりしている。

パンマンモック、トンマンサンヌ、イリボンヌムドラー！（一六三頁）

「飯を喰って、糞をたれるばかりの、日本人野郎共」という意味で、兄は「東京節」こと「パイノパイノパイ」のメロディにのせて歌う。軍歌「歩兵の本領」から、労働歌「聞け万国の労働者」への転変と同じように、東京の町並みを歌った詞が朝鮮語による日本人非難の曲へと変わった。このような替え歌は語り手が言うとおり、ずっと前から存在したかも知れない。しかし、語り手にとっては敗戦という巨大な転換を象徴する「とつぜん」そのものだった。

> 何故だろうか？　もちろん、わからなかった。わからないから、とつぜんなのだ。なにしろ、わたしが知らないうちにとつぜん何かが終ったのであり、そして今度は早くも、わたしが知らないうちにとつぜん何かがはじまっていたのである。（一六五頁。傍点筆者）

敗戦によって故郷が「外国」に変わった[*1]のは、そもそも外国だった場所を大日本帝国が「併合」して植民地としたからで、その歴史を知るものにはこの成り行きは「当然」のことだったとしても、語り手には知る由もなかった。ここで、語り手に聞こえてきた声——語り手が兄と見なす声はこう批判する。

> それは、お前、決してとつぜんではなくて当然だよ。お前はまだあのとき元山中学一年の餓鬼だった。そのお前に、当然のことがとつぜんと考えられたのは、まったく当然過ぎるくらい当然のことではないかね。（一六五頁）

語り手自身の心の声のように響いてくる仮想の兄の発言に対して始まる対話体での「「とつぜん」論」は、「罪」「罰」「脳髄」「運命」「屈辱」といった強い言葉がちりばめられ、「笑い地獄」の自己言及にも似ていながら、より根源的で焦燥感に満ちている。必死の弁明のように語られるのは、

「とつぜん」が「脳髄にへばりついて、離れなくなってしまった」語り手の現実認識のあり方だ。あの中学一年生の敗戦のころからまとわりついて離れない「とつぜん」は、しかし生まれた時からすでに「当然」だったのではないか、と兄の言葉を裏返す。誰かには原因や理由が明らかな「当然」だったとしても、彼にはいつも「とつぜん」だったからだ。

「陸軍幼年学校」の夢もまた、門を入る前に「とつぜん」消えてしまい、軍隊という現実を知り幻滅を味わうことすらできなかった語り手は、「罪を犯すほどの知識も、罰を受ける資格」もない「運命」を「滑稽きわまる屈辱」と感じる。戦後「新制高校の教科書民主主義」が語り手に示した「間違っていない憧れのサンプル」に対してもあいまいでいるほかなかった。兄はそうではなかった。「アカハタ」を読んで米軍キャンプに勤め、父のことなど忘れろと言いたげな兄の姿は、戦後を「当然」として生きる、「餓鬼」ではない人間として立っている。記憶には場所が要る、と「何?」で書かれていたように、政治にも立場が要る。しかし、語り手にはその立つべき場がない。

卒論以来、後藤のゴーゴリ論の眼目は「諷刺」作家としてのゴーゴリ像を批判すること――スターリン時代における「政治主義」からゴーゴリを救い出し、ゴーゴリには「立場」というものがなく彼の笑いは「諷刺」ではない、ということを証し立てることにあった（『笑いの方法』一六二頁～）。対談でも、カフカとの出会いによって「コミュニズムと決別」し、ゴーゴリを考えることは「コミュニズムとの戦い」だったと語っている（「文学における原体験と方法」一三八～一三九頁）。この、政治的立場そのものとの「格闘」が、後藤の基本姿勢となる。アカハタを読む兄との対話はこの構図の変奏でもあり、冷戦下にロシアと朝鮮という政治的たらざるを得ない題材を扱う『挾み撃ち』の特質はここにもある。そして、こうした姿勢は小田切秀雄によって「脱イデオロギー」で、「アンガージュマン」ではない「デガージュマンの内向の文学」と批判されるわけだ（小田切秀雄「現代文学の争点（上）」東京新聞一九七一年五月六日夕刊）。

政治を可能にする足場感覚の欠如。兄や古賀弟のような年長者の感覚に対する違和感はそのせいだ。この決定的なズレの感覚、あるいは「笑い地獄」における「不参加」の意識が、「当然」に対する徹底した「とつぜん」による「格闘」を駆動している。

語り手が持ち出すソール・ベローの『ハーツォグ』に出てくる大学教師は、自分の過去への執着が自身の抑鬱的傾向からきていることも、その「健康法」も知っている。現実の様々な疑問に対する「原因、理由のすべてを」知っているか、「知る方法を知っているはずの知識人」だ。しかし語り手は違う。事実、『挾み撃ち』の末尾で橋の上で待ち合わせている山川に関する「七つの疑問符に対してほとんど充分に答えることが出来る」と言って即座に「最初の疑問符に対する答えは『忘れた』あるいは『思い出せない』」と続く人を食った叙述は、「当然」なるものはもはやあり得ない、という語り手の認識を明瞭に示している。果たして「当然」のことなど存在するだろうか。敗戦を恥辱と感じた経験がより普遍的な問題として投げかけるのはこのことだ。

後藤はある講演でこう主張している。

それでは、現代とはいったい何なのか？　つまり、近代と現代とはどういうふうに違うかといいますと、神はもういないということがほとんど証明されてしまった時代ということにな

ります。（「迷路あるいは現実」『円と楕円の世界』五二頁）

すべてを知り、あらゆることを「当然」と眺めうるのは神しかいない。「当然」を「絶対」と、「とつぜん」を「相対」と読み換えるならば、関係の相対性を描き続けてきた後藤の眼目は明らかだろう。同時に「絶対」の廃棄は、「絶対者としての神を批評してきた自我の絶対性もまた疑わしいという、相対性」の認識をもたらす。これこそが後藤の言う「挾み撃ちにされた現代人」の素性だ。『挾み撃ち』が描いているのは、引揚者の体験にとどまらず、神なき世界としてすべてが「とつぜん」に起こる時代としての「現代」でもある。七〇年連作では「わたし」を問うことで作品が書き継がれていたけれども、ここにおいて自己にとどまらず、多岐祐介が「認識論的小説」と指摘する（『批評果つる地平』七五頁）ように、世界認識そのものを「とつぜん」を武器に読み換えようとしている。関係の相対性を描く「関係」、歴史から脱線し、ズレゆく存在としての自己を宣言する「笑い地獄」、そして七〇年連作での場所の問題を経た後藤による「自己証明の問題」の到達した地点がここだ。柄谷行人が後藤は「アイデンティティを求めているわけではなく」、『私』と外界との関係の意味」を問うていると指摘した（前掲「一九七三年の文学概観」五八頁）のは、この点を突いたものだ。「とつぜん」早起きし、「偶然」のきっかけが話を展開させる本作の語りの方法は、この認識の実践にほかならない。

「とつぜん」が歴史、通時性にかかわる縦軸の概念だとすれば、「楕円の世界」とは共時性にかかわる横軸の概念だと整理できる。いずれも、「絶対者」なき現代において、あらゆるものの優位に位置する存在などないという認識の両輪であり、これこそが後藤にとっての「喜劇」だ。そしてこの認識こそが「夢の話法」としての『挾み撃ち』の語りとなる。

夢の話法

後藤にはゴーゴリ論『笑いの方法　あるいはニコライ・ゴーゴリ』（八一年）があり、この表題の論考自体は『挾み撃ち』と同年に雑誌連載されていた。ゴーゴリ読解が小説と評論の両面から書かれていたわけだ。評論版『挾み撃ち』ともいえる『笑いの方法』では、ゴーゴリの「鼻」において、いきなりある人物の鼻が消滅したり出現したりすることをこう論じる。

そのような「何故?」は、誰からも関心を払われないまま、あたかも、現実とは原因不明の世界なのだ、とでもいわぬばかりに、一つの事実としてどんどん進行して行くのである。

（『笑いの方法』四二頁）

「原因不明の世界」とは、後藤が「犀」同人時代に書いた小島信夫論「原因不明の世界」（六五年）以来のものだ。[*2]カフカを論じる小島信夫を通じて獲得したこのキーワードは以後も重要で、カフカの『変身』も「鼻」も、超自然的な事件が発生しても原因の追及などとは無関心に「どんどん進行していく」小説という点で共通する。『挾み撃ち』における「「とつぜん」論」がここに接続されたものだということは明らかだろう。そして「喜劇は、そもそも何故だかわからないから、喜劇なのである」と後藤が言う時、「現実」とは「原因不明の世界」という「喜劇」だということになる。現実とは、なにごとも「とつぜん」起こりうる場所だというのが後藤の認識なのだ。

だとするならば後藤の言う「現実」は限りなく「夢」に似てくる。後藤は『笑いの方法』のなかで、カフカについてこう書いている。

> 『変身』は、夢を書いたのではなく、夢の方法によって書かれているわけだ。夢の論理によって書かれた現実なのである。そこでは夢は、われわれが生きている現実、人間と人間とが関係している世界というものを捉える方法として考えられているわけだ。(『笑いの方法』八五頁、傍点筆者)

さらに後藤は、カフカの『変身』が夢から目覚めて始まることに注意を促す。だからこそ、作中現実は夢ではないけれども、方法として夢の論理によって書かれている、と指摘しているわけだ。『挾み撃ち』が「とつぜんの早起き」から始まるのもこのためだろう。

カフカとゴーゴリは「原因不明の世界」という「夢の方法」によって接続される。後藤がミラン・クンデラの「カフカは夢と現実とを溶解させる錬金術に初めて成功した人だと思います」という発言に「全面的に賛成」する(「そっくりそのまま、ゴーゴリに当てはまる」のでカフカが「初めて」ではないと留意しつつ)のはこのためだ(「歴史の両義性」「海」一九八一年一月、二九七頁。『笑いの方法』二七二頁)。

『挾み撃ち』もまたこの「夢の方法」によって書かれている。当然、誰かの見た夢を描いている、と言いたいわけではない。戦前の軍人の夢も、生まれ故郷の朝鮮も「あたかも冗談か嘘ででもあったかのように、消えて無くなってしまった」ならば、それを経験した者にとっての戦後が夢のようでないわけがあるだろうか。現在と過去のこの関係を、つまり「世界というものを捉える方法」が、夢の方法――夢かたりということだ。

この話法こそ『挾み撃ち』における「夢」のもう一つの意味だ。幼年学校の「夢」をまるで「夢」のように失い、上京にまつわるゴーゴリへの憧れという「夢」にもまた挫折し、現実がまるで「夢」のようだ、という感触を過去と現在、現実と虚構の交錯によって描き出す、この「夢」の多層性こそが『挾み撃ち』だ。蓮實重彦が『挾み撃ち』を「明らかに幻想小説の傑作」(「文芸時評 1974」『文学批判序説』二〇四頁)だと指摘しているのは、この文脈において読まれるべきだろう。

数多の疑問符を繰り出して、「いわば、すべてのものが、疑いへと傾いた斜面の上に置かれている。つまり、自分も現実も、あらゆるものが「理由のない状態」において捉えられている」と秋山駿が言い(秋山駿「文芸季評」「季刊芸術」春季号一九七四年四月)、平岡篤頼が、ものごとが「夢のなかでと同じ唐突さと不可解さともどかしさを伴って生起し、そのために話者のいる場所をそのまま、両目をあけたまま見る夢の内部に変えてしまう」と論じているのはこの特質を指摘したものだ。さらにこの特質が『夢かたり』に著しく、「『挾み撃ち』で発見されたその方法が、『夢かたり』で一層磨きをかけられた」と指摘している(平岡『文学の動機』一九九頁)のはきわめて正しい。平岡の言うように、『挾み撃ち』以後「夢幻的な場所を暗示する題」が増えていること、特に七九年までの六年で「夢」を題に含む作品が集中的に書かれているのは、この『挾み撃ち』における夢の話法をきっかけとしたものだ。奥泉光が「実にさまざまな水準の虚構が折り重なって、編まれていく」と指摘した（いとうせいこうとの対談「文芸漫談シーズン3　後藤明生『挾み撃ち』を読む」「すばる」二〇〇九年五月、二〇六頁）、『挾み撃ち』の「4」における、深夜に女性を追跡した語り手の過去の記憶が空想と交錯し、ゴーゴリ「ネフスキー大通り」まで重なって渾然一体となって描写されるくだりも、現在、過去、空想、虚構の境界線を「溶解させる錬金術」という『挾み撃ち』の方法の極点だ。[*3]

虚構と現実、過去と現在、戦前と戦後がとつぜんに入れ替わり、重なり合う脱線と飛躍の語りは、確固とした基盤をもつ歴史、整然と語られる物語を拒絶する。待ち合わせている山川について、語り手は以下のように述べる。

したがって、このわたしなどよりは彼の方が、小説の主人公としては遥かに適していたかも知れないのである。またそうしてはならないという理由は、どこにもなかった。にもかかわらず、わたしがこの橋の上で山川の存在を忘れ果てていたのは何故だろう？　それはたぶん、彼が二十年前のわたしとは、まったく無関係な人間だったからだ。つまり彼は、ある日とつぜん早起きをして家をとび出して行ったわたしと、無関係な人間だった。九州筑前の田舎町とも無関係だ。早起き鳥試験とも、蕨とも、古賀兄弟とも、久家とも、大佐の娘とも、ヨウコさんとも、無関係の人間だった。もちろんわたしの、カーキ色の旧陸軍歩兵用外套とも無関係である。要するに彼は、二十年前のわたしとはまったく無関係であったために、とつぜんの早起きからはじまったわたしの一日巡礼とも無関係な人間だった。左様、ある日のことわたしは、二十年前のわたしとも、とつぜんの早起きによってはじまったわたしの一日巡礼とも、まったく無関係な一人の男を、お茶の水の橋の上で待っていたのである。失われた外套の行方を求めて歩き廻ったのも、わたしだった。山川を待っているのも、わたしだった。そのような、ある日だったのである。(二五五頁〜)

外套の行方という最大の疑問にも答えはなく、語り手は自らの「小説の主人公」としての不適格を強調し、その山川も語り手の今日や過去ともいっさいの関係がないと「無関係」を延々と強調するなかで、『挾み撃ち』は何一つ始まらず何一つ解決されないことで「物語」を破産させてしまう。もちろん語り手はいっさい成長などするはずもない。右の文章は話を進めるにあたってはほぼ無意味な饒舌でしかない。しかし、「話が進まない」ことこそが『挾み撃ち』にほかならず、時間の整然たる流れを拒絶する「「とつぜん」論」という歴史批判は、物語批判としての小説、という後藤の散文を組織する原理となっている。

後藤明生の文章が持つ開放感はここに由来する。回答されるべき疑問符、語られるべき事物を過不足なく語ることに奉仕する文章、筋書き、登場人物その他さまざまな物語のための文章はここにはない。時間は唐突に切り替わり、虚構と現実は語りのなかで入れ子になり、とりあえず歩いてみてとりあえず何かと出会う。このような語りの実践にこそ、後藤の歴史批判、物語批判の真骨頂がある。

　さらに、「「とつぜん」論」によって時間の先後関係が廃棄される時、過去と現在はまさしく隣接するものとして現われる。ここに見られるのはいわば時間の空間化ともいうべき事態で、これはのちに土地の探索と歴史の探索をかけあわせた、『吉野大夫』『首塚の上のアドバルーン』『しんとく問答』等の後期作品で大きく展開されることになる。

　後藤が、「アカーキーが失われた外套を求めて行く経路自体が、そもそも幻想的な迷路」的なものだと見なし、その「幻想」にこそ「笑い」があると論じながら、都市について以下のように指摘しているのは重要だ。

> ゴーゴリにとって最も幻想的に見えたもの、それが現実だった。彼にとっては、ペテルブルグの現実ほど幻想的なものはなかったのである！　ペテルブルグの現実ほど、不思議で、奇怪でファンタスティックな世界はなかったのである！（『笑いの方法』七七頁）

　これはゴーゴリの「上京」、「他国者」という属性ゆえだという。後に、彼が評価するゴーゴリ、ドストエフスキーといった作家を「ペテルブルグ派＝幻想喜劇派」と呼んでいるのはこの、都市＝幻想＝喜劇の等号が後藤のテーゼだからだ。蕨も含めて、都市を探索歩行する小説としての『挾み撃ち』において、東京が「わたしを混乱に陥れている」というのはこの都市という幻想を示唆している。

では、もう一つの「夢」はどうなっただろうか?

「わたしの『外套』」

語り手は、「たとえ真似であっても構わない。何としてでも、わたしの『外套』を書きたいものだと、考え続けて来た人間」だった。『挾み撃ち』における最大の「夢」がここにある。しかし、なぜ「外套」なのかについて論じた文章は見当らない。後藤自身が中期ゴーゴリを大学の卒業論文に選び、ゴーゴリ、ゴーゴリと唱えてきた人間だということは読者ならその多くが知っているだろう。しかし、それで納得できるだろうか。ましてや、武田信明が書くように(文芸文庫版解説)、ゴーゴリとの関係に言及することを「さして意味を持たない」と断言できるはずもない。

ところで、『笑いの方法』には不可解な指摘がいくつかある。ひとつはゴーゴリのよく知られた逸話として、プーシキン宛の手紙において、滑稽なものだろうとなかろうと何か題材をもらえれば喜劇を書き上げます、と懇願している手紙での「純ロシア的アネクドート」という言葉を、「実話」を指すと論じているところだ(六三頁)。「純ロシア的アネクドート」が「実話」だとはさすがに強引だろう。後藤の議論自体は、題材そのものが滑稽である必要はなく、方法・文体によって喜劇は構成されるという趣旨において理解できるものの、ここでゴーゴリの求めるものを「実話」と見なそうとしているのは、まさに後藤こそが「現実において生きている人間たちの〈実話〉でさえあったならば、そこに必ず、一つの滑稽な世界が、構造として発見されるはずだ」という信念を持っているからだ。これは現代に対する後藤の認識として前述したとおりだ。

そしてもう一つが、上田秋成とゴーゴリを比較する箇所にある。「吉備津の釜」と「外套」を比べて、題材としての悲劇が、かたや怪談に、かたや喜劇になるという不思議さについて、以下のように書いている。


すなわち秋成は悲劇の材料を一旦「喜劇」化し、それを「怪談」に変換させた。然るにゴーゴリは悲劇の材料を一旦「怪談」化し、それを「喜劇」に変換させた。この変換は、異化という言葉を使ってもよいと思うが、とにかくこれが両者の怪奇性の相違であり、同時に共通する方法ではないかと思う。(『笑いの方法』一七三頁)

これはどういう意味なのか。秋成が喜劇を介した、ということについて何の説明もなく、「自分勝手に」という通り、この議論では結論だけが投げ出されている。[*4] 後藤自身のオブセッションがここに現われている。現実に喜劇を見いだす、悲劇を喜劇に変換する、ということは、後藤にとってそれだけ重要な意味があるわけだ。これこそ後藤がゴーゴリに見いだした「方法」だった。

ゴーゴリの「外套」がどういう話であるのかは、『挾み撃ち』作中に紹介されているとおりだ。書類書写が生きがいの万年九等官アカーキー・アカーキエヴィチは、ぼろぼろの外套を仕立屋にもう繕うことはできないと宣告され、新たな外套を作るための節約の生活を「新しい生き甲斐」とし、「婚約者が、花嫁を迎える日を指折り数えて待つように、新しい外套を夢見つつ暮した」。しかし

「人生そのものだった」新しい外套は出来上がったその日に何者かに「強奪」される。助けを求めて「有力な人物」のもとに請願に訪れたアカーキーは一喝され死んでしまう。アカーキーの死後、外套を剝ぎ取る「アカーキーの幽霊」の出没が噂され、「有力な人物」が襲われると幽霊は出なくなった。この「聞くものの涙を誘わずにはいられない弱者の〈哀話〉」が、「外套」だ。似た話をどこかで読まなかっただろうか？　そう、語り手赤木の「わたしの夢」たる「幼年学校」入学が敗戦によって永遠に消えてしまったエピソードは、「夢」を奪われたアカーキーの物語と重ねられている。アカーキーが奪われた「外套」が、『挾み撃ち』においては赤木の「幼年学校」の「夢」を象徴する「陸軍歩兵の外套」に転化するのは、この「哀話」の共通性においてだ。アカーキーの「外套」も、赤木の「外套」も、そこに込められているのは「人生そのもの」で「生き甲斐」でもあったはずの喪失した「夢」にほかならない。

「外套」論における後藤の読解の肝は、悲劇を文体によって喜劇に変換すること、にある。『挾み撃ち』は早起き鳥の解けなかった問題から始まり、現住の草加の団地に至るまでの十五の場所を書き付けておきながら、結局蕨と上野を往復するだけで終わる。意味ありげに列挙した居住地の履歴は、最初からそうなることがわかっていたかのように放擲される。答えの出ない疑問符とも、欠落や空白を雑ともいえる恬淡さで投げ出していくのが後藤の語り口で、それは解答することの失敗でもある。これは外套探索行そのものが最初から失敗することがわかっていたということだ。『挾み撃ち』において繰り返し解き得ない問いが現われ、夢や憧れの挫折が書き込まれ、人生の失敗を反復するのは、それを話法によって喜劇に変換するためだ。哀話を喜劇に変換するゴーゴリの方法を継承し、四十年の生涯を回想し、それを夢の話法によって滑稽なる喜劇として、世界全体もまた喜劇として読み直すという、「わたしの『外套』」を書くまでのプロセスそのものが『挾み撃ち』という小説だ。しかしそれは、失われた外套を探しながら、失われてしまったと言うことを再確認しているだけではない。喪失を噛みしめる感傷に浸るのではなく、失われた外套を探す過程自体を新たな「外套」として身にまとうことで、自らの外套を刻々と作り出していく営為としてあるわけだ。二十年来の「夢」は読者の眼前にそれとして実現されている。題名を「よっぽど『外套』に変えようかと考えた」(『大いなる矛盾』四六頁)のは、『挾み撃ち』がまさに後藤の「外套」だからだ。[*5]

後藤明生自身が、「外套」の物語自体はこんなにも悲劇的なのに、どうしてこんなにも笑いに満ちているのか、と疑問に思ったのだろう。引揚者として夢と故郷を失い、土着にも拒絶され、受験にも失敗した後にゴーゴリと出会うことで、「外套」の物語をわがこととして共感しながらどうしてそれが笑えてしまうのか――「極めて悲愴な体験」としての自身の絶望をいかに受けとめるのか、という問いへの答えが、この喜劇の方法だった。

『挾み撃ち』のその後

『挾み撃ち』が後藤明生にとって重要なメルクマールとなるのはここにおいてだ。敗戦体験の絶望を滑稽なる喜劇として読み換え得たことで、戦前と戦後の生の関係を描く地平を切り開く。平岡篤頼が「ある時期から《居直った》」(「構造化された日常」「海」一九七九年六月、二二四頁)と感じているのは、『挾み撃ち』において年来の課題が果たされたからだろう。それまでも短篇で朝鮮のことを描いてきたけれども、敗戦体験を受けとめた夢の話法の獲得によってようやく、朝鮮の記憶を本格的に語りはじめる手がかりを得たのではないか。実際、『夢かたり』における方法を「過去から現在へ向かう時間と、現在から過去へ向かう時間」(『夢かたり』後記) と語る時、これは否応なく「挾み撃ち」を連想させる。

また、先行する文学作品に直接言及しながら書き進めていく手法は以後多くの作品で見られる常套となり、『壁の中』などはパロディとテクストの検討が同時に行われる点で『挾み撃ち』と『笑いの方法』を合流させたものとなっているし、土地を歩き回ることでとつぜんの遭遇を作品に取り込むことと、土地にかんする記憶の探索は言葉=歴史の探索へと転換され『吉野大夫』、『首塚の上のアドバルーン』などへと至る。両者いずれもテクストなり土地なり歴史なりを言葉として「読む」ことを基本動作とするのは、『挾み撃ち』がゴーゴリを読むことで書かれたことに端を発しており、後の作品の主要な方法の萌芽がここにある。

これらの意味で、『挾み撃ち』はまさしく初期後藤明生の到達点にして、中期後藤明生のスタートと位置づけられ、後藤明生作品中でもきわめて重要な位置にある。[*6]

＊1 『挾み撃ち』一四八〜一四九頁には、敗戦直後、駅で朝鮮人たちが太極旗を振っているさまを見て、日の丸への呪いによって真ん中の赤が黒と塗り分けられた、と語り手が思う場面がある。呪いによって赤を黒く塗る、といえば「赤と黒の記憶」での、赤い肺臓を煙草の煙で黒く染める場面が想起され

るけれども、その表題にそぐうのはむしろ『挾み撃ち』のこの場面だろう。父の死のように、これもまた戦後の衝撃を戦前に繰り込んで別のものに置き換えたのではないか。

＊2 『円と楕円の世界』所収。文中で言及される小島信夫「消滅の文学」（「文芸」一九五七年二月）は「消去の論理」と改題されている（『小島信夫文学論集』晶文社、一九六六年所収）。カフカ『変身』の主人公が虫に変身した理由について「気がかりであったことが、おこったにすぎない」とはあるものの、ここで後藤が紹介する内容と実際の文章は大きく食い違っている。他の文章と混同しているのか、後藤がそのように読みとったのかのどちらかだろう。

＊3 「父の夢」（七四）、『夢かたり』（七五）、「霊夢」（七六）、『夢と夢の間』（七七〜）、「夢」（七九）。そのすべてが『挾み撃ち』以後の六年間に書かれている。なお、『嘘のような日常』（七九）の帯には「嘘や夢のように、日常が見えてくる……」とある。そしてこれらの他に「夢」が題に含まれる後藤作品はない。第一章で書いたように、「嘘のような過去とほんものの嘘」という作品が一九六〇年に懸賞小説に応募・落選していることも付記しておく。

＊4 この論点については『雨月物語紀行』（一九七五年）で紙幅を割いて展開されており、磯良の怨霊化とは、捨てられた女の悲劇を男と女を対等の存在とするための喜劇化の操作だと論じている。一五〇頁。

＊5 後藤自身は、外語大を受験したのは二葉亭四迷に憧れたためだったとし、ゴーゴリと本当に遭遇したのは、受験に失敗した後だと言っている（『笑いの方法』二〇〜二一頁）。ゴーゴリを主軸にするため、『挾み撃ち』においてはゴーゴリに憧れて上京したことになっている。

＊6 本書の第一部連載以後に発表された注目すべき『挾み撃ち』論として、『〈戦後文学〉の現在形』（平凡社、二〇二〇年）所収の城殿智行の論考がある。ジョイスのように意識や経験を書き尽くすでもなく、プルーストのように記憶の襞をかき分けるでもない『挾み撃ち』の「忘れてしまっている」方法

は、話者が「プルーストとジョイス」に「挟み撃ち」にされたものだと指摘し、「話者や作中人物を実在の人物や作者と混同して疑似主体化する解釈よりも、一九世紀以降の文学史をふまえた、形式に意識的な解釈の方が優先されるべきなのである」（二〇四頁）と、まさに本書のアプローチに批判的な立場からの立論になっている。

第二部　失われた朝鮮の父——〈中期〉

第五章　故郷喪失者たちの再会
――『思い川』その他と「厄介な問題」について

第二部においては〈中期〉の作品を扱う。ここで中期と呼ぶのは、『挾み撃ち』前後の『思い川』『夢かたり』から、『八月／愚者の時間』に至る作品を指し、後藤がもっとも意欲的に朝鮮を取り上げた時期にあたる。朝鮮という近現代日本の急所を描こうとするとき、朝鮮出身者の後藤はいかなる方法を選んだのだろうか。

後藤が朝鮮を書く過程はそれまで視界の外に置かれていた「他者」の存在に直面する過程でもあった。そして失われた故郷・永興への関心と平行して、初期においては団地小説という形をとっていた自分の居場所へのこだわりが、転居後の習志野、別荘のある軽井沢追分、本籍地福岡県朝倉を題材にした小説群へと結実していく。永興という生まれ故郷を決定的に失った後藤は「わたしが帰る場所はあるのでしょうか？」という問いとともに、さまざまな土地とその歴史を探索しはじめる。この、土地と言葉の重なった空間への関心は、メタフィクションや引用の連鎖となって、後藤後期の実験的作風への転換を準備する。

忘れられた朝鮮語――「虎島」ほか

植民地朝鮮での敗戦体験が『挾み撃ち』の核だった。しかし、『挾み撃ち』におけるその体験とは、軍人の夢に象徴される戦前の世界の喪失、という戦後の体験を主眼としていた。『挾み撃ち』で問われていたのがこの「敗戦」の側面だとするなら、その前後、後藤にとっての「朝鮮」を探る試みは、永興や元山を回想しその引揚者たちとの関係を描く作品として書かれている。七〇年連作以後の朝鮮を扱った作品をたどろう。

七一年の短篇「虎島」(『虎島』所収)はその最初のものだ。語り手が朝鮮における永興小学校、元山中学校時代の思い出を書いた週刊誌のエッセイ[*1]を読んだ人物から中学校の卒業アルバムを提供され、永興湾の沖合に浮かぶ虎島へ行き、家族から離れて初めて「一夜を過ごす」体験を回想する作品だ。疑問符と感嘆符の多用という自問自答のリズムによって記憶の欠落と喪失感が語られており、後藤自身が言うように『挾み撃ち』文体の原型ともなっている。

この元山中学校の卒業アルバム『長徳』、父の剣道友達からの手紙、また永興、元山の同級生だった山口からの電話などは、後の朝鮮ものへ発展する重要な題材だ。なかでも、アルバムに李浩哲(イホチョル)の名が出てくるのは見逃せない。

「虎島」の時点では後藤も気づいていないけれども、李浩哲とは、元山中学時代当時「国本浩哲」の名札をつけていたという後藤の同級生で、彼はその後韓国で作家となり、国際ペンクラブの会合のため来日した七二年十一月、後藤明生と中学時代以来、初めての再会をすることになる。そこには李浩哲がその作品を韓国語に翻訳した李恢成も同席しており、朝鮮からの引揚者、北朝鮮から韓国へ渡った〝越南民〟、樺太からの引揚者、という三様の故郷喪失者（エグザイル）が一堂に会していた。

話を戻すと、「虎島」には永興小学校から元山中学へ進んだ後藤を含む四人の名前、田中満、山口円、真壁陽一も出てくる。彼らはいずれも、後の朝鮮ものにおいて重要な登場人物となっているばかりか、作品を始動する鍵ともなる。

七二年の中篇「父への手紙」は、「虎島」で言及されていた父の剣道友達、広島の「S老人」へ会いに行った様子を語ったものだ。しかもそれが亡父への手紙という形式を取っているのが特色で、それ故に感傷性が色濃く漂っている。かといってこれが素朴な感傷を素直に表出したものとも言えない。死者への手紙という形式ゆえに、作中に充満する疑問符には回答がなされる可能性はなく、疑問符は限りなく増殖するばかりだからだ。そして描かれているのは、語り手の直接の知り合いだったわけではない「S老人」に会いに行くまでのためらいや迷いで、この逡巡こそが問題となっている。

語り手が、広島では原爆のことを「あれ」と呼んでいる、という話を聞いてそのことに理解を示すくだりがある。「原爆は現在では世界とか人類とかの問題として、論議されておりますが、誰にでも「あれ」としか呼びようのないもの、「あれ」としか名づけたくないものは、あるだろうからです」と続けており、父が死んだ花山里についても「「あれ」としか呼びたくないような体験」と語る。直接名指しできないような、微妙なニュアンスを含む〈傷〉の感触。このことは、語り手の

「わたしの朝鮮における記憶がメルヘンかさもなければ敗者の恥辱という両極端の世界に分裂したままになっている」要因でもある。この、「記憶そのものがあるいは錯覚だったのではあるまいかという不安」をもたらす分裂こそが、語り手をしてS老人に向かわせ、当時の友人田中と山口との会話を駆動したものだった。

その分裂と不安とも共鳴するエピソードがある。「ドイツ人神父」のいる「耶蘇教会の天主堂」付近での体験のことだ。いつか季節もわからないあるとき、天主堂への坂を朝鮮人が群れをなして歩いて行くのを見た語り手は、そこに「不思議な恐怖」を覚えた。

長蛇の列をなして教会の坂を登って行く朝鮮人の群の、朝鮮靴の足音が、何ともいえない恐怖心をかき立てたのです。そのときわたしは、何故だかわからないけれども、永興じゅうの朝鮮人という朝鮮人が、一人残らず耶蘇教会の天主堂の丘に登って行くのではないか、と思ったようです。

暴動？　いや、おそらくそのときがクリスマスか復活祭というものだったのでしょう。

（『思い川』三〇頁）

この後語り手は天主堂を引き合いに出しながら、「思想的な問題」があったかどうかをS老人に尋ねており、老人は近隣の順寧面で「万歳事件」（一九一九年の三・一独立運動）の翌年、三人が逮捕されたことがあると答えている。ここには明らかに植民者の不安が顔をのぞかせている。教会に

「朝鮮人」が集まってくることが子供にすら何かしらの不安を抱かせる、というのは民族間のヒエラルキーが子供にも当然認識されていたことを示唆する。父が経営していた商店の手伝いとして名が記される「金、朴、張」といった人物、そして引揚げ途中日本の軍属として中尉だった父を家に迎えた金潤后といった名前を持つ朝鮮人と、一方で、戦後田中の姉の夫だった警察官を射殺したりした朝鮮人民保安隊や教会に集う朝鮮人という形で、語り手にとっての朝鮮人のイメージは両端に分裂している。語り手の覚える恐怖は、そのまま日本人の植民者性、加害者性の反映にほかならない。そしてこのことこそが、語り手の「朝鮮」の記憶に不安をもたらす。

七三年、『挾み撃ち』刊行直後の掌篇、「わたしが生まれた場所」(『虎島』所収)が永興を扱っている。エピソードを思いつくままに列べたような趣の作品で、少年時代は朝鮮語が話せたこと、「支那人」の畑から大根を盗んだこと、朝鮮の遊びをして父親から「朝鮮人の真似なんかするんじゃない」と言われたこと、朝鮮人と朝鮮にいた日本人だけが知っているという「皇国臣民の誓い」を暗誦させられたこと、引揚げてきて日本人にも「百姓」がいることに驚き自分が贋物の「日本人」のように感じた「恥の意識」のこと、いくつかの朝鮮語を日本語と思い込んでいた「忌々しい誤解のこと、そして今現在、朝鮮語がまったくできないこと。

このなかで「久しぶりに植民地日本語をきいた」出来事として語られているのが、「元山中学の同級生」だった韓国の作家と再会した話だ。名は記されていないもののこれが前述の李浩哲なのは明らかで、しかしその内容は「日韓両国の関係はいまや複雑微妙であり、懐かしさの余りにわたしが書いてしまったことが、いかなる形で旧友の迷惑にならないとも限らない」から詳しく書けないという。「酒を飲んで昔話をしただけだった」ことが、このような注意を要する、というのが朝鮮をめぐる「問題」の一端として存在する。そして自分が朝鮮語で話すことができず、彼は植民地日本語で会話をする、という状況だったことが示され、「ただその文字を学び、マスターするだけでなく、彼らの場合はそれを日常語としても使用することを強制されていた」と、日本人と朝鮮人とで「外国語」の意味合いがまったく違っていたことが指摘されている。敗戦後、「二十七、八年ぶり」に会ったという場における言語によって、両国に横たわる歴史の影が映り込む。そして語り手の場合、「わたしの朝鮮語は同じ年頃の子供たちとの喧嘩や遊びのために用いられていた」ために、朝鮮語の忘却はただ言葉を忘れたということにはとどまらない。

「もはや朝鮮語はほとんど忘れてしまった」と書き出された本作が、終盤「わたしが失ったものは、何も朝鮮語ばかりではない」と書き付けられるとき、含意されているのはこの「わたしが生まれた場所」そのものだ。

父を訪ねる旅——『思い川』

『挾み撃ち』を書き終えて自身の敗戦体験についての認識を作品化したあとの七四年には、朝鮮ものが四作書かれており、この頃から朝鮮在住時の友人知人たちの話を本格的に小説にし始めている。その一つ、掌篇「永興小学校の思い出」(『虎島』所収)は「不気味な転校生」、「破れズボンをはいた桜井」のことを書いたもので、語り手が戦後二十七年ぶりに同級生山口、田中と再会した時に、山口が桜井に喧嘩を売って負けたという些細な思い出を語る話だ。[*2] 桜井が印象を残すのは、語り手たちのような「永興土着の日本人」ではなかったからでもある。大柄で、破れズボンをはき、ドイツ人神父のいる天主堂のそばで障子の破れた家に住んでいた桜井は、植民地日本語より「流暢な標準語」を話していた。

語り手は、「永興の日本人たちは土着と非土着の二種類」に分けられると言う。ここで興味深いのは、語り手の父が何度か脱出を企て、日本に帰ろうとしたという話だ。この二種類で言うなら、内地の中学校を卒業して曽祖父のいる朝鮮へ渡った父もまた、桜井のような「非土着」の永興の日本人だったわけだ。語り手は父の脱出のことを考えながら、

父の憂鬱というものを漠然と想像してみることがあるのである。父が死んだ年齢に近付きつつあるせいかも知れない。(『虎島』一五九頁)

と述懐する。この「父」への思いが、この頃に書かれた朝鮮ものの鍵だ。

この作品に次いで書かれた中篇「思い川」、短篇「父の夢」「釈王寺」は「父への手紙」とともに連作集『思い川』に収録された。「はじめから連作のつもりで書いたのではなかった」(「『思い川』その他」『不思議な手招き』)というのは、「父への手紙」を書いた頃のことを指していると考えられ、朝鮮体験を描く試みは、『挾み撃ち』後に拾い直したものだ。

「思い川」は「わたし」が土筆(つくし)を取りに家族と一緒に綾瀬川を歩きながら、朝鮮を流れていた龍興

江のことなどを回想し、綾瀬川と龍興江という現在と過去とを二重写しにしながら、父としての「わたし」が少年だった頃の「父」を思い返し、「当時の父を直接知っている人間」の「山田さんを訪ねる旅」に出かけようとしてその死を知る、という作品だ。趣向として「父への手紙」と重なる部分がありつつも、過去を訪ねる探索のなかに現在と過去を重ねる手法は『挾み撃ち』から多くを引き継いでいる。

朝鮮の回想では、父が食卓で言葉を発したことがほとんどなかったということや、ソ連兵が進駐してきて日本人達が煙草倉庫に収容されているときも毎日のように抜け出して龍興江に泳ぎに行っていたこと、その龍興江が増水したとき避難する朝鮮人の列を見たことや濁流にのって屋根が流れてきたこと、寄宿舎での日曜日の外出で、知り合いの「山田醬油店」で母からの小遣い五円札をもらったこと、街中で上級生に出会うたびに直立不動の敬礼をして、しかもそれが「ヤマ」と呼ばれる売春宿帰りの者にまで敬礼していたために「馬鹿丁寧な真似」と笑われた話などなど、少年時代から戦争末期、敗戦後のことまでさまざまに描かれる。

そうした朝鮮の追憶とともに重要なのは、綾瀬川の土手を歩く現在の家族を描いた小説でもあることだ。土手で「犬を連れた奥さん」と会った時、長女に犬がかみついて「ゾッとした」こと、その飼い主に腹を立て、飼い主がいなかったら「犬と闘ったに違いない」と語る場面など、家族を守る父親としてあろうとする「わたし」が描かれる。

今作では後半、朝鮮の陸軍歩兵部隊で父と一年志願仲間だった山田醬油店の山田さんを訪ねていこうとする。その理由の一つは、永興から何度も脱出しようとして「釜山から永興へ連れ戻され」

た父の「朝鮮脱出の真相」をいくばくか志願仲間に打明けてはいないか、という思いからだった。ここには、引揚者として「九州筑前の田舎町に同化したいと願った」「わたし」と、生まれ故郷の九州に帰ろうとした父との対比がある。「非土着」の者としての興味だ。

そもそも、『挾み撃ち』で描かれていたように軍人に憧れていたのも父の影響が大きく、「思い川」でも「父が卒業した中学に転入できた自分に満足していた」と語る「わたし」のなかで、父の存在は巨大だ。「思い川」で、子供を眺めながら自分の子供時代、父がどうだったかを思い出そうとし、父を知る人を訪ねようとしているのは、「父の年齢に近付きつつある」なかでいったい父とはどのような存在なのか、ということを追い求めているからだ。「父の夢」での、父の夢のなかの女が「お父さん」と呼んだ相手は「わたしの父のことをではなく、わたし自身」なのかも知れないと考え、「わたし」と「父」が重ねられていることもこのためだ。この父の夢から覚めたとき、時計は父の享年を連想させる五時四十七分を指しているのは偶然ではない。『思い川』が朝鮮にまつわる連作というだけでなく、父についての連作といっていい作品集となっているのは、四十となった父親としての語り手が、四十代で死んだ父に追いつきつつある自分を省みながら、そのロールモデルとしての父が不在だという不安に突き動かされているからではないか。

朝鮮で父を亡くした後藤にとって朝鮮と父の関係はきわめて密接だ。五〇年代の「赤と黒の記憶」や「異邦人」では父の存在は薄いけれども、六七年の「無名中尉の息子」以降、特に「何?」で、朝鮮で亡くした父の記憶を思い返しながら、家族のなかで己が父親として振る舞う様子を描いているのは、父親としての自覚と自身の父の不在が後藤のなかで大きなテーマとして浮上したからだろう。

後藤が後年「『思い川』は痛恨の一冊」で、小説ではなく「随筆のジャンルに投入していただきたい」（前掲「現点」インタビュー）と否定的な評価をしているのは、この父への関心を相対化しきれなかったからではないか。しかしそれ故に、『思い川』には父への関心が生のまま露呈している。

また後藤自身は清岡卓行、日野啓三といった引揚者同士の座談のなかで、引揚者の郷愁を刺激するものとは何か、という流れで「ぼくは川が一番引っかかるな。どうも涙腺を刺激されますな、川は」と述べている（「引揚げ作家の二色刷り人生」「週刊朝日」一九七五年九月三十日増刊号）。感傷と郷愁を刺激する題材をかけあわせて自分でも抑えきれなくなったのかも知れない。

故郷喪失者（エグザイル）たちの位置——後藤明生、李浩哲、李恢成

朝鮮ものの代表作『夢かたり』（七五年）に入る前に、ここで後藤の朝鮮への姿勢について検討しておきたい。「生まれ故郷」朝鮮を書くときに立ち上がる植民地支配の問題に、後藤がどう対応しているのかは小説の方法ともかかわるからだ。

前述したように学生時代、ゴーゴリを考えることは「コミュニズムとの戦い」だったと後藤は語る。スターリン主義の時代、帝政批判の諷刺作家として政治的に持ち上げられていたことへの反撥としてゴーゴリ論を書いたことが後藤の出発点にあり、その「政治主義」の拒絶こそ、後藤の「笑い」や文学に対する基盤となった。

同じ引揚者作家で、朝鮮への植民地支配に対する日本人の罪責を徹底して問うた小林勝について、

後藤がきわめて否定的だったのはそのためだろう。後藤は小林について、その朝鮮に対する贖罪意識としての「マルクシズム思想」があまりにも「主情的に理想化されている」とし、革命を信じる主人公にとって朝鮮が「生命の絆」となっている様子は「朝鮮コンプレックス」だとほとんど全否定に近い批判を行っている（「グロテスクな〈記憶〉」『大いなる矛盾』）ことも、この政治性否定の一例だ（小林勝については原祐介『禁じられた郷愁　小林勝の戦後文学と朝鮮』を参照）。

このことが、その後様々に議論を呼んだ、李恢成について「李さんに関していえば、彼が朝鮮人であるということをむしろ度外視すべきであると思うな。度外視して彼の小説のモチーフは何かということを問題にしたい」（「座談会　新しい文学の方向を探る（そのⅢ）虚構と現実について」「三田文学」一九七〇年三月、一〇二頁）と発言した背景だ。

この発言は、朝鮮人の帰国問題についての議論を受け、後藤が告発だけでは文学にならないと主張したことに続けてなされたもので、社会問題の面から小説を読むことに対する批判として投げかけられた。「日本語で書かれた小説として」、「在日朝鮮人一般の問題としてではなく」読みたい、と後藤は言う。

この発言にはその場で李恢成本人が「僕は自分が朝鮮人であるということから離れては文学はできないですね」と反論し、金石範も在日朝鮮人の文学において日本語で書くということは、朝鮮人作家の「アイデンティティの問題」、「主体の所在の問題」が問われると指摘し（金石範「私にとってのことば」『新編「在日」の思想』）、以後日本語で書くということについてエッセイや座談会などでこの議論を敷衍していくことになる。李恢成や金石範が、フィクションの機構として後藤の発言に一定の理解を示しつつも、それでも違和感を表明せざるを得ないのは、在日朝鮮人という存在そのものに近代日本の歴史・政治のくさびが打ち込まれているからだ。皇国臣民として日本国籍を与えられ、日本語で教育された朝鮮人が、戦後、一方的に国籍を奪われ在日外国人として生きて行かざるを得ない状況において、朝鮮人という属性はそうそう「度外視」できるものではない。大江健三郎が後藤の発言を端的に「無責任」と批判するのもその認識があるからだ。[*3]

このことは、後藤明生、李浩哲、李恢成の出会いの場において露わになる。この出会いについて後藤は「わたしが生まれた場所」で書いたけれども、その前に李浩哲自身が七三年四月に「或る邂逅」で、二人の出会いを個人的なものに留めようとする後藤に対し違和感を表明し（『現代韓国文学選集　第三巻』月報）、日常性への埋没や個人的なことだけを信じる「日本文壇には問題意識というものがな」いと批判していた。

後藤は同年十月「不思議な一夜」で「それについて、わたしはわたしなりに、意見がないわけではない。しかし、わたしが李浩哲にあのとき逢ったのは、あくまでも元山中学校一年三組の同級生として逢ったつもりである」と、やはり個人としての感想に局限して語っている（『現代韓国文学選集　第一巻』月報／『大いなる矛盾』所収）。

さらに十二月、後藤は「朝鮮経験者の感想」（『大いなる矛盾』所収）において、自分がどうしても「個人的に」しかこのことについて語ることはできない、と自身の立場を説明している。その理由として挙げられているのが、「北朝鮮における敗戦体験」によって、「国家というものの虚構」を知ることができた、ということと「支配と被支配の逆転」によって「自分は個人的に朝鮮人と平等なのだ、という意識」があるからだと書いている。「支配と被支配の関係は決して固定した絶対的なものではなく、逆転もまたあり得るのだ、という体験的な認識」を述べたあと、この「逆転の論理」によって、

> 少なくともわたしは、いわゆる〈差別〉の観念からは解放されたと思っているからである。その論理が、原理的にわたしから〈差別〉の観念を消去したのだった。(『大いなる矛盾』一四二頁)

と述べている。しかし、差別から解放されるということがあるだろうか。ことの経緯を追いながら後藤のこの認識に疑問を呈したのが、後藤と李の出会いの場に同席していた李恢成だ。李は「いま現に起こっている差別の問題にたいして原理的にかれが「解放」されてしまいかねない」と懸念を語り、「誰しもがその内部に相手を〈差別〉する意識を持っているところに人間の怖ろしさがあるのであり、だからその人間の一人としてわれわれは自己の内部にもあるその〈差別〉意識からも〈解放〉されることはない」とし、「〈解放〉されるのではなく、差別をなくすためにどう生きるか」だと批判する(李恢成「邂逅はあるか」『イムジン江(カン)をめざすとき』五三〜五四頁)。

差別を根本的に意識の問題として捉え、社会的な制度、構造の問題という意識が後藤に薄いことはともかくとして、李恢成が批判する他にも、後藤の論理は奇妙だ。差別する側が差別される側に

も変わりうる、というのは領けるとしても、だから自分は差別から解放された、といえるだろうか。いつ自分が差別する側にも、差別される側にもなり得る、つまり差別は遍在しうる、というのがあり得べき帰結ではないか。自分が差別と無縁だという言明は、たいていは誤解か自己欺瞞かのどちらかの表れになってしまう。この場合後藤自身が「知識人は、何らかの意味で、〈国家〉および〈時代〉の通念を代表しなければならない。日本と朝鮮との関係でいえば、それは〈罪の意識〉というものかもしれない」と書いており、後藤はここで〈差別〉と〈罪の意識〉を一緒くたにしているように見える。朝鮮人には敗戦後に酷い目に遭わされたから、彼らに対して差別する側だったことのやましさが相殺された、というのならば、後藤自身の主観としては筋が通る理屈だからだ。

八月十五日まで李恢成もまた「同化」の「申し子」のような少年だった。敗戦後も彼に朝鮮人は「きたなくて粗暴にうつった」、という「朝鮮コンプレックス」による「自己疎外感、異邦人意識」に悩んでいたけれども、大学時代に「李」という本名を名乗り、朝鮮人として民族主義に目覚めていき、「祖国の自主的平和統一を文学の仕事をつうじてめざす」(「文学者の言葉と責任」および「一在日朝鮮人の日本観」『北であれ南であれ我が祖国』)ことになる。李はこうして取り戻すべき自己と統一祖国という理想を措定しえたのに対して、前章で見たように後藤は植民地二世の引揚者として、取り戻すべき何ものかを持つことができなかった。同じ引揚者といっても、その民族的背景の違いもあり、政治的立場は対照的なほど異なるのだ。

「厄介な問題」と「わたしの記憶」

個人と政治にかんする李恢成とのスタンスの違いが両者の「喧嘩」に発展したことがある。その原因は李浩哲だった。前記「邂逅はあるか」で李恢成は、七四年二月、「李浩哲ら五人の知識人が反共法、国家保安法などの容疑で陸軍保安司令部に逮捕された」ことを知り、後藤にこの話を切り出した。最高刑で死刑もありうるものの、おそらくは十年ほど獄中に入るかもしれない、という李恢成に対し後藤は「十年ならいい。ドストエフスキーだって十年入っていたのだから」と答えたという。この言葉に李恢成が激昂すると、後藤は「じゃあ、お前は李のかわりに牢獄に入れるか」と返した、と書かれている。

李恢成は「後藤流のいつもの言い廻し」と納得しようとしているけれども、後藤の発言はユーモアというより無神経な軽口だ。別の機会に「政治なんかやらんで、小説を書いてくれと伝えてくれ」と後藤に伝言を頼まれたと李恢成は記しているけれども、金大中(キムデジュン)拉致事件等を起こした朴正熙(パクチョンヒ)独裁政権による弾圧に対抗する民主主義回復運動とは、その小説を書くための基盤を求める運動ではないか。後藤は「朝鮮経験者の感想」で、「戦車まで出動させた非常戒厳令下でおこなわれた朴正熙大統領の憲法改正の事件を知らなかった」というけれども、政変渦巻く韓国に生きる李浩哲にとって、「政治なんかやらんで、小説を書」くことは果たして可能なのか。李浩哲にしろ、樺太引揚者の在日朝鮮人としての李恢成にしろ、政治が深く食い込んでくる「運命」を持った人間に対して、これはきわめて暴力的な「個人的」態度だ。

しかし、ここまでで書いてきたように、相対的に当時、政治的困難を抱えていたわけではないけれども、後藤自身朝鮮からの引揚げ過程で父と祖母を彼の地に埋葬するという苦難を経験している。後藤はきわめて意識的に、この「無責任」とも批判される姿勢を堅持し、政治を拒絶する態度を通してきた。

第四章において『挟み撃ち』を論じた際、戦前と戦後の転変を被ったことで、すべてが「とつぜん」と観じられ、後藤は政治的立場を定めるべき足場を失ったと指摘した通り、この姿勢は後藤作品の根底にある。

後藤自身、自分の引揚げ体験を題材にしながらも、「引揚者としての体験や記憶のある部分を生き方の核心に据えることによって、それを行動の原理としているような引揚者ではない」といい、「引揚者の後藤明生でございます、という生き方はしてこなかった」(「〈無名氏〉の話」『円と楕円の世界』)というように、前言をもじっていえば「後藤が引揚者であるということをむしろ度外視すべきである」という読み方を求めている。それが彼の文学的態度だった。体験をいかにフィクションと化し、普遍化したかを読みたいし読まれたい、ということだ。

しかし、朝鮮という彼のいた場所は、そこに彼がいたということ自体が政治の、歴史の問題そのものだった。後藤は岡松和夫との対談において、朝鮮で自分の目撃したような場面を、「いまの朝鮮問題とか、植民地問題」に結びつけたり、「歴史的な事実から何かを持ってきて、それを批判的に書くということはしたくない」と語っている。そして、メルヘンというほど「僕らは自分の幼少年時代を美化してないし、また美化できないところがある」と語り、昭和一ケタ生まれの作家は経験をどう書くかという点に「厄介な問題」が存在すると論じている（「「厄介」な世代――昭和一ケタ作家の問題点」「文學界」一九七六年五月、一九三頁）。続けて、政治的な裁断も、造形的な美化もできないと岡松が語るのも、この『挾み撃ち』的な状況を指したものだ。「父への手紙」において、恥辱、不安、メルヘンに彩られた「朝鮮」の記憶の困難さに対して、語り手はひとつの道を見つけ出している。

お父さん、いま日本では朝鮮および朝鮮人の問題がいろいろと論議されています。日本帝国主義が朝鮮および朝鮮人に対して犯した「罪」についてです。確かにわたしは、日本人であるという理由によって、二十七年後のいまもなお、「生まれ故郷」から拒まれているのかも知れません。しかし、「生まれ故郷」についてのわたしの記憶だけは、誰も拒むことはできないはずです。（『思い川』五二頁）

ここに後藤が朝鮮を語る立ち位置が示されている。その「帝国主義」や「罪」の問題を知りつつも、「誰も拒むことはできない」「わたしの記憶」によって書くというやり方だ。分裂にさいなまれながらも、「わたし」の視点から書き起こす以外の手段はなかったということでもある。「厄介な問題」を単純な望郷でもなく、現在から見た政治的批判でもなく、個人的な日常のなかの微細な「傷」ともいうべき記憶の想起において描き出すことが、後藤明生の朝鮮を描く方法だ。

李恢成との「喧嘩」の後、後藤はアムネスティの人に会い、李浩哲らの救援活動の声明書に署名した。政治的な運動を拒否してきた後藤としては「生まれて初めて」のことだったという。「理由は李浩哲が、元山中学の同級生だったことと、彼が小説家であることだった」。そして、李恢成の右記エッセイに「反論しようかと思った。しかし止めて、「海」に『夢かたり』の連載をはじめた」(「時間」『夜更けの散歩』)。

しかし、「個人的」な方法でしか描くことができないことがあるならば、それでは描くことのできないことも存在する。後藤は、「『夢かたり』の中に何度か李浩哲のことを書こうと思った。しかしとうとう一度も書かずに連載は終わった」と書いているとおり、『夢かたり』だけではなく、それ以後の引揚げ三部作と呼ばれる『行き帰り』(七六〜七七)や『嘘のような日常』(七七〜七八)においても、李浩哲について触れることは、ついになかった。

＊1　「遙かなる元山沖」「サンデー毎日」一九七一年一月、『円と楕円の世界』所収。ここからもわかるように、後藤は書いたエッセイをそのまま作中に取り込んでおり、小説の語り手と現実の後藤明生とを区切っていない。

＊2　山口と田中に再会したのは前述の週刊誌のエッセイをきっかけとしたもので、語り手はそこにテープレコーダーを持ち込んで会話を録音しており、その記録からこのエピソードを書き記している。「父への手紙」でも語り手はS老人との会話を録音しており、朝鮮の記憶を持つ人の話を形にして残しておきたいという様子がうかがわれる。

＊3　金石範『ことばの呪縛』(筑摩書房、一九七二年)にこの問題にまつわるエッセイがいくつか収録

されている。また同書に収録された李恢成、大江健三郎、金石範による座談会「日本語で書くことについて」においても後藤の発言が言及されており、波紋を広げていたことがうかがえる（大江「無責任」発言はこの座談会でのもの）。後藤が後に、李恢成や金石範に対する書評において、「日本語との緊張関係」「日本語との戦いということ」（いずれも『大いなる矛盾』所収）と題して在日朝鮮人が日本語で書くことの意味を踏まえて書いているのは、この件への応答とも考えられる。

第六章　引揚者の傷痕

――引揚げ三部作1『夢かたり』

「不思議な別世界」――日本人と朝鮮人の境界

第五回平林たい子賞で「生まれてはじめて」文学賞を受賞をしたという『夢かたり』（七五年連載）は後藤明生の朝鮮ものの集大成ともいえる作品にもかかわらず、七八年に文庫化されて以降は電子書籍版（二〇一六年）まで再刊されず、『後藤明生コレクション』においても冒頭二篇が採録されたのみだった。紙の書籍では二〇一八年『引揚小説三部作』としてまとめられるまで待たなければならなかった。

しかし、敗戦にフォーカスした『挾み撃ち』に対して本作は朝鮮を主眼において戦後の「わたし」を描いた双生児的作品としてきわめて重要だ。先に述べたように『挾み撃ち』が「夢かたり」的でもあったように、『夢かたり』もまた、「挾み撃ち」的状況において書かれているからだ。

『夢かたり』は題材故に、日本文学における朝鮮を論じる場合にしばしば引き合いに出される。日本近代文学における朝鮮を論じた渡邊一民の大著『〈他者〉としての朝鮮　文学的考察』では、七〇年代の植民地二世による「故郷喪失の文学」として、日野啓三や古山高麗雄と並んで取り上げられており、ヨーロッパの植民地小説が「加害者意識」の不在に特徴付けられるのに対して、彼らの作品に見られる「禁忌ないし抑止」の感覚を指摘しながら、「日本の、とりわけ朝鮮にかかわる植民地小説は、国際的にもきわめて特異」だと評されている（二四八頁）。磯貝治良の『戦後日本文学のなかの朝鮮韓国』においても、同じく日野、古山と並べられており、ここで注目されるのは三人の位置づけにある。磯貝は古山の「詩情」「郷愁」への開き直りを指摘し、また古山が韓国の民主化運動を「観念的」と批判し、デモを「騒乱・騒動」と呼ぶことで、「彼の立場がどっちつかずなどではなく、「制圧」を是とする側」への傾きを持つと指摘する。対して「郷愁や懐かしさをみずからに拒む」日野の「内なる朝鮮を見つめるリアリズム」を評価する。おそらくは両者の中間を意図して後藤を二人の間に並べ、「日常性の定位置から踏みこもうとはせず」、そのことで後藤は「過去への背拒でも感傷でもない独特の位相を、かれの〈朝鮮〉にあたえている」と評する（一三八頁）。ここで磯貝が後藤に「一種の禁欲が「わたし」を縛っている」と指摘しているのは正しい。しかし、渡邊・磯貝の両者とも後藤のこの「禁忌」や「禁欲」の内実へは踏み込んでいない。前章でも見たように、この「抑止」や「禁欲」にこそ『夢かたり』および後藤にとっての朝鮮の核心がある。

後藤の朝鮮体験はこれまでも多々書き込まれていたけれども、それでも「どうしても落ちこぼれてしまう記憶の断片」（「『夢かたり』拾遺」『夜更けの散歩』）を取り込むために書かれたのが本作『夢かたり』だ。少年時の日々から、敗戦後三十八度線を越えようと日本人の一団として移動していたときのことまで、後藤の朝鮮体験全体をカバーしている。

それが後の会話型大長篇『壁の中』『この人を見よ』に次いで、全長篇のうち三番目の長さを必要としたのは、記憶とともに現在の姿も『夢かたり』の重要な要素だからだ。後藤はつねに回想する。ごく初期をのぞき、幼少期などの過去に現在時を置く自伝的作品のような書き方はしていない。一年間毎月、連作短篇のように連載された最初の章にあたる「夢かたり」では「今日も二時間ばかり昼寝をしていると、夢を見た」と小学校の友達が出てくる夢のことから小学校時代のことを語り出す。「虹」では正月に雑煮を食べているとき、雑煮の調理法の地域性から朝鮮だけで暗誦されていた「皇国臣民の誓詞」の話になり、「南山」では朝鮮の古い墓にある文化財が盗まれた新聞記事を読んで、朝鮮で死んだ弟の話へ繋がっていくようになっている。折々の随筆のような導入から、語り手の朝鮮がその都度現われてくるような書き方だ。

こうした「記憶の断片」は現在との繋がりにおいて引き寄せられる。各章一見独立した短篇のように見えながらも本作が長篇とされているのは、この断片性それ自体が後藤の朝鮮体験の性質そのものだからだ。「夢かたり」で、語り手は夏目漱石『夢十夜』を引き合いに出しながら、漱石は「夢」も「人物」も「話す言葉」も「男も女も」「時代」もはっきりしている、と繰り返し強調している。これはもちろん、語り手の記憶が前後や文脈の「はっきり」しないおぼろげなものであることの裏返しだ。少年ゆえに見たものの記憶は鮮やかでも、前後の文脈やそれが意味するもの、あるいは歴史的にどのような存在だったかは曖昧だからだ。

こうした手法で描こうとしているのは、戦後三十年を経ようとしている「現在」において、三十年以上前の出来事がいまもなお気にかかり、同郷の引揚者たちとの会話のなかにその断片を見つけようとする人間の日常だ。「夢かたり」で見たとされる夢は、混沌としていながらもこの『夢かたり』全体を示している。小学校時代の同級生たちと、「全校生徒の半分近くが老人」だという学校に向かっていく崖が揺れ、縁の手すりにしがみつくけれども、それは「手摺りにしがみつくことが、手摺りを揺さぶっていることになる」ことに気がつくという夢だ。子供たちの時間という過去と、老人たちの時間という現在とが相互に隔たっており、思い返そうとすること自体が欠落を増殖させていく状況を描いているようにも読めるのだ。

この夢を導き手にして、語り手は少年時代の街の様子を回想する。周到なのは、最初の章で出てくる場所が、どれも日本人と朝鮮人の境界を示すエピソードとともに提示されていることだ。

帰り道の左側に朝鮮そば屋があった。朝鮮瓦葺きの古い家で、ぷんと生ぐさい汁の匂いが家のまわりに立ちこめていた。わたしはそれを犬の肉の煮える匂いだろうと思っていた。朝鮮そばには犬の肉が入っているから食べてはいけない。わたしはかねがねそういいつけられていた。しかし犬の肉の煮える匂いは、思わず口の中に生唾が出てくるような匂いでもあった。

(『夢かたり』一三〜一四頁)

語り手たちは学校帰りにその店をよくのぞいたり、障子に指で穴を開けて逃げ帰っていた。朝鮮人老夫婦の玩具店でも、「朝鮮そば同様、食べてはならないもの」だった「オマケキャラメル」を

あたり目当てに買ったとき、目の前で朝鮮人の子供がキャラメルを「魔術」のように巧みな手つきで六回も続けて当てたことに呆然として、「朝鮮人の中に自分一人だけがぽつんと立っているような気がした。そしてそれ以来、オマケキャラメルは諦めてしまった」というエピソードがある。

この孤立感は、玩具店がそもそも朝鮮人の領域に立地していたことにもよる。この玩具店は本田の文具店とどぶ川を挟んで隣り合うほどの近さにありながら、土橋のかかった「どぶ川を越すと急にあたりの空気が変」わり、「そこから先には、日本人の家はなかった」という場所にあった。


どぶ川にかかった土橋は僅か幅二メートル程のものであったが、その向う側は、わたしには知ることの出来ない謎のような朝鮮人たちの土地だったのである。（一七頁）

小学校の目と鼻の先にあった朝鮮人たちの寺子屋のような「マル仁校」には日本人の先生はおらず、語り手にとってそこは「不思議な別世界」で、「あの朝鮮そば屋とともに、永興の中で最も朝鮮くさい場所だった」。語り手は学校である日突然「うしろから頭を殴られ」る。それは「サイダーの空壜」がどこからか飛んできたのが当ったためだけれど、マル仁と隣り合う川向こうの運動場は「がらんとして」いて、どこから飛んできたものかわからなかった。語りでは、鳶の仕業を示唆しているけれど、誰かが「マル仁のヨボだろ」と侮蔑語でつぶやく。

また次章「虹」では、隣り合って暮らしていたある朝鮮人には「一度も挨拶をしなかった」と語っており、「たぶん日本人の間では、近所の朝鮮人の一人一人に朝夕の挨拶をする習慣がなかったのだろう」[*1]といい、明確な差別意識が存在していたことがうかがえる。

「煙」では、川が凍ったとき橇のような乗り物を作って漕ぐ「ピング」という遊びについて、父は「あんな朝鮮人みたいな真似はいかん」「どうもあの恰好は、朝鮮人くさくていかん」「あれは、イザリだ」と語り手に話し、それで「何となくピングは止めてしま」う。祖母もまた、映画の宣伝で朝鮮服を着た朝鮮総督南次郎を、「みっとむなか」と批判し、「南さんはひょっとしたら朝鮮人ばい」と差別意識たっぷりに蔑む場面もあり、日常的な民族差別の様子が書き込まれている。

しかし、語り手はその朝鮮の匂いにしばしば魅惑されている。差別に基づく家族からの禁止と「思わず口の中に生唾が出てくる」ような欲求や好奇心が、朝鮮そば屋へのいたずらや玩具店でのキャラメルへ誘い、天然痘で鼻が穴ぼこだらけだったという「天狗鼻のアボヂ」や子供を亡くして狂ったという女性「ナオナラ」、「マル仁校」を眺める視線となって、日本人と朝鮮人の境界に語り手を招き寄せている。

このために、植民者による差別的社会のありさまが随所にその姿を見せる。

そして敗戦＝解放を迎えて支配の構図はまったく逆転してしまう。敗戦後、朝鮮人民保安隊やソ連兵に迫害・暴行されたり、日本人が煙草倉庫に収容されたり、そこもまた追い出された日本人たちは、「家族ぐるみで朝鮮人たちから笑われ」ることになる。


コウゴグシンミンを笑ったコウコクシンミンを、コウゴグシンミンが笑っていたのである。

（六九頁）


――――

朝鮮人の暗誦する「皇国臣民の誓詞」の訛りは、以前までなら日本人の物笑いの種だったけれども、この時の日本人たちは「チュウカクセイ、シュウコウ！」という訛った日本語の命令に従わねばならなかった。なかでも警察官はまっさきに留置所に入れられ、その後シベリアへ送られたという。元同級生田中は、『思い川』について前述したとおり、警部補だった姉の夫を朝鮮人民保安隊に銃殺されている。

かといってすべての日本人と朝鮮人が敵対していたわけではなかった。元同級生山口の母親は、永興警察署の留置所に入れられた朝鮮人たちに毎日弁当を運んでいたことで、敗戦後に朝鮮人から保護され、収容所に行かなくていいと言われたという。語り手自身も、「時計屋の金さん」の息子とはビー玉などで遊んだ友達だった。そして後藤作品に幾度となく出てくる、語り手家族を朝鮮の山中で匿った金潤后の一家など、朝鮮人を助けた日本人も、日本人を助けた朝鮮人もいたことは確かだ。

しかし、引揚げ過程において「わたしたちがおそれていたのは朝鮮人だった」。日本人の一団は、ソ連兵の見張りを避け、「朝鮮人に発見されるおそれ」のため、真夜中の山中を行軍していった。それでも語り手の一団は朝鮮人の山賊に見つかり、語り手は「膝にかけていた外套を剝ぎ取られた」。植民者たちは追われるように引き揚げていった。

川村二郎はある鼎談で、後藤が「植民地に対して日本人がどういうことをしたか」を「問題的に書こうということは、一切しない」けれども「しないことによって、個々のイメージ、あるいは風景というのは、とても鮮明に出てきています」と指摘している（「読書鼎談」「文芸」一九七六年六月、二三四頁）。同席する坂上弘が、朝鮮問題という視点からするとものごとが「政治化し、類型化」してしまうことを拒否し、「自分の記憶の誠実さ」につくことが「後藤明生の文学的態度」だと応答しているのは重要だ。政治的な見方による類型化を拒否し、自己の観察や記憶を丹念にたどることで、差別も含んだ朝鮮での実態がどのようなものだったかを描き出すことが後藤の「個人的な態度」だからだ。小林勝的な植民者の自責からも、引揚げ体験記的な苦労語りからも距離をとった視点での植民地生活の実相を描き出す態度は、政治的図式性への批判でもあった。

民族共存の（悪）夢——映画作家（シネアスト）日夏英太郎

植民地朝鮮での日本人と朝鮮人の混住生活は悲惨な終わりを迎えた。これが「内鮮一体」の帰結だ。「内鮮一体」とは朝鮮総督南次郎が主唱した政策スローガンで、姜在彦（カンジェオン）によれば「朝鮮人を皇国臣民化して、日本天皇との「君臣」関係を固めること」を目的に、さまざまな政策が行われていった（姜在彦『増補新訂　朝鮮近代史』三三七頁）。神社への参拝を義務づけ、「皇国臣民の誓詞」を唱えるよう強制し、朝鮮語科目を廃止して日本語を強制し、朝鮮人による言論機関を一掃、そして一九三九年には創氏改名が始まる。韓国併合後すぐに朝鮮に渡り、宮大工として神社や学校を建てた語り手の曽祖父は、まさにこの文化侵略の先兵の役を担った。それを語り手も知っているからこそ、「帽子屋の金さん」から朝鮮語で呼びかけられたとき、「あんたの曽祖父、祖父、父親たちがどのくらい財産を作ったか」「それをどうやってこしらえたかも」「よく知っておる」と言われる空想が浮かぶわけだ。

この内鮮一体に沿った国策プロパガンダ映画がタイトルになっているのが「君と僕」の章だ。日夏英太郎監督のこの映画は一九四一年に公開され、朝鮮軍司令部報道部製作で南次郎も出演している。前述の祖母が非難しているのはこの映画の宣伝だろう。何年か前から時折この映画を気にしていた語り手が、あるきっかけから松竹本社大谷図書館まで調べに出向く。映画もシナリオも見つからず、当時の雑誌での紹介が見られるくらいで、いくつもの疑問を解くことはできないけれど、[*2]語り手がなぜ「気がかりなものがあった」と感じているのかには答が与えられる。映画のなかで朝鮮人を見送る家族の場面写真を見て、語り手は小学校の学芸会でのある場面を思い出す。

朝鮮服姿のアボヂ役はわたしだった。ワタシハ生レハ朝鮮人デス。ケレドモイマデハリッパナ日本人デス。ダカラオクニノタメニヨロコンデムスコヲ戦争ニユカセルノデス。これがその学芸会のわたしの役だったのである。（二〇四頁）

この劇は、『君と僕』を学芸会用に翻案したものなのかも知れない。第一章で扱った五九年の短篇「異邦人」はまさにこのエピソードを描いており、主人公は劇で朝鮮人の「奉公の感激」を演じなければならないことを嫌がり、祖母へ泣きながら訴え、使用人の朝鮮人に暴力を振るっていた。語り手は『君と僕』を批判した映画評（内田岐三雄「日本映画批評」「映画旬報」一九四一年十二月十一日三四号、三五〜三六頁）について「イデオロギーに対するイデオロギーによる批判ではない」と評価するけれども、語り手に恥辱を与えただろうこの劇の背景にあるのが、内鮮一体イデオロギーそのものだった。

興味深いのは、『君と僕』について手紙をくれた人が監督日夏英太郎を「朝鮮人では？」と注釈していることだ。語り手は追求していないもののこれは指摘の通りで、日夏英太郎とは日夏耿之介（ひなつこうのすけ）に憧れて名乗ったペンネームで、彼は本名を許泳（ホヨン）という朝鮮人だった。

内海愛子と村井吉敬の労作『シネアスト許泳の「昭和」』（以降の引用は同書による）によれば、日夏の名が最初にクレジットされるのはマキノ映画の再編集作品『マキノ大行進』（一九三一年）の「編集」としてだ。マキノ解散後、松竹下加茂撮影所で衣笠貞之助監督『大阪夏の陣』に助監督として参加していた一九三七年、姫路城ロケにおいて火薬を使ったさいに量を間違え、死者重軽傷者を出すという大事件を起こしてしまう。この審理過程で日夏英太郎は「密航」してきた朝鮮人だということが明らかになってしまった。植民地統治下の朝鮮においては、国内であるはずの朝鮮からの渡航は自由ではなく、確実な就職先や所持金がなければ許可されなかった。辛うじて執行猶予がつき、新興キネマに拾われて原作・脚色をいくつか担当する。そして映画の国策協力を強制する映画法が制定された三九年、日夏は国策映画を企画し十六年ぶりに朝鮮に渡った。「無名のシナリオライター、しかも前科のある朝鮮人、そんな自分に映画づくりのチャンスがあるとすれば、上手く国策にのるしかない」わけだ。そこで撮られたのが『君と僕』だった。

この企画に朝鮮総督府から許可がおりたのは、当時の志願兵制度が農村で食い詰めた者の行き着く場所となっており、優秀な人材を集めるために宣伝を必要としていたという背景があった。軍制作となった『君と僕』はその力で当時のスターをかき集め、さらにはシナリオにない役で李香蘭を引っ張り出している。

映画はシナリオ(「映画評論」一九四一年七月)を見る限り、志願兵やその「軍国の妻」の「日本」への忠義を理想化した形で描いたもので、登場人物たちは「日本」を、「天子」を、「内鮮一体」の理念を片時も疑わず、その邁進にいそしむ。「内鮮結婚」は「優生学的に非常にいい」という国策奉仕を前提として、民族間の理想的な相互理解と融和が描かれる。上映には軍による動員がかかった。そして日夏はここからさらなる波乱の人生を生きる。

日夏は日本軍政下のジャワへ、軍宣伝班の一人として赴く。ここで監督・脚本として撮った映画が、連合国からの捕虜虐待批判に対し、日本軍が捕虜をいかに厚遇しているかを宣伝する謀略映画『豪州への呼び声』(四三年)だった。そこには捕虜たちが収容所で健康的な楽しい日々を暮らしている様子が映されていた。戦後オーストラリアではこの映像の虚偽を暴露する映画が作られ、極東国際軍事裁判で公開されたいわくつきの映画だ。その後日夏は四四年頃から宣伝部で演劇活動に携わり、その仕事はインドネシアにおいて「軍政中の演劇、独立後の映画をつないだ人物の一人」と評価されている。

日夏はジャワで日本の敗戦とインドネシア独立に立ち会う。この時、ジャワ在住の民間人、軍人や軍属、慰安婦などの朝鮮人組織「在ジャワ朝鮮人民会」結成に携わる。日夏は会の渉外担当として生活物資の確保等を行ったけれども、日夏自身は「日帝協力者」の「親日派」として糾弾されることを怖れたのか、途中で会を離脱し、インドネシアで生きていくことを選んだ。そして日本の敗戦後、本名を用い早稲田卒の博士だと自称し、ドクトル・フユンと名乗る。

フユンは四七年ジョクジャカルタで映画演劇学校を設立するなど、演劇活動に打ち込んだ。インドネシア独立戦争が終結すると、復帰したジャカルタでフユンは映画製作に取り組む。ここで五二年に死去するまでの二年半で、フユンは三本の映画を撮っている。

もっとも話題になったのがアルメイン・パネ（邦訳書が一冊存在する）を原作・シナリオとする『天と地のあいだで』（五一年）という映画で、これはインドネシア映画史上初のキスシーンが描かれるということで物議を醸した。騒ぎが大きくなり表現は抑えられたけれども、それ以上に問題となったのが民族問題だった。映画では「親オランダの混血と土着インドネシア人の恋愛」が扱われており、「天（オランダ）にも地（インドネシア）にもアイデンティティを見出せず、宙を彷徨うような存在であった混血の問題は、いまなおオランダ勢力の残存する五〇年代初期のインドネシアでは、微妙な政治問題」だったことで、検閲を受け内容を大幅に変えられ、題名も『フリエダ』となった。そのためか批判も多いものの、興行的には成功を収めた。

シナリオには「混血はたしかにインドネシア民族にはなれないが、インドネシア共和国の国民にはなれる」と、混血への弾圧に反対する人たちが描かれ、混血の女性もスパイを止めて「大地に根を下ろし」、インドネシアで生きることを決意する結末となっている。インドネシアで異民族として生きるフユンの姿が重ねられていないだろうか。

『君と僕』での「内鮮一体」という虚飾の理想は後藤少年に恥辱の記憶を植え付けたけれども、

『天と地のあいだ』では現実の民族問題において差別に抗し共存の模索を試み、「少数民族の存在そのものを無くそうとしている」内務省から修正を命じられるものへと変貌している。『天と地のあいだ』と並べてみるとき、『君と僕』や『豪州への呼び声』は共存と従属を取り違えた欺瞞を抱え込んでいるとは言え、いずれも結果的には異民族共存の夢を描いている。これが、許泳＝日夏英太郎＝ドクトル・フユンとしての民族的出自からくるテーマなのか、プロパガンダ映画を撮ったことへの反省なのか、映画のためなら時局便乗もかまわない作家だっただけの偶然なのかはわからない。

　彼はこうして、朝鮮から日本へ渡り、軍政下ジャワ、独立インドネシアと、日本帝国主義の影響下に生きながら、映画を撮り続けた。彼は現在「独立インドネシア映画界の草分けとして」「重要人物」だと評価され、インドネシア映画史に名を刻まれているという。国策映画のために故郷へ帰ることを断念した彼もまた、日本の植民地主義に翻弄され、故郷を失った故郷喪失者（エグザイル）の一人だ。[*3]

引揚者たちの戦後——植民地主義の傷痕

　朝鮮の「解放」によって当時の同級生たちはみなバラバラになってしまった。それが後藤の書いたエッセイによって、少しずつつながりができてくる。「虎島」以降の小説には随所にその様子が描かれており、『思い川』はじめ、『夢かたり』『行き帰り』や『嘘のような日常』などの朝鮮ものの作品は、そうした〈引揚者たちの戦後〉を描いた小説でもある。

　特に『夢かたり』では、語り手の回想が現在と過去を往還するように、他の引揚者たちの現在とつながり、それがまた引揚者たちの過去を引き寄せていく語りの運動によって綴られている。『挾み撃ち』が疑問符での絶えざる自問自答によって、引揚者としての「わたし」を描いたものだとすれば、疑問符をほとんど用いない文体へと変化した『夢かたり』において、鍵になるのはそうした自分以外の引揚者たちの姿や言葉だ。

特に中盤、六章目にあたる「高崎行」で、永興の二年上級だった「町田さん」を一年前に訪ねた体験を語った章以後、積極的な行動を語り出すようになる。七章にあたる「君と僕」での映画探索や、片思いだった女性に会いに行く十一章「片恋」、父が死に際に診てほしいといっていた山室老人に話を聞きに行く最終章「鞍馬天狗」等で、再会とともに「わたしの記憶」と他人の記憶とが重なり合い、あるいはずれを生む様子が描き出されていく。

九章目の「従姉」では、引揚者同士の認識の違いが露わになる。「一通の長い母親の手紙」にも出てくる青森の叔父には光子という娘がいるけれども、彼女は三十八度線を越える一団には同行しておらず、語り手たちの引揚げからさらに一年後、ふらりと語り手の母のところにやってきた。「お父さんとは、もともと意見が合わなかったから」というのが「叔父たちと行動を共にしなかった理由のすべて」だという彼女は、一団と別行動を取った後、「保安隊とソ連兵宿舎の下仕事」のほか、京城看護婦学校での経験から看護婦の手伝いもしていたという。「虹」では「マダム、ダワイ!」といって女性を要求されたり、女と見られないために顔を墨で真っ黒にし坊主刈りだった女性の記憶が語られ、「高崎行」でも、語り手の母がソ連兵に尾けられて恐怖を覚えたエピソードを語り手は聞いていた。そんな語り手やその母からすれば、信じがたい話だった。しかし、彼女は髪も長く、「作り話とも思えなかった」。

語り手は、彼女とよく顔を合わせるという大阪の兄から、次のように言われる。


「要するに彼女は、終戦後に就職したわけよ。はじめはアルバイトみたいなもんだったのだろうが、とにかく一年以上勤めた。そして日本へ帰って来て、今度は日本の病院に勤めた。彼女にとっちゃあ、転勤みたいなもんじゃないのか」

「敗戦もへちまもないわけか」(二六八頁)

帰ってくるまでのことをいろいろ訊ねた兄は、彼女は「何故そんな過去のことを皆がききたがるのか、それが不思議で仕方ない」様子だったと語り、「要するに、過去なんてものは無関係なんだよ、彼女には」と評している。

これこそ語り手と対極に存在する考え方だろう。敗戦の衝撃を、失われた故郷のことをずっと考え続けてきた語り手に対し、敗戦もロシア人も気にすることなく生きてきた光子の存在は、語り手の認識を一挙に相対化する。語り手は結局光子と会えずに終わったけれども、「意見の合わない」ことが別行動を意味する行動の人と、話が嚙み合うだろうか。

語り手を逆照射するもう一人が、母だ。「二十万分の一」で、古希を前に不調で余り出歩けない母の暇つぶしに、「永興地図」を作ってはどうかと語り手は勧めたものの、母は必ずしも「たのしんではいない様子」だった。そこで語り手は「あるいは母は永興が嫌いなのかも知れない」ことに気づく。濫読で失明しかけ『大菩薩峠』を三度読んだという文学少女だった母は、永興にいる十七年間「好きな本一冊読めない生活だった」。日本へ戻ってきてからは、その分を取り戻そうとするかのように「舐めるようにして」本を読んでいた思い出が語り手にはある。そこで語り手は、「母の永興とわたしの永興は違うのだ」ということに思い至る。「生きてふたたび生まれ故郷の福岡へ帰って来た」母と、「福岡の中学へ帰って来た」兄と、語り手にとっての引き揚げはそれぞれ違っていた。兄は敗戦前にすでに「内地から永興を見る目」を持っていた。

どうやらわたしが一番の永興馬鹿らしかった。（二九〇頁）

「一通の長い母親の手紙」に出てくる母は、語り手を記憶に取り込もうとする恐ろしい存在で、『挾み撃ち』に出てくる兄は、語り手の「とつぜん」論を批判する存在だった。それが踏まえられてここに再登場し、語り手の「永興」を相対化する視点となる。「無名中尉の息子」でも母は「父の死に方に腹を立てている」と書かれているように、「父への手紙」における父と「一通の長い母親の手紙」における母を見るとき、後藤にとっての父の重みに対して母は対立的な存在としてある。兄以上に語り手にとって「耳の痛い」相手として、語り手にはどこか母を疎んじる気配があったけれども、ここにおいてようやく母に対し見落とせない他者としての認識が兆してきている。ただし、母の問題が正面から扱われるのは『嘘のような日常』を待つことになる。

従姉や母の存在が突きつけるのは、語り手の朝鮮へのこだわりの強さだ。母からも兄からも突き放される一方、同窓生たちとは幾ばくか共有しえるこのこだわりこそ、語り手の最大の特質となっている。なぜ、こだわらざるを得ないのか。

後藤は植民地二世として、差別的社会を所与のものとして受け止めていた。この点、かつて朝鮮人の子供のたどたどしい「カミサマニ、タテマツル、チョコマンナ、ノーソクハ、アリマセンカ?・」と言ったのを、語り手が節回しまで真似て二人は「大笑い」したというエピソードが、再会した田中から語られることは示唆的だ。語り手が能動的に差別的な行動をした珍しい場面で、しかしそれを語り手は思い出すことができない。語り手もまた「コウゴグシンミンを笑ったコウコクシンミン」そのものだったわけで、おそらくそれはごく日常的な光景でしかなかった。

それが「敗戦」・「解放」後に支配の構図が逆転する。「朝鮮は日本なのだ、と言う嘘」によって「永興はわたしの生れ故郷」だったことが成り立っていた事実が明らかになり、戦前の日常は「嘘」にほかならず、加害でしかなかったことが露呈する。被害者としても加害者としても自分を位置づけることができない、そのダブルバインド――「挾み撃ち」的存在こそが後藤明生的語り手だった。『夢かたり』に指摘される「抑止」や「禁欲」とは、植民者としての加害性に無知だった少年時代を、この戦後の認識において決して楽天的に回想し得ないためだ。この緊張感ゆえに、語り手は当時の少年の心情をきわめて抑制的にしか語っていない。行動や事物は丁寧に描いても、当時朝鮮人をどう思っていたか、何を感じていたか、そういう率直な感想はかなり意図的に抑えられた、突き放した書き方をしている。感情の生々しさではなく、外形の描写の丹念さにおいて本作が語られているのは、乾口達司が指摘するように、「過去と現在を連続的につなげるため」ではなく「両者の断絶をより明瞭に現前化するための方法の一環」（「後藤明生『夢かたり』における「わたし」の過去と現在をめぐって――「煙」を中心として」「解釈」二〇〇二年一・二月、三三頁）だ。

後藤を、「植民地の日常を生き生きと描いている点ではほかの追随を許さない」と評する朴裕河は、後藤の描く朝鮮に日本人と朝鮮人の言語や文化等様々なレベルでの混交があり、そのために引揚者が「日本語に自信がない」と感じる事態を引き起こすことに着目し、「植民主義が決して無傷でありえない」という「〈内破する植民主義〉」を見いだしている[*4]（「内破する植民地主義」『引揚げ文学論序説』一三五頁、一五一頁、一五七頁）。そして『夢かたり』の特質を、「植民地の空気を吸い、風景を目に入れ、その地域の動物や植物を口に運びながら、「植民地標準語」で育った結果で作り上げられた〈植民地的身体〉の〈戦後〉こそが、『夢かたり』が描こうとするものなのである」と論じている（「植民地的身体の戦後の日々――後藤明生『夢かたり』論2」同書一六三頁）。西成彦が「後藤の戦後小説が、「回想」の形式を採用しつつ、何が何でも同時代小説として書かれねばならなかったのは、まさに戦後の時間のなかに、割り込んでくる植民地時代の時間、引揚げ期の時間の、「とつぜん」の到来に表現を与えようとしたからであろう」（「後藤明生の〈朝鮮〉」『韓流百年の日本語文学』二一一頁）と論じているのも、『夢かたり』においては現在が問題にされている、という指摘だ。『夢かたり』が描いているのは、引揚げ後三十年を経てもなお、故郷や父を失ったこの戦前朝鮮と戦後日本の断絶の傷痕が現在の問題として続いているということだ。朝鮮の事件がニュースになるたび、あるいは自分の朝鮮生まれが自覚されるたびに、朝鮮は語り手に「到来」する。『夢かたり』が語っているのはこの「傷」の痛みにほかならない。しかし「朝鮮」という冷戦下における南北分断が政治的論争を必然的に招く場において、植民者の罪が問われるなかで、語り手は決して素直に痛みを叫ぶことはできない。『夢かたり』の方法は、この語り手にからみつく呪縛のあいだを縫って、その痛みを語りの影として映し出す。

植民地主義の終わらなさこそが、『夢かたり』の「日常性」の根底にある。ならば、磯貝が後藤を「日常性の定位置」から踏み出そうとしていないというのは逆だ。むしろこのポストコロニアルの「日常性」を掘り下げているのが『夢かたり』だと考えなければならない。問題は、敗戦の瞬間や事件の場面にのみあるわけではなく、植民地主義の後の長い日常生活それ自体にある、ということを後藤の「日常性」は示している。後藤明生を日本ポストコロニアル文学の裏面として読む意味は、ここにあるのではないか。

二色刷りの絵

この植民地主義の傷が回復される一瞬が、終章「鞍馬天狗」に描かれている。

後藤作品にしばしば出てくる医師「山室さん」の住所が、人づての情報によって三十年ぶりに判明する。住所を知って「すぐにも出かけたかった」という語り手は、多忙のために十月まで待って岡山に赴く。そこは『雨月物語』の「吉備津の釜」[*5]取材時にほんの近くを偶然通った場所だった。

敗戦後、最後まで永興にいたこと、発疹チフスの流行によって多くの人が死に、交番の警官が共産党の朝鮮人に殺されたという「永興事件」の首謀者「蔡朱徹[*6]」もそれで死んだことなどが話題になるけれども、語り手にとって永興中の人間が知っているはずの天狗鼻のアボヂやナオナラといった存在は、山室さんはまるで知らないことがわかり、少年の視界とのズレが露わにもなる。

そこで見つけたのが、山室さんや田中とともに、父と語り手自身が写っている写真だ。語り手は声を出して驚き、複写を待たずに自分で持ち帰るほど、彼にとって重大な発見だった。

そもそも、実は『夢かたり』という題自体に父の探索が示唆されている。語り手はツルゲーネフを二葉亭四迷が訳したものから題を「拝借」したとは書いても、おそらくあえてその内容には触れていない。七歳の時に父を亡くした男が、夢で見た男と街中で遭遇し、母からその男こそ実の父だと聞いて街中を探し歩く、というのがツルゲーネフの「夢かたり」だ。そして書かれた通りならば山室さんを訪ねたのは連載も終わりの頃で、「鞍馬天狗」の内容は連載開始時には想定されていなかっただろう。しかし、「夢かたり」というとき、失われた朝鮮を、そしてその象徴ともなる父を探すモチーフは当然考えていたはずで、それがタイトルに反映されている。

「鞍馬天狗」はまさにその父を訪ねる旅の終着にふさわしいクライマックスに至る。山室さんは妻とともに、語り手の父が得意として語り手にもさんざんに聞かせた謡曲「鞍馬天狗」を聞かせる。そのなかで、山室夫妻の歌声は語り手の過去を引き寄せ、父の前に兄と二人で正座していた光景を呼び起こす。

> そのとき顔を真赤にした父の最後の声が聞えたのである。頼(タノ)めや頼めと夕影暗き　頼めや頼——めと　夕影鞍馬の　梢(コズエ)に翔(カケ)つて　失(ウ)せにけり。（三七〇頁）

軍歌や朝鮮語の歌、そしてここでの謡曲、といった後藤が多用する身体化した記憶としての歌は、後藤作品において過去とのつながりを示す重要な意味を持っている。引揚者同士の出会いによって視差を含んだ記憶が重なり合い、父の愛好した謡曲が二つの時間を重ね合わせ、その「二色刷り」によって、失われた父の絵が描き出される。「現在から過去へと向う時間」と「過去から現在へ向う時間」の交錯という後藤が言う「夢かたり」という「方法」によって文字通りの夢として父の声が浮かび上がり、それは天狗のように消えていく。故郷と父を亡くした引揚者の傷が、この一瞬だけは消え失せている。

失われた場所での懐かしい記憶と、それを回想する現在、この断絶と繋がりの奇妙なバランスが叙情や感傷を抑制している。私小説的なスタイルで一年を通した日常のなかの朝鮮引揚者の姿を浮き彫りにし、ある一日を描いた『挾み撃ち』の方法的な焦迫とは違ったかたちで、「わたし」とは何かを描き出しているのが『夢かたり』だ。「朝鮮」と不可分の存在としての「わたし」がここにある。

＊1　三〇頁。この文は「東方儀礼の国の主としては甚だ不本意だっただろうと思う」と続く。不思議な記述だ。まるで誰かに挨拶を禁止されていたかのような文で、朝鮮人を下に見る態度を否認するかのような不自然さがある。語り手が挨拶しなかったのはこの慣習の影響だろう。ただその一頁前に、父親は「帽子屋の金さん」に「形ばかりの挨拶」をしているというくだりもある。

＊2　語り手が言及する紹介記事は、「映画旬報」一九四一年十一月十一日三十一号の広告部分。『君と僕』のシナリオは「映画評論」一九四一年七月号に日夏英太郎、飯島正名義で掲載されている。映画は実

見できていないのでシナリオから言うと、語り手が思い出す朝鮮踊りの場面はクライマックスに存在する。知人の言う靴を交換する場面はないけれども、朝鮮人と日本人の女性がお互いの服を交換する場面はある。兄が言う、親族に民族主義者がいて志願兵に反対するという場面はない。このシナリオにそういう対立的、批判的な要素はほぼない。映画は二〇〇九年、全体の四分の一ほどの個人蔵のフィルムが発見され、日本と韓国で戦後初めて上映された（「朝日新聞」二〇〇九年四月三日朝刊）。

＊3　日夏英太郎については、日本に残した娘による著書が存在する。日夏もえ子『越境の映画監督　日夏英太郎』文芸社、二〇一一年。日夏の妻倉島華子が当初『君と僕』に出演する予定だったことや、九歳で事故死した長男憲之介がいたことなど、家族の生活や直接の知人による情報を元にした英太郎像が多数の写真とともに描かれている。英太郎のエッセイや前述のシナリオも抄録されており貴重。同著者によるウェブサイトがあり、英太郎作品も公開されていたけれども、二〇二二年現在はウェイバックマシンによるアーカイブでしかアクセスできなくなっている。

https://web.archive.org/web/20070103232705/http://www.k5.dion.ne.jp/~moeko/index.html

＊4　朴は「後藤の「個人的な体験」としての過去の体験が、その時空間の領域をひろげて「国家」や「世界」の体験となり、結果として国家や世界の物語――「歴史」となることを目指している」（一三六頁）とも論じているけれども、これはかなり奇妙だ。これまで見てきた「原因不明の世界」や「喜劇」などに顕著なとおり、「歴史」というものから断絶した地点こそが後藤の立脚点で、朴の前掲文は後藤ともっとも無縁な態度だろう。

＊5　『雨月物語紀行』のこと。その「後記」で後藤は上田秋成の「生レテ父無シ、其ノ故ヲ知ラズ」という言葉を引いて、「つまり秋成の世界は、生まれながらにして、その原因の半分が不明だった」と論じている。それが『雨月物語』の「人間と亡霊」という「理知と不思議とが五分五分に共存する」「二色刷りの世界」を生んだと、その幻想性を分析している（一八九～一九〇頁）。父の喪失が幻想性

の根拠にあるという論旨は『夢かたり』と重ねてみるとき示唆的だ。

＊6　乾口達司「研究動向　後藤明生」（「昭和文学研究」第六七集、二〇一三年九月）にある天野敏則の指摘の通り、飛田雄一『日帝下の朝鮮農民運動』（一九九一年）を参照すると、山室さんの語る内容は食い違いが大きい。永興事件と思われる永興農民組合デモ事件は一九三一年十月に発生しており、一九三二年生まれの語り手が見たはずはない。また旺場の交番の破壊が行われたのは事実だけれども、警官が組合員と誤認して巡査部長を銃撃したことによる死者が出たとはあっても、襲撃による死者は報告されていない。そもそも、襲撃自体が警官からデモ参加者が射殺されたことに対する報復として計画されたものだった（一一一〜一一二頁）。なお、「蔡朱徹」ではなく「蔡洙轍」が正しい。

第七章　それぞれの家（ホーム）／郷（ホーム）
――引揚げ三部作2および『使者連作』

引揚げ三部作と呼ばれるうちの『夢かたり』では過去と現在との「二色刷り」だったのに対し、残り二つは引揚者の現在、植民地の後の長い日常により焦点を当てている。そこで問われるのはそれぞれの者にとっていま居る場所、かつて居た場所としての家（ホーム）／郷（ホーム）とはいかなるものなのか、ということだ。引揚げ三部作から七年後の韓国訪問を題材にした『使者連作』においても、後藤明生の描く「朝鮮」とは、そうした根を削がれたものたちが不安定に漂う姿だった。後藤が遭遇する彼ら彼女らは、しばしばコミュニケーションを拒否し、あるいは自殺を試みている。後藤は、こうした朝鮮に縁を持つ人々の苦しみに向き合うことを余儀なくされる。

今と過去の家（ホーム）／郷（ホーム）――『行き帰り』

長篇『行き帰り』は、「習志野」（「海」七六年八月）と「行き帰り」（「海」七七年七月）という一年の間を開けて発表された二つの中篇から構成されている（「習志野」は冒頭がいくらか書き直されている）。「習志野」では、語り手「わたし」が転居した習志野のハイツと父の故郷福岡県朝倉との間の様々な場所のあり方を描き、「行き帰り」では「わたし」の「朝鮮」を相対化するような、二人の引揚者の姿を描いている。

一般に重要視されているのは表題作「行き帰り」の方だけれども、前半の「習志野」も後藤にとっての父と朝倉という、後の朝倉連作の先駆けにもなっている。千葉県習志野の谷津遊園ハイツの新居をまとまった形で舞台にした、習志野ものの最初の作品だ。

七一年に後藤は平岡篤頼から信濃追分の山荘を譲り受けて以来、毎夏を山荘で過ごし、そこを舞台にした短篇をいくつか書いて『笑坂』という短篇集にまとめている。そのうちの一つ、七七年の「分去れ」では、草加の団地も山荘も習志野も、すべて偶然の場所に過ぎないとしてさらに以下のように続けている。

正直なところ、わたしはその偶然を、はじめのうちは内心で嘆いていた。たぶんその嘆きは、外目には憎悪と見えただろう。確かに、嘆きと受取られるよりは、憎悪と受取られたいと思ったのである。しかし時間とともに、それは変化して、わたしは偶然の土地というものに執着をおぼえた。（『笑坂』二二七頁）

「憎悪」については第一部でも述べたように、後藤の初期短篇に時折現われる土着への視線にそれがうかがわれる。しかし『挾み撃ち』にもあるその「とつぜん」へのこだわりを通して、その「憎悪」は関心へと変質し、たとえばこの習志野ものの第一作や信濃追分ものの短篇から『吉野大夫』へと結実していくことになる。

この習志野の新しい土地で、「わたし」は、海にほど近い周辺の様子を散策しながら、ベランダから遊園の観覧車や競馬場が見え、近くには泥で埋もれた「半殺しにされた海」が野鳥の楽園となっており、その埋め立て反対運動のビラをもらったり、谷津遊園に知人が転任してきたことなどを身辺雑記のように語っていく。ここで丹念に描かれているのは、自分が新しくやってきた〝ここ〟がどんな場所か、ということだ。そして習志野には土筆がない。

> 自分は土筆のない土地へ来てしまったのだ、とわたしは思った。十何年か前、わたしは何のゆかりもない草加へ着いた。それと同じことだと思う。いまは同じように何のゆかりもないこの土地へ、わたしは着いているのである。(『行き帰り』四三頁)

「思い川」でも土筆採りのエピソードがあったように、語り手が土筆にこだわるのは「縁もゆかりもない草加の土地に、永興の土筆と同じ土筆が生えていることが、わたしには不思議でならなかった」からだった。永興にも生えていた同じ土筆を食べる、それが語り手のこだわりだった。現在「わたし」のいる場所と帰れない故郷、このズレにひかれるようにして、語り手はさまざまな場所についてのエピソードを語っていく。

なかでも重要なのは飼い猫ナナが「骨異栄養症」にかかったエピソードで、ここは「習志野」でもっとも緊迫した場面だ。家族が寝静まった深夜、ナナはダイニングキッチンの寝床から這いだして床でばたりと倒れた。

猫は自分の場所を這い出して、砂だらいか水か、どちらかへ向おうとしたのだろう。そして何歩か歩いたところで倒れたのだと思う。猫が倒れているのは、まさにそういう場所だった。自分の場所から五、六歩のところだった。この猫が生れた場所は草加である。わたしたちがその土地の団地にいたとき、生れて二、三ヵ月目の仔猫を長女がもらって来た。四年前だったと思う。やがて猫は草加からこの土地にわたしたちと一緒に移って来た。そして、こうしてこの場所で倒れた。水か、砂だらいか。猫が自分の場所を出て、どちらへ向おうとしたのか、わからなかった。（四七頁）

この急迫して繰り返されるナナにとっての「場所」の多義性はそのまま「習志野」一篇の縮図となっている。生まれて、生きて、死ぬ「場所」は何処なのか、その意識が語りを駆動している。続けて語り手は「この猫も路上で倒れたのだ」と考える。しかしこの場面以前に作中で路上で倒れたものはいない。

唐突に置かれたこの一文は、まず間違いなく語り手の父の引揚げ途中での死を指している（引揚げ途中朝鮮で父が死んだことがこの本のなかではじめて触れられるのはもっと後だ）。父の死の再来に戦慄することは、猫に近づき生死の確認をすることすらできなかった。[*1]

それから語り手のもとに差出人不明の封筒が届く。父の朝倉時代の親友だという「逸平」と名乗る人物からで、なかには若い父と友人たちの写った写真と朝倉から阿蘇山まで父たちが野宿旅行をした顛末を記した冊子が入っていた。冊子には青春時代の父たちの様子が生き生きと描かれており、語り手は時を忘れて読みふける。語り手は父たちの故郷朝倉恵蘇宿（えそのしゅく）（筑前訛りでヨソンシク）は、百人一首の「秋の田のかりほの庵の苫をあらみわが衣手は露にぬれつつ」でいう「秋の田」がまさしくその恵蘇宿だと祖母の教えてくれたことを思い出す。「露営旅行記――蘇峯之噴煙」と題された冊子で父と親友の三人は故郷恵蘇宿に帰り着く。しかし、敗戦後父は恵蘇宿に帰り着くことはできなかった。九州への講演旅行のさい、恵蘇宿に行くことは諦め、不義理がちだった母に会いに大阪行を優先する語り手は、後で恵蘇宿へ帰った父たちを想起しつつ、「わたしはここを出発して、ここへ帰って来たのである」と述懐する。西郷隆盛最期の地、「西郷のヨソンシク」西郷洞窟をどうしてもと見に行ったエピソードや、母が博多から離れた志免で倒れても一命を取り留めたのは、自分の故郷ではない土地で死にたくなかったからではないかと考えるなど、帰る場所としての習志野が、家（ホーム）／郷をめぐるエピソードを撚り合わせている。

後半の「行き帰り」ではそれを枠組みにしつつ、死や痛みが習慣化した日常性のなかに埋没する様子が前景化されていく。追分の草道を歩いているとき、蛇を見つけた「わたし」は、頭を踏みつけひねりしっぽを摑んで石に叩きつけて死体を林に放り投げたことがあった。語り手にとってその動作は「切れ目のない一つの流れ」で、「恐怖というものが、そういう動作に変形されている」反射的なものだった。

「習慣化することによって、恐怖がある別の何ものかにはっきり変形された」わけで、逆に蛇に悲鳴を上げる「妻の素直さにくらべて自分は恐怖に対してさえ最早や素直さを失っている」。しばしば窒息感をもたらす背中の痛みが原因不明のもので、死を考えたり心筋梗塞を疑ったりしても、やがてそれも忘れていく。長年続く肩こりも原因不明で、「自分の人生観はすべてこの肩こりから出て来たのではなかろうか」とも語るところへ出てくるのが「高鍋」だ。

> 自分を不愉快にする何ものかと共にしかわれわれは生きてゆくことが出来ないのだ、と思った。そしてわたしは、高鍋のことを思い出した。(二一六頁)

高鍋は他作品でも言及された元山中学の同級生で、引揚げ後は死んだと噂されていたのを、山口・田中との再会で生存を知った人物だ。会津にいるその高鍋の妹からの、後藤の短篇「永興小学校の思い出」を読んだという手紙に書かれた現在の高鍋の様子は異様だ。高校卒業後四、五年勤めた銀行をやめてからは、口もきかず、一日中正座をしてもう二十年を過ごしているという。高鍋はすべてを拒絶して生きている。

反対に、永興からの引揚者で広島に住む高田は、ある日雑誌の記事をたよりに語り手に電話をしてくる。それは、どんな些細なことでも良いから自分の記憶に他人の裏付けを得て、本当のことだったと確かめたいからだという。

この高田の電話に動機づけられて、語り手は高鍋のいる会津行きを決意する。会津に行く列車に乗った時点から、語りはメモを転載したような細かく、断片性に満ちた記述に変化しており、高鍋との再会が異様な空気を帯びていく。じっさいに会って挨拶しても、彼は首を振ったり振らなかったりするだけで、一言も口をきかなかった。子供の時のわめきやうなりといった「相手に通じない表現」が、いまや「二十年の正坐と沈黙」となりコミュニケーションを拒絶した高鍋を描写するには、時々刻々のメモと化さざるを得なかったわけだ。その拒絶に対し、「声をかけると、こちらの顔が歪むような気がした」と語られる一文はとりわけその断絶が露わになった場面だ。ナナ、蛇、窒息感のある背中の痛み、といった死の恐怖の挿話をつなげつつ、高鍋というほとんど亡霊のような沈黙を続ける存在に対面する、きわめて戦慄すべき場面でもある。

高田は広島在住の人物だけれども、彼を思い出すときに、原爆で家族や後輩を一挙に失った新聞記者のエピソードが挟まるのは、広島だからというだけではなく、原爆や敗戦、引揚げといった事件によって起こる、人間の「変形」が意識にあるからだ。その変形を被りつつも習慣化し、見慣れることによって忘れたものが、あるとき不意に高鍋や高田といった姿をとって現われる。「逸平」氏、高鍋妹、高田の電話など、とつぜんの過去からの連絡が主要なきっかけとなるこの連作は、その日常に埋もれた痛みを不意の背中の痛みのようなものとして描く。

高田が「永興みたいに行かれん故郷を持った気持ちいうもんは、どういえばええんですかのう」と嘆くような、行くにしろ帰るにしろ、本当に帰るべき場所は既に失っているという引揚者たちのそれぞれの現在を、今いる場所と過去いた場所との関係を通じて描こうとしているのが『行き帰り』

だといえるだろう。

「居心地の悪い場所」——『嘘のような日常』

七七年、後藤明生、古井由吉、坂上弘、高井有一らは編集同人四人が必ず創作を載せるという目標をすえ、季刊文芸誌「文体」（平凡社で一九八〇年まで全十二冊を刊行）を立ち上げている。後藤によれば、「素材主義」に反対し、「立場主義」に反対する、「文学の価値評価の基準、その中心を文体というところに置く」とし、「現代文学の方法としての文体」に価値を置くと発言している（座談会「いま、文学運動は可能か。」「すばる」一九八一年八月、二二一頁）。この座談会の出席者、小田切秀雄、金達寿、野間宏らの同人雑誌が社会的政治的スタンスを打ち出していることときわめて対照的で、そしてなお、後藤は編集同人の一員としての見解で共通意見でもない、と付け加えており、良い意味でも悪い意味でも同人雑誌的なスタンスは、寄稿した柄谷行人に時評で「必然性がすこしも感じられない」（『反文学論』六九頁）と批判されてもいる。後年古井由吉は、後発だからと原稿料は当時の最高水準の五千円を一律支払っていたと言い、平凡社の経営に打撃を与えたのではないかと省みている（「インタビュー　雑誌同人誌の構想と現実　古井由吉」「重力01」一一五頁）。一号は一万五千部が売れ、最終十二号では五千部未満だったという。[*3]

この「文体」創刊号から掲載された五つの連作短篇で構成される『嘘のような日常』は、一九七七年の夏、父の三十三回忌で親族一同が集まるまでの様子を、後藤明生らしく父の回想、引揚げの様子などを交えながら描いていく。しかし本作はこれまでしきりに現われながら正面から問われてこなかったことに向き合った重要な作品だ。当時の書評や文庫解説に至るまで、ほとんどの言及でなぜか無視されている母のことだ。[*4]

この小説は、父の三十三回忌を題材として、語り手も父のことを回想する。「三十三回目の夏」では、「無名中尉の息子」にもあった、花山里の部落で金潤后に匿われた夏、朝鮮人たちに混じって農作業に従事していた様子が、やや違う角度から描かれている。長男が剣道部の新人戦で準優勝したトロフィーを法事に持って行こう、と言う場面では語り手の父へのこだわりの強さが出ている。父は永興小学校に五十組の防具を寄付したことがあり、語り手はその父から剣道を習い、敗戦後日本では剣道が禁止されていたことを思い返しながら、「剣道は、わたしの見果てぬ夢」だったとして、息子になかば無理矢理剣道を習わせていたからだ。息子が意外にもその後も剣道を続けた結果として得られたトロフィーは、語り手にとっては「おじいちゃんへのお土産だ」けれど、その思い入れを共有しない息子からは当然今生きている「おばあちゃんじゃないの？」と聞き返される。語り手が父のことばかりを考えていることが露呈する場面だ。

六章で述べたように、後藤明生にとって母という存在はつねに彼を見返す厳しい目として存在していた。思慕し追憶される憧れの父とは対照的に、母は小説においては語り手に批判的な存在で、「父への手紙」においても母は「お父さんみたいな死に方をされたら、あとに残ったもんは、まったく迷惑するんだからね」といい、父の死を「犬死に」と呼んでいたほどだった。

本作のもっとも重要な事件は、一昨年、一度高血圧で倒れた母が、その一月後に三日分の睡眠薬を飲んで再度倒れた事件だ。この不穏な事件の謎が語り手に母への考察を強いる。そして語り手は自分が「母というものを、つき詰めて考えようとは思わなかった」し、「母がどういう人間であるかということは一向に考えなかった」ということを省みていく。

> 自分が父を失った人間だとは考えたが、母のことを夫を失った女だとは考えてもみなかった。母を、一人の人間として、一人の女として考えてみたことはなかったのである。（『嘘のような日常』一八頁）

だからといって語り手が母と腹を割って話そうとする訳ではない。耳が遠くなった母親はまるで会話を拒否するように、補聴器を嫌って外してしまう。母との会話を通してではなく、自らの記憶や兄弟との会話のなかから、次第に母の姿が間接的に浮かび上がってくるように描かれている。子供の頃、「母親らしい平凡な母親」に憧れ、小学校に来た母親に対しその若さに恥ずかしさを覚えたことが、語り手のつねに立ち返る母の記憶だった。それはおそらく、若さではなく、「いやいやながら」教室に立っている姿への違和感だっただろう。この母への違和感は、彼女の「居心地の悪さ」ではなかったかと語り手は考える。

> 単純で平凡な父だったのである。あの時代、あの場所に、満足だったかどうかはわからないが、居心地の悪さは感じられなかった。子供のわたしにも、それはわかった。そして母は、

そのような父との結婚を失敗だったと思ったのではないかと思うのである。わたしは、母の泣き声もきかなかったが、楽しそうな顔も見なかった。（三四頁）

三十三回忌を期して父の墓をどこに立てようかという相談に対しても、母はみんなに任せる、自分はもうなにもしないと言って関わろうとはしない。父の墓の場所が決まらない原因は、母、兄が大阪にいることをはじめ家族がみなバラバラに住んでいることもあるけれども、語り手は母が引揚げ後に自らの親戚の元に帰り、父の地元朝倉とは関わろうとしなかったことにもあると考えている。父が死んだ以上、母にとって朝倉は縁のない場所でしかなかった。

そもそも、母自身がどこにも居場所のない人間ではなかったか、と語り手は考える。引揚げ後の母に「生きていることの居心地の悪さ」を見いだす語り手は、母が「永興からも、自分の生れた家からも」「はみ出しちゃっている」と兄に語っている。

そんな母には一時期、兄が博多から大阪へ転勤してもついていかずに、博多のアパートで一人暮らしをしていたことがあった。そこで描かれたスケッチブックを眺めながら、兄からの話で、母親はじつは絵描きになりたかったのではないか、ということを知らされる。美術学校出の親戚に絵を習っていたことがあったという。なぜ辞めてしまったかは謎のままだけれど、時折、語り手の子供達へ絵はがきが送られてきていた。小説の濫読で失明しかけ、絵描きになりたかったかもしれない母は、経済的に豊かな（『行き帰り』で語り手の家が永興で二番目の金持ちだったと言われる箇所がある）、しかし平凡な父親のもとへ嫁ぎ、朝鮮へと渡って七人の子を産みながら本も読めない生活を送った。

終盤、法事での読経の最中、母が補聴器をつけていなかったことがわかる。手元にもなく、そもそも補聴器を持ってこなかったようだった。薬を飲んで倒れたとき、医者に怒られて一言詫びを言うや否や、「補聴器の線を耳から引き抜いた」ことを思い出して、語り手はふと気づいたようにこう続ける。

あれは母の自殺だったのだと、とつぜんわたしはそう思った。一昨年の暮方近く、母が三日分の薬を一度に飲んで昏睡状態に陥った事件の真相は、結局はっきりしないままだった。はっきりしないまま、誰も話さなくなっていた。（一九五頁）

平岡篤頼が、最初の一篇で「すでにすべてのカードが提出されていた」と指摘する（「構造化された日常」「海」一九七九年九月、二二六頁）ように、それが自殺だということは、三日分の薬を一気に飲んだ、と序盤に書かれていた時点で、語り手もうすうす気づいていたはずだ。書き置きはなかったのか、と質問していることからもそれはわかる。しかし、語り手はそのことを明確に言葉にすることはできなかった。

たとえば、家族の日常をある種の不穏さとともに描き出した庄野潤三の「静物」（六〇年）は、妻が自殺未遂を起こしたらしいことを明示せずに語ることで読者に推測させる。ここにおいて自殺の「カード」は読者に対して隠されている。しかし、『嘘のような日常』では、読者にすべての「カード」が明らかにされており、語り手こそがその「カード」を認識できない、という意識の死角を描いている。

すべてのカードが、長篇一冊の長さのなかで母を考え省みていくことで裏返っていき、その受け入れがたい自殺未遂の事実を、はっきりと認めるまでの過程——自殺という全的な母からの拒絶を受けとめるまでの省察こそが『嘘のような日常』の課題だった。

「あそこだけが母にとって居心地の悪くない場所だったのかも知れない」というアパートでの一人暮らしと、「母にとってスケッチブック以外の場所は、すべて居心地の悪い場所だったのだと思った」という絵を描くことは、高血圧で倒れて以来出来なくなってしまった。


「もう体が痺れてしもうて、わたしは何もでけんよ。自分で字も書けんごとなってしもうたとよ」(一九頁)

そう母は語った。母は弟に抱かれて風呂に入り、弟の妻に下の世話をされている。絵も字も書けず、風呂もトイレも人の手を借りざるを得なくなったこと、これが自殺の原因ではないかと語り手は考える。しかしそれはあくまで語り手の推測に過ぎない。結末において語り手が問いかける時、思い浮かべた母は補聴器をつけていなかった。このことを認識して歯を食いしばる語り手の様子は、第一篇ラストで語り手の手を全力で握る母親に「痛て、て、て」と声を上げた描写に対応しており、母親が痛みをもたらす存在だということを示唆している。

本作でも『行き帰り』での会津行きが言及されているように、高鍋によるコミュニケーションの拒絶のモチーフは、ここで、補聴器と母という形で再演されている。そこで同時に語られるのは、「わたしはどこへ帰ろうとしているのでしょうか？　どこへ帰ればよいのでしょうか？　わたしが帰る場所はあるのでしょうか？」という問いだ。三十三回忌になっても墓の場所が決まらない朝鮮で死んだ父、博多に生まれ今は大阪に住み、どこにいても居心地の悪いように見える自殺を試みた母、偶然の場所を渡り歩く「わたし」たち三人の姿が「帰る場所」を持たない者として重ね合わされている。根を奪われた人間にとっての「嘘のような」現在が問い返され、後藤作品においてこれまで見過ごしてきた、深く考えられることのなかった母との断絶がようやく正面から描かれることによって、後藤明生にとっての引揚げ三部作が締めくくられる。

ここで気がつくのは、母が倒れた件については『行き帰り』でも触れられていたことだ。『行き帰り』では倒れた原因について伏せられており、志免で死にたくなかったから持ち直した、と語り手は考えるけれども、『嘘のような日常』から見返してみると、それは自殺だったことを受けとめられないごまかしだったとしか読めなくなる。ここにおいて後藤は『行き帰り』のそのエピソードのみを読み換えているのではなく、「無名中尉の息子」以来の朝鮮＝父の構図によって書かれた、すべての作品を読み換え得る視点を提示している。

語り手は引揚げ三部作において、同じ引揚者たちそれぞれの死への接近を間近に見ることで、自身の痛みが自分だけのものではないことに気づいていく過程をたどる。父の死が大きな語りの動機になっていた語り手が、高鍋や母とのディスコミュニケーションを通じて、引揚者それぞれの戦後の生き方を描いているのが引揚げ三部作だ。引揚者の居場所のなさ、として共約しうる特性を持ちながらも、しかし、それぞれの体験、感覚は巨大な断絶に阻まれており、安易な共感を不可能にしている。おそらくはそこに、死という最大の断絶の向こうに父を見る語りの意識がある。

引揚げ、故郷、場所をめぐるテーマは『嘘のような日常』と並行して書かれていた朝倉連作に一部引き継がれるけれども、朝鮮や引揚げについてまとまった形で書かれるのはこの頃までとなる。

しかし七年後、韓国紀行を題材にした長篇が書かれる。時系列的には前後するものの、朝鮮と他者というテーマ的つながりから、本章で扱うことにする。

死者たちの追悼――『使者連作』

後藤明生が一九八四年十一月に韓国を旅行してすぐ、翌年一月号から九回にわたって「すばる」に連載した『使者連作』は、連載二回を終えた段階である事件に遭遇することで、おそらくは予定を大幅に変えた。それは一九八五年一月四日の金鶴泳の自殺だ。金鶴泳について触れるなかで、引揚げ三部作では李浩哲を小説に登場させることのなかった後藤は、はじめて小説のなかで「朝鮮人」に向き合うことになった。

シンポジウムに参加するため韓国を訪れたとき[*5]のことを描いた「紀行フィクション」である本作は、冒頭の第一篇「ブトールを知っていますか?」で、仏文学者清水徹への書簡の形式を採りつつ、李聖子(イースウンジャ)というパリ在住の韓国人画家に表題の質問を受けたことから始まる。第一篇は、ブトールがフランスのヌーヴォー・ロマンの作家ミシェル・ビュトールだとわかるまでの細かな勘違いや聞き間違いの会話によって全体が挟まれる格好だ。ソウル留学を描いた在日韓国人二世の小説（李良枝『刻』のこと。後藤は書評を書いている。『文学が変るとき』所収）で、ソウルで日本語なまりの韓国語を教師に「その韓国語は、日本的な発音です」と日本語で指摘され、「その日本語は、韓国的な発音です」と返答したエピソードや、関川夏央『海峡を越えたホームラン』で描かれた在日韓国人の野球選手福士明夫＝張明夫（チャンミョンブ）のこと、語り手がハングルで一杯の都市を見て「目をまわし」た体験などは、この言語間のズレに注視したものだ。そしてこのズレを生むことになる、さまざまな移動、越境する人々、つまり「使者」がもうひとつの焦点ともなっている。第一篇が異なる言葉同士を移し替える翻訳者への書簡となっているのはそのためだ。

この点、第一篇の最後で李聖子の絵のカタログにあった「対蹠地へ、あるいは対極への道」という言葉に注目しているのは見逃せない。語り手にとっては生れ故郷朝鮮の永興と、一度も住んだことのない本籍地朝倉、「この二点がぼくの、地上における〈対蹠地〉であり、〈両極〉ということです」として、李聖子への書簡形式を採った第二篇の最後で李聖子に「あなたはパリへ《帰る》のではなくて、《行く》のでしょうか？」と、『行き帰り』を想起させるような疑問をむけていることは、この移動が、語り手にとって自身の移動＝引揚げ体験と不可分のものになっていることを示している。李聖子への問いは、朝鮮半島を訪れた語り手自身への問いかけでもあるからだ。

第三篇「最後の朝食」は、金鶴泳の自殺の報をどう聞いたかから始まり、自殺した日は再度の韓国訪問をするかどうかの答えを待っていたということを知人から聞く。旅行の同行者だった金鶴泳については、この篇になるまで触れられておらず、本来は彼のことを書く予定ではなかったと思われる。急な変更は単に訃報に遭遇したからというだけではない。金鶴泳の在日朝鮮人というプロフィールは、朝鮮と故郷喪失という点で後藤明生とも重なり、言葉のズレという点でこの連作にも重なるためだ。冒頭で自分の本籍地を朝倉に置きっ放しにしていることについて書いているのは、異国を祖国とする在日朝鮮・韓国人を意識したものだ。

そして語り手が注視するのは新聞記事にあった「金鶴泳＝キム・ハギョン（本名・金広正＝キム・クァンジョン）さん」という表記だった。語り手は、全斗煥（ぜん・とかん／チョン・ドゥファン）大統領訪日以来朝鮮式発音にマスコミは神経を使い始めたけれど、「ぼくが一緒にソウルへ行き、そして、ソウルのホテル・ロッテで別れたのは、やはり、キン・カクエイであって、キム・ハギョンではない」と業界内でもキンカクエイとして読まれていたことを指摘している。

ここで語り手は『新鋭作家叢書　金鶴泳』に付された金自身のエッセイを引用している。

> たとえば私は、自分の名前に読み仮名をふさねばならないとき、「きんかくえい」とふることにしている。多くの同胞は、そうすることによって自分の民族的主体性を示そうとするかのごとく、朝鮮語読みの仮名をふっている。「金鶴泳」は、朝鮮語では「キムハギョン」と発音するのだが、私が敢えて「きんかくえい」と仮名をふるのは、朝鮮式の姓名を、そのように日本式に読むのが何か自分という人間の、内実を象徴しているようでふさわしいと思うからである。（『新鋭作家叢書　金鶴泳集』一九八頁）

日本の群馬県で生まれた金鶴泳にとって、朝鮮人だという自己意識はどこか希薄なものにならざるをえないことは、たとえば「凍える口」で自分を「民族意識喪失者」と呼び、朝鮮人意識が「実感の伴っていない、情操の裏付けのない、やはり観念としての民族意識」だと語る場面や、「錯迷」で韓国人留学生を「外国人」と見ていた自分を自覚し、「私は、中間者であった。日本人と朝鮮人の間の中間者。それも、日本人でもあり朝鮮人でもあるというような、積極的な正の中間者というよりは、むしろ日本人でもなく朝鮮人でもないというような、負のそれであった」と（同書三四頁、一三九頁）、ダブルアウトサイダーとしての自己を語る部分にも見出せる。

こうしたアイデンティティの揺らぎを生きる金鶴泳の存在を強く語り手に印象づけたのが、第四篇「そして彼等の言葉を乱し」で描かれた、ホテルでの会議の場において金鶴泳が発した「イルボンから来たキム・ハギョンです」という自己紹介だった。日本語と「韓国語」の混成語だということと同時に、吃音で知られた金鶴泳がまったく吃らなかったからだ。吃音でないことによって、また異様な混成語によって、彼の吃音を知る者にも、彼を知らない韓国人にも驚きを与えただろうと語り手は言う。吃音者の在日二世という金鶴泳の韓国でのこの姿が、彼の「苦しみ」とは何だったかを語り手に考えさせている。

そして語り手は金鶴泳が自身の生まれ育った町の父親の家で自殺したことをこう問いかける。

しかし彼は、その自分が生れて育った町の父親の家の二階で、「きんかくえい」として自殺したのでしょうか？　それとも「キム・ハギョン」として自殺したのでしょうか？　あるいは「きんかくえい」を抹殺するためでしょうか？　それとも「キム・ハギョン」を抹殺するためでしょうか？　またあるいは、そのいずれでもなく、本名の「キム・クァンジョン」として自殺したのでしょうか？（『使者連作』六八頁）

ここで語り手が発した問いは、『嘘のような日常』の「わたしが帰る場所はあるのでしょうか？」とも同型のものだ。永興を故郷とする語り手は、金鶴泳のように日朝双方の民族的意識との乖離を持つわけではないにしろ、見知らぬ祖国に帰り着いたアウトサイダーとしての意識を持たざるを得なかった。語り手が金鶴泳を見る視線には、「永興から帰らなかった自分」が意識されていないだろうか。日本の植民地主義が生んだ在日朝鮮人と引揚者の双方の苦しみがここで接近するけれども、しかし自殺という巨大な断絶が横たわってもいる。金鶴泳に問いかける語り手の問題意識は語り手のものでしかないからだ。『行き帰り』の高鍋に過去の朝鮮の拒絶を見いだすにしろ、母親の自殺未遂の原因にしろ、語り手の朝鮮引揚者という意識がそう考えさせているにすぎない。

金鶴泳の追悼文とも読めるこの二篇は、後に韓国のシャーマニズムが詳細に取り上げられる先触れともなっている。韓国の巫女ともいえるムーダン（巫堂）による儀式を見聞したことと、帰国してからシャーマニズムについて調べたことが語られる一篇「使者」で、特に強調されるのが「内と外」の構図だ。

ムーダンによる死霊祭（チノギクッ）は、家の外にある「死霊」を祭礼によって祖先として家の中に迎え入れる儀式だけれど、未婚で死んだ者は「悪神」扱いになるためそのままでは迎え入れられない。そこで

「悪神」を「死霊」に格上げするために行われる儀式が「死後婚」で、語り手はこれらの家の中に迎えるための儀式について、シャーマニズム研究を引用しながら詳しく語っている。そこで出てくるのが、「死んだ者をあの世に連れて行く役目をする、あの世からの使者」だ。使者が意味するのは、「内と外」のような境界を越えて行くこと、そして死者を「よいところ」に連れて行くという慰霊の機能だ。

最終篇「ナムサン、コーサン」には、「実はぼくがソウルに着いた日、福岡で曽祖父、祖母、父の法事が行われたはずだった」とある。福岡での法事と韓国でのムーダン見物がここで「対蹠地」の関係に置かれ、語り手にとってこの韓国シャーマニズムへの関心は、朝鮮での父たちの死が背後にあることを示唆している。そして慶州で南山(ナムサン)という山があることを知った語り手は、ソウルにもナムサンがあり、永興にもナムサンがあったと話を継いで、永興の南山には死者が埋められた「土まんじゅう」が一面に広がっていた様子を語る。永興の南山には火葬場と日本人墓地があり、後藤の曽祖父や弟が葬られた場所でもあった。そして最終篇の表題ともなっている「ナムサン、コーサン」というお経(南無三?)を思わせるムーダンの歌の一節を思い出す時、それが永興南山の洞窟で女性が手をすり合わせて同じ言葉を唱えていた場面へと記憶は遡り、『夢かたり』の「鞍馬天狗」の結末のように数十年の時間を越えた過去と現在が重ね合わされる。

ここにおいて、語り手がしきりに清水徹が訳したビュトールの『文学と夜』(清水徹・工藤庸子訳)に言及していた意味がわかってくる。ポール・デルヴォーの絵にビュトールが文章を付した「デルヴォーの夢」という作品は、作中に引用されているように、ヴェルヌの『地球の中心への旅』(邦題『地底旅行』）を下敷きにしながら、それとは逆の「時間が逆行する旅」、「負の成熟の旅」だと清水は論じる。これは、死者の葬祭儀礼に立ち会い、自らの幼少期の記憶へと立ち戻る語り手の韓国紀行そのものの予示ともなっており、ビュトールが夢の特徴とは「ものごとの意外な組み合わせ」だと論じる部分は、まさに韓国での「ブトール」との出会いに重なるように、『文学と夜』は、この長篇の方法における下敷きでもあるだろう。[*6]

本作は韓国紀行の体裁を取りながら、語り手の韓国旅行、李聖子のパリからの訪韓、在日韓国人の韓国留学や韓国プロ野球への移籍、あるいは最終篇でも言及される語り手の引揚げ行といった、さまざまな移動のモチーフを取り込みそれを死者と生者の境界を越えるシャーマニズムの「使者」として転化させ、語り手の父たち朝鮮で客死した親族や、日本で在日朝鮮人として死んだ金鶴泳といった、「内と外」の狭間にいる死者たちを迎える慰霊と追悼――「使者＝死者」連作として書かれている。

それまで専ら語り手のことか同じ引揚者の日本人について書かれ、朝鮮人について深く踏み込むことがなかった後藤作品において、金鶴泳のアイデンティティについて触れた本作はきわめて貴重だ。李浩哲についても、本作では再会して他の元山中学の同級生たちと酒を飲んだことが語られる。その元山中学の同級の朝鮮人たちは七割が朝鮮戦争で死んだという。日本と朝鮮に引き裂かれた自分を通して、金鶴泳をはじめとする在日朝鮮人・韓国人について踏み込み、引揚げ三部作までにはなかった広がりをもたらしている。高鍋や母の自殺未遂のエピソードの延長とも言える金鶴泳の自殺という事件に直面することで、平田由美が指摘する「後藤が真に他者としての朝鮮人と向き合うことにな」った作品（「〝他者〟の場所——「半チョッパリ」という移動経験」『「帰郷」の物語／「移動」の語り』六二頁）だといえ、後藤明生にとっての「朝鮮」を描いたものとしてきわめて重要だろう。にもかかわらず、この作品は非常に注目度が低く、長篇作品としてはもっとも書評が出なかった本[*7]でもあり、現在に至るもほとんど無視されてきている。後藤明生における「朝鮮」をどう見るか、という視点がこれまで重要視されてこなかったからだろう。

敗戦と引揚げ以来、後藤にとってつねに立ち返り、想起してきた「朝鮮」はここにおいて一応の終結を見る。『夢かたり』以降の三作では、行く手を閉ざされた朝鮮への思いは高鍋、母、金鶴泳といった言葉の届かない人たちとも重ねられるように、その前で「歯を喰いしばり、息を止め」るような断絶に阻まれる。そして『嘘のような日常』や『使者連作』においては、母や知人の自殺を選ぶ絶望に向き合って理解しようとする契機が生まれている。『使者連作』でも語り手の引揚げ体験は触れる程度で片付けられており、「わたし」の問題から他者の問題へと移行していることがわかる。後藤はこの頃、初期から中期へと至る時期の語りの動機としての父の死を対象化し始めている。『嘘のような日常』でも扱われた、父の墓の問題を通じて過去の死を改めて葬ることで、死と葬送儀礼それ自体への関心へと移行している。

『使者連作』で、韓国の葬送儀礼が大きな話題となるのはそのためで、八〇年代以後の後藤は墓と葬送、つまり死者の問題を初期中期とは異なった形で展開していくようになる。

その大きな契機となったのが、後藤明生の本籍地をめぐる朝倉連作だ。

＊1　ナナは一九七九年六月六日に亡くなる。そのナナの死から追分別荘の庭に埋葬するまでを丹念に描いた短篇「夢」がある（「海」七九年八月、『八月／愚者の時間』所収）。一見感情を込めない散文的描写を丁寧に積み重ねていきながら、しかし猫の死の前に「ナナの夢を見なかった」というくだりが反復されることで、語り手の喪失感を浮かび上がらせる追悼小説だ。

＊2　この人物は小説では名が明かされないけれども、後のエッセイで弁護士後藤信夫だったことがわかる。「日本の岩窟王」として知られる冤罪事件、吉田岩窟王事件の弁護士で、後藤は『日本の岩窟王——吉田岩松翁の裁判実録』（教文館、一九七七年）の出版記念会に出席したときのことをエッセイに書いている（「日本の岩窟王」『針の穴から』）。

＊3　雑誌「文体」については竹永知弘「文体への努力　季刊同人誌『文体』（一九七七〜一九八〇）解題と総目次」「国文学研究ノート」55号、二〇一六年三月を参照。

＊4　「作者がここに書きたかったことの一つは母の像だ」、と指摘した平岡篤頼（「構造化された日常——後藤明生の方法」「海」一九七九年九月）を除けば、七九年当時出た書評では「読売新聞」三月十九日のものが「自殺を図った母」に触れている以外、磯田光一の文庫版解説（一九八二年）でも、また新聞その他の文芸時評においても母への注目は薄く、自殺未遂については不自然なほど無視されている。私小説的な作品で書き手の母のデリケートな話に触れるのを避けたのだろうか。

＊5　金鶴泳の日記によると、同行者は麗羅（れいら）、安宇植（アンウシク）、姜尚求（カンサング）、古山高麗雄、後藤明生、金鶴泳の六人。十一月八日に渡韓し、九日、世宗文化会館で「国内外韓国人芸術家親睦繁栄促進会」創立総会、十日、古山高麗雄と後藤明生が講演し、後藤の講演は「1「朝鮮タンポポ」を通じての出会い。2韓国（語）と日本（語）、似ているようで、本質はちがう。特殊性を追求することによって普遍性を追求。そして特殊性を振り返る。3日本野球団から韓国球団に入った選手の話。言葉の障害＝ノイローゼ」といったものだった。金鶴泳『凍える口——金鶴泳作品集』七一五頁。

＊6　さらに言うと、『文学と夜』は清水曰く「ビュトールが《夢》を真正面から論じた唯一のエッセー」(二一七頁)を表題にした本で、作中で語り手が清水から受け取った本は『書物の夢　夢の書物』(筑摩書房、一九八四年)という題を持っており、清水は後藤の『夢かたり』を論じた文章を「夢の周辺飛行」(『中央公論』一九七六年五月)と題しているように、ここには夢への関心が共通している。都市論への関心も同様だ。『関係』の後書きにおいて、「関係」を書くきっかけになったものとして、六一年に河出書房新社主催の「文芸の会」に出席したことを挙げており、そこで知り合ったメンバーには清水徹の名もある(『関係』二二八頁)。

＊7　『書評年報』等を見るに、後藤の中長篇で書評が最少の二件しかないのは『使者連作』と同年の『蜂アカデミーへの報告』だ。これは同年三月に大作『壁の中』が出ているため、翌月に出た二冊が割を食ったかたちだけれども、『蜂』は雑誌発表時も含め、合評や時評などで取り上げられており、注目度は低くない。しかし『使者連作』は文芸時評などでもほとんど取り上げられていない。

第八章　「わたし」から「小説」へ

――一九七九年・朝倉連作と『吉野大夫』

亡父という呪縛――朝倉連作

『嘘のような日常』が「文体」に連載されていたのと平行して、七八年から七九年にかけて散発的に発表されていたのが、「綾の鼓」から始まる朝倉連作だ。「恋木社（ごうのきしゃ）」、「愚者の時間」、「針目城（はりめじょう）」、「麻氏良城（までらじょう）」（『八月／愚者の時間』所収）と続く、後藤明生の本籍地朝倉を題材とする一連の作品は、引揚げ三部作から続く引揚げものでもあり、初期から続く父の流れにもあり、また八〇年代以降の後藤の作風の嚆矢でもあるという、後藤の作品全体における鍵だ。

事実、朝倉連作が終わる一九七九年は、その後九月に『吉野大夫』の、十一月には後期後藤明生を象徴する大作『壁の中』の連載が始まっている。八〇年代以降はこうした、小説についての小説、テクストを引用するテクストといった形式のメタフィクション、いってみればメタテクスト型とも呼びうる手法を用いた作品を次々と発表していくことになり、後藤明生の小説はがらりと印象を変える。

単行本では「愚者の時間」が最初に回されているけれども、連作の発表順での第一作「綾の鼓」は朝倉を舞台にした謡曲「綾鼓」を表題にしている。ここで語られているのは、語り手による父と朝倉へのこだわりの強さだ。父が謡曲「鞍馬天狗」を子供達に習わせていたことを思い出して、語り手は息子に、『夢かたり』で山室さん夫妻の吹き込んだ「鞍馬天狗」のカセットを聞かせようとして失敗したり、受験と聞いて本籍地朝倉の住所を暗記させても面接で聞かれなかったりと、その強いこだわりからの行動が空転するありさまを描く。

このこだわりは、「植民地暮らしの日本人にとって、本籍地は日本人であることの証明だった」という語り手の「根無し草としての意地」と「感傷」から来ている。しかし、引揚げ後にはすぐ近くの甘木に住んだことで、日本人だという証明としての朝倉はほとんど意識されなくなっていた。それがにわかに関心を呼んだのは、父の三十三回忌を前にして、墓地をどこにするか、という問題が出てきたからだ。

そして『行き帰り』で「逸平氏」から届いた恵蘇宿の橋の上で父が写った写真を見て以来、語り手にとって朝倉はいよいよ関心を強めていったことが語られる。引揚げ三部作の延長上にある所以だ。

『嘘のような日常』で問われた、母が二度倒れた件についても言及されている。家族が集まったことで墓地の問題が浮上し、それは語り手が朝倉を考え始める契機となった。こうして「自分は朝倉の地に父の墓を立てる場所を探しに行くのだ」と旅行を計画する「綾の鼓」は、『嘘のような日常』

での墓所問題を直接引き継ぐ、父の連作として始まっている。

九州への電車の中で『百人一首』の文庫本を読みながら、その解説に朝倉の文字が現われないことを訝しんだり、「綾鼓」が恋愛の物語だと言うことを知って、父が子供に教えなかった理由を察するという今作の結末は、専ら父への関心としての朝倉が描かれている。「綾の鼓」においては、幻の本籍地、父の故郷としての朝倉が、語り手の強い思い入れの対象となっている。

「恋木社」においてもそれは変わらない。語り手にとって、同級生の兄の未亡人が開いていた酒場が、「その酒場の前を素通りすることは朝倉の前を素通りすることであって、わたしにはなかなか出来ることではなかった」と語る場面や、「母も兄も父の墓をどうしても朝倉に立てたいとは思っていなかった」けれども、「わたしはわたしだ」と朝倉にこだわる語り手には、引揚げ体験からくる父と本籍地へのこだわりの強さが滲んでいる。

しかし、朝倉は結局のところ自分の場所ではないと認めざるを得ない。結末で、「綾鼓」一行目の「筑前」を見て、友人による「筑前」は「チクジェン」と発音されるだろうことを考えながら「わたしはそれを真似ることは出来た。しかし、真似ることしか出来なかったのである」と、『挾み撃ち』にも描かれていた筑前への同化の挫折を反復する。「恋木社」においては、この憧れと挫折の構図が背後にある。

「愚者の時間」においてもこの構図は維持されている。語り手の朝倉への意識を強めていたこの「ヨソ者」意識が描かれた「愚者の時間」は、連作において全体の中間にあり、また転換点ともなっている。「愚者の時間」は発表こそ「恋木社」と同月だけれども、単行本での「後記」や内容を見るに「恋木社」よりも後に書かれたものだろう。

ここで語られているのは、語り手の筑前時代の引揚者としての生活と、その「ヨソ者」仲間だったTのことだ。Tは語り手に『高天の原は唐津だ』（時津規美生著）という邪馬台国九州説の著書を送ってきた同級生で、「チクジェン」と発音できない「チクゼン仲間」だった。語り手が思いを凝らしているのは、このTの思い出と、その彼が三〇〇頁を越える本を書くに至った熱意、その不思議さにある。


チクゼン仲間のTが、筑前邪馬台国説を夢中で喋っていることが不思議だったのである。いったい何が、彼を夢中にさせてしまったのだろう、と思った。（『八月／愚者の時間』一六二頁）

しかし、「ヨソ者」のはずの語り手が、本籍地朝倉に思い入れ、この朝倉連作を書き継いでいること自体、「不思議」なことだ。語り手は、表題の由来と思われるドストエフスキー「おかしな人間の夢」において描かれた、「「気ちがい」の真似をしなければ言えないことがある」という人間の「不思議さ」を論じ、自分自身やTが持つこだわりが、まわりから見れば滑稽なことでしかないことを自覚している。

結末において『筑前国続風土記』に後藤又兵衛を探し、「又兵衛出奔」の記述を見て「笑いの衝動」を覚えるのは、郷里に後藤＝自身を探していた自分のこだわりが、「出奔」によって相対化されたからではないか。「愚者の時間」については後藤自身がこう書いている。

後半の朝倉ものでは、益軒の『筑前国続風土記』を読みはじめて、変化が生じた。「綾の鼓」「恋木社」までは、朝倉という土地が亡父と結びついた形でしか見えなかった。たまたま、亡父の三十三回忌前ということもあったと思うが、「愚者の時間」を書いたとき、朝倉＝亡父という呪縛から解放されたような気がした。この古代的というのか、記紀以前の朝倉という土地が、回帰とかアイデンティティーとかいったことだけでなく、もっと不思議な空間に見えはじめたのである。(『八月／愚者の時間』二八四〜二八五頁)

そして以降、後藤はテクスト上の謎を探索に出かけることになる。つまり、亡父の呪縛や本籍地という引揚者の意識を背負った「わたし」の「朝倉」から、『筑前国続風土記』などのテクストにおける「朝倉」へと変化している。後藤の興味はここで、歴史書、小説、随筆といったさまざまな書かれたもの(テクスト)によって構成された「不思議な空間」に向かっている。きわめて重要なのは、これは単に朝倉連作においてのみあてはまるものではなく、後藤明生作品全体においても、この「愚者の時間」と「針目城」は大きな分水嶺となっていることだ。

七九年の「針目城」において話題となるのは、『筑前国続風土記』にある「針目古城」の話が面白く、誰に話しても好感触だったことだ。そして「ただただそれをいまの文章に書き直してみたいという、自分にも不思議なある気持に動かされて」、その現代語訳を試みる。

その導入として『筑前国続風土記』や『朝倉紀聞』をひもといたり、森銑三(せんぞう)の本から貝原益軒についての思い違いを知らされたり、そうした文献渉猟を通じて最後に現代語訳を載せるということの作品が、今までの後藤作品と異質なことは明らかだろう。専らテクストを読むということだけで成立している小説だからだ。そして現代語訳までした理由とは、針目城のエピソードが「ここにはすべてがある。およそ小説家が書きあらわしたいと夢みる、すべてである」からだという。

秋月藩針目城の城番の初山九兵衛に手籠めにされ妻を自殺に追い込まれた高久保彦次郎が、妻の復讐として敵に寝返り、大友方に内通して城を奪わせ、初山を殺して逃げる、というのが「針目古城」の話で、そこに「原鶴」での合戦によって二ヵ月後に針目城が奪還されるエピソードを付け加えている。語り手がこの話に何を見いだしているのかは明瞭ではない。しかし、話の途中で姿を消した彦次郎に語り手は興味を持ち、「たぶん小説家たちは、この失われた彦次郎を探し出すことから、自分の小説を書きはじめるのである。ふつう歴史小説とか時代小説といわれているものも、そうやって主人公を作り上げて来た」と言う語り手は、小説への憧れを語り、小説の始まる場所を見つめている。歴史考証、現代語訳、などのかたちで歴史小説の素材になりそうなものが並べられていながら、歴史小説そのものを書かないという歴史小説のパロディでもあり、小説論としての小説となっている。つまりここでテーマになっているのは、小説を書くことそのものであり、小説を書くことのはじまりとして既にあるテクストを読むことからはじめている「針目城」は、テクストのテクスト、としての後藤明生の後期作品の、まさにはじまりなわけだ。

続く「麻氏良城」は、小林幹也が「ここには『吉野大夫』に見られるアミダクジ的書き方の原型をなすものが見られる」と指摘するように(「想像力が飛翔するとき──後藤明生『麻氏良城』論──」「近畿大学日本語・日本文学」一一号、二〇〇九年三月。二三頁）、後藤自身が「アミダくじ式（アミダ式）」と呼ぶテクストからテクストへの気ままな横滑りを実践した作品で、「針目城」をより発展させたものとなっている。「針目城」にも出てくる麻氏良城が、森鷗外の「歴史其儘と歴史離れ」に栗山大膳の城「左右良（までら）」として出てくることを皮切りに、この麻氏良の地をめぐって、貝原益軒、森鷗外をたどって、『日本書紀』での斉明天皇が麻氏良の山を伐採したせいで神の怒りを招いて死んだという話をひもとき、天皇葬送のおり山上に現われた「鬼」が雷雲のことだという書紀の注解に疑問を唱え、かと思えば「綾の鼓」にも出てきた旧友から自分たちの先輩が朝倉邪馬台国説を唱えており、*1「麻氏良」はアマテラスから来ているという説を聞いたりして、朝倉麻氏良山をめぐる謎が語り手の関心の赴くままに語られていく。そこでは「栗山大膳」をめぐる鷗外論、あるいは斉明天皇の死に朝鮮との関係を考える書紀論などが展開されていくことになる。

もちろん、「麻氏良」の初見が、『行き帰り』で送られてきた「逸平氏」の手紙にあり、また語り手の興味をひくのは、麻氏良が「幻の故郷朝倉の話」で「麻氏良山というその名に、わたしが何か不気味なものを感じるから」という点で、語り手の引揚げ体験が強く影響してはいるものの、貝原益軒や森鷗外、『日本書紀』といったさまざまなテクストのあいだに浮かぶ、天皇を祟る「神」や「鬼」が出現する麻氏良という謎めいた山の不思議さを描き出す語りは、明らかに重心を「わたし」から「テクスト」へと移している。そして同時に、父という語り手にとっての死者の問題が、斉明天皇が祟り殺されることや鬼、神といった怪談、怪奇小説的モチーフに変質している。

この転換を見逃してはならない。第一章に引用した乾口達司の「同化と拒絶」という構図は、朝倉連作について、本籍地や周囲の人間に決して同化できず、その「間隙を埋めるかのように、本籍地＝「朝倉」一帯をさまざまなテクストによって重層化していく」と論じ、「同化の希求にもかかわらず、テクスト＝言葉が重層化されることによって、反対に「朝倉」を内面化することの不可能性＝拒絶のさまを露呈させること」（前掲七四〜七五頁）をその創作意図として指摘するけれども、果たして「針目城」「麻氏良城」がそうした「同化と拒絶」の図式によって把握できるだろうか。むしろ、朝倉が「わたし」の本籍地としてのこだわりを離れた視点から眺められることで、「針目城」「麻氏良城」のテクスト引用は始まっていると見るべきではないか。第三章で『挾み撃ち』に倣いつつ、乾口の「同化と拒絶」の図式を「憧れと挫折」と筆者が読み換えておいたことをここで想起されたい。後藤が「針目城」で語っていたのはなによりも（歴史）小説への憧れだった。

「小説」の「小説」——『吉野大夫』

『吉野大夫』は、軽井沢追分の地に伝説として伝わる遊女、吉野大夫のことを聞いた語り手が、追分を歩き、人に話を聞き、墓を見つけ、文献を渉猟していくさまを描いた作品だ。しかし一見遊女の謎をめぐるミステリーの趣を見せつつも、「『吉野大夫』という題で小説を書いてみようと思う」と冒頭にあるように、『吉野大夫』という小説を書こうとすることを書いた小説になっている。「小説の主人公」たることを失格した『挾み撃ち』のように、『吉野大夫』という小説に失格した小説としての『吉野大夫』は、小説の関節外しのごとき一作として後藤明生を代表する長篇だといっていい。

「麻氏良城」が発表された「文体」のその次の号（七九年九月）から連載が始まる『吉野大夫』は、雑誌初出では以下のように書き出されている。

吉野大夫のことを書いてみようと思う。もちろん書くからには小説のつもりで書く。しかし結果はどんなものになるか、わからない。果して小説になるのかどうか、また、どんな小説になるのかもわからない。（中略）と同時に、何とか自分流の小説にしてみたいという気持もある。書くからには小説のつもりで書く、というのはそういう気持なのである。（「吉野大夫（一）」「文体」一九七九年九月号、二九五頁）

鷗外が「栗山大膳」を小説から外したことを踏まえた「麻氏良城」末尾の「この文章を果して小説と呼ぶべきであるのか」という疑問と同じく、「小説」かどうかが曖昧に書かれている。これが単行本になると「『吉野大夫』という題で小説を書いてみようと思う」と整理される。この改稿が重要なのは、「小説」かどうかの逡巡がすでになく、これは「小説」だと断定されていることだ。

『吉野大夫』は、軽井沢追分の地に伝説として伝わる遊女、吉野大夫のことを聞いた語り手が、追分を歩き、人に話を聞き、墓を見つけ、文献を渉猟していくさまを描いた作品だ。探索にもかかわらず、吉野大夫についてのはっきりとしたことは何もわからないままに終わる。しかし、そうして『吉野大夫』という「題」の小説はいままさに読者が読んでいるものとして眼前にある、という仕掛けは、第四章で述べたように『挟み撃ち』の「わたしの『外套』」を書きたいと願いながら外套探索に失敗することによって今読んでいるそれとして書きおおせているということと同じだ。また、吉野大夫が見つからなかった、ということがわかった時点から書き出されている点も共通しており、『吉野大夫』は『挟み撃ち』を方法的に反復したものだ。

しかしこの類似性を見て、上田三四二のように「吉野大夫をさがすことが、後藤明生が自分をさがすことに一致」し、後藤自身の根の不確実さが「吉野大夫という不確実さに共鳴する」（「読書鼎談」「文藝」一九八一年五月）のが『吉野大夫』だと見るのは、三浦雅士が以下に指摘したような『挟み撃ち』との明らかに異なる点を見逃している。

> 前二者（『挟み撃ち』と『夢かたり』引用者注）においては向う側にあって生成しているのは自分自身にほかならないが、『吉野大夫』においては『吉野大夫』という小説そのものにほかならない。この差は決定的である。笑いに重ね合わせられるのは、前二者においてはとりあえず主人公である語り手であるが、後者においては文学そのものなのである。（「解説」『吉野大夫』二二五頁）

ここにあるように、『吉野大夫』以前と以後の切断点とは、『挟み撃ち』のように「わたし」をもはや問題にしていないところだ。これは、『挟み撃ち』で探索される外套が語り手個人の持ち物だったことと、『吉野大夫』で探索される吉野大夫がその土地における伝説だったという違いに対応している。そこで「外套」のかわりに浮上しているのは、土地と言葉によって形作られた時空間だ。『吉野大夫』において探索される吉野大夫という飯盛女については、土地の「古老」に聞いたり、さまざまな文献をあさっても、確かなことはほとんどわからず、噂や伝説として曖昧なままに終わるけれども、『吉野大夫』で描こうとしているのはそうした不確かな伝説が伝説として語られ続ける、土地、人、言葉の空間そのものだ。

『吉野大夫』の方法は、朝倉をめぐるテクストに出現する不気味な「麻氏良」を描き出した「麻氏良城」の直接的な延長上にある。しかし、『吉野大夫』に描かれた作品内の事柄は、実際は「麻氏良城」より以前のことだ。「麻氏良城」の書き出しにあるように、鷗外の随筆を読んだのは七八年暮れとあるけれども、『吉野大夫』に出てくる重要な本は七八年夏の時点ですでに読んでいた（「アカシヤの木の下で」『針の穴から』）。『吉野大夫』は「麻氏良城」のテクスト遍歴の方法を踏まえた上で、毎年夏に滞在する見慣れた土地を舞台にすることで、追分の土地そのものを言葉との間に描き出す広がりをもたらした。

『挾み撃ち』が蕨とゴーゴリ作品とを重ね合わせながら現実そのものをとつぜんの世界として組み換える認識論的幻想小説だったのに対し、『吉野大夫』は、吉野大夫の幻がたゆたう歴史と言説の空間としての土地を描き出す歴史幻想小説として、後の『首塚の上のアドバルーン』等にも発展していく。そして『吉野大夫』の頃から強まるのは、歴史というパブリックな記憶からは忘れられた存在への関心、掘り下げへの興味だろう。自身の知る死、ではなく、歴史のなかの死者へと関心が移っている。

さまざまな文学テクストが引用されること自体は後藤明生においては珍しくはない。しかし、「麻氏良城」や『吉野大夫』といった作品ではそれまでと異なり、何かを読むということ、書くということそれ自体の前景化がなされている。『吉野大夫』においては、谷崎潤一郎『吉野葛』と花田清輝の「『吉野葛』注」との関係をまねた「『吉野大夫』注」という自注を連載完結の後に挿入するな[*2]ど、後藤は批評と注釈としてのメタテクストもまた「小説」にほかならないことを実践していく。

「小説」への問い——方法としての「異説（フィクション）」

追分は、本籍地朝倉のように後藤のルーツや引揚者意識とは関係がない。朝倉連作ではまだ残っていたそうしたこだわりは、『吉野大夫』には既にない。もちろん朝倉連作に限らず、初期短篇等の団地もの、『笑坂』収録の追分ものといった場所を重要なモチーフとするのは後藤明生の大きな特徴で、原卓也が、後藤は故郷喪失の経験故にあらゆる場所が「仮の住居」となったため「仮を仮でなくすためには、その土地に徹底的にこだわりつづけ、同時に入念に過去を追い求める」（「批評と紹介『笑坂』」「朝日ジャーナル」一九七七年八月五日号）ことになったと指摘していることは、引揚げ三部作頃までの後藤に対しては当てはまるだろう。しかし朝倉連作について見られるテクストの重層化は、乾口が「アイデンティティ探究物語の自己喜劇化、パロディ化」だとし、八〇年代の諸作もまた「同様の意図のもと、テクストの引用と重層化が試みられている」（前掲「後藤明生と「敗戦体験」」）と論じているように、三部作以後も同様の図式が妥当するとは言えない。さまざまな場所

への こだわり自体は原の指摘する動機から出発したとしても、『挟み撃ち』と『吉野大夫』の間に切断があると述べた通り、「同化と拒絶」の前提となっていた「わたし」の切断を経て、事態は「小説」における「模倣と批評」＝読むことと書くこと、という文学的原理へと転化した。『吉野大夫』にはもう、語り手が朝鮮や引揚げにこだわる姿は見えない。

「針目城」『吉野大夫』において語り手を突き動かすのは、小説家の夢なり、歴史小説を書こうという試みなりといった、小説への欲望だ。

七九年以降の後藤の小説は、つねに小説、文学とは何かという問いを内在させ、その原理としての書くこと、読むことそのものを主題化する。『吉野大夫』は、歴史小説を書こうという試みそのものを小説として書くばかりか、谷崎や花田の先行作にかんする言及をも取り込んだ、小説の生成過程についての小説にして、土地と言葉の堆積という歴史小説の生まれる場所そのものを描き出す小説だった。「『吉野大夫』注」のように小説において書簡体を多用したり、ドストエフスキーと永井荷風を軸に日本近代文学を考える『壁の中』、あるいは『小説——いかに読み、いかに書くか』といった歴史小説ならぬ小説の歴史についての記述が急速に増えていくのもこの一環だ。

こうして後藤は、さまざまなテクストを渉猟し、それを独自に読み込み関係づけていくことになる。「麻氏良城」の書紀読解において斉明天皇の死に陰謀を読みこんだり、「『吉野大夫』注」において、『好色一代男』の主人公世之介とは灰屋紹益がモデルではないか、と独自の解釈を披露する場面がその好例だ。

こうしたテクストの独自の読解は、「愚者の時間」などで後藤が言及した時津規美生や高倉盛雄といったアマチュア古代史家が提示する「異説」と共鳴していないだろうか。

七〇年代は大岡昇平が「このところまた各種の「日本の歴史」シリーズが出版され、ブーム現象を呈している」、「司馬遼太郎氏「坂の上の雲」（一九六九－七一年）が超ベストセラーになり、昨年は勝海舟全集が二種類も出た。古代史、特に邪馬台国の位置について松本清張氏その他による推理があり、法隆寺建立の秘密に関する梅原猛氏「隠された十字架」、柿本人麻呂刑死説「水底の歌」などが、それぞれよく読まれている」（大岡昇平『歴史小説の問題』一九七四年、九頁）と述べるような歴史ブームがあった。たとえば国会図書館に所蔵されている記事・著作のうち、「邪馬台国」が含まれる件数が戦後最大のピークを迎えるのが七五年で、七九年には今も続く雑誌「季刊邪馬台国」が創刊されてもいる（福岡の版元から発行されており、副編集長井上修一は福岡県立朝倉高等学校二十一回生で後藤明生の十七年後輩にあたる）。海軍中将の息子で漁船の修理工場にいた時津規美生、陸軍大学校卒で陸軍中佐、大本営陸軍参謀だった高倉盛雄の著作も、この七〇年代の古代史ブームが歴史を専門としていなかった人間を魅惑し、郷土を邪馬台国に比定する試みへと駆り立てたものだと考えられる。

ここで「異説」と呼んでいるのは、いわゆる通説、主流説という中心からあえてずらしていくオルタナティヴな視点の設定のことだ。邪馬台国をヤマト＝近畿ではなく、九州に比定し、日本の中心をずらしていく時津、高倉の視点、このアマチュアによる別様のあり方の展開にこそ、胡乱さと面白さがある。

後藤自身、それを自覚してか彼の記紀読解なり世之介モデル説なりを、正しい真実だと主張するわけではない。『吉野大夫』注」においては森銑三から否定的な返答を受けても、「それを読んだあとも、ぼくの気持ちは別に変わらなかったからだ。いや、ますます「モデル説」は強まったとさえいえるかも知れない」と書いており、その理由を「学者と小説家の考え方」の違いに求めている。つまり、真実ではないとしても、それが興味を惹くものならば当然に描いていこうとするのがフィクションを騙る小説家としての発想だ。

朝倉連作で、時津規美生のことを語った「愚者の時間」が発表順と異なり先頭に置かれているのは、時津の本が再度言及される「麻氏良城」とで、連作全体が挟まれるように構成するためではないか。これは、語り手の朝倉へのこだわりが変化していくさまを時津を鏡として用いているからと考えられるけれども、歴史を別の視点から見るという発想ゆえとも言える。

八〇年代の後藤は、独自の日本近代文学史を語るようになっていくなかで、そこでも常に素人の一小説家の考えだと断ることを忘れない。もともとがまがいものの虚構を語る小説家にとっては、それこそが本懐ともいえる。一素人、一小説家としての立場から発想されたものとして、自覚的に通説的文学史へのオルタナティヴを提示する、この方法としての「異説（フィクション）」が、以降の後藤の大きな武器となる。

朝倉連作と入れ替わるように連載がスタートした『壁の中』から遺作『日本近代文学との戦い』にいたるまで、エッセイや小説などさまざまな場所で展開されていく、志賀直哉を自己を絶対化する笑いの忘却として批判し、横光利一を関係の喜劇として評価する日本幻想喜劇派の系譜という後藤の構想の発端は、この朝倉連作における歴史への関心に触発された、というのは言い過ぎだろうか。

八〇年代以降後藤は、朝鮮体験、敗戦体験についてといった「わたし」の来歴を語ることよりも、「小説」の歴史や原理を語ることに重点を移していく。朝鮮、引揚げを中心的な題材とする七〇年代中頃以降の後藤明生を中期とし、『吉野大夫』や『壁の中』といったメタテクスト作品群を後期と呼ぶとすれば、その転機は朝倉連作にあり、中期が終わり後期が始まる七九年は後藤明生の作家活動の重要な転機で、四十年にわたる後藤明生の作家活動の前半と後半を区切る重要な折り返し点だ。

何故この転換がなされたのか。その考えられる要因として付言しておかねばならないのは、七九年に後藤は父の享年に追いついたことだ。「父への手紙」で、自分が四十歳になり、父の享年まであと何年、という話が語られていたことは注意すべきだろう。後藤は小説の題にも用いたように、四十代についてしきりに話題にしており、多大な関心を抱いていたのは、それが父、ゴーゴリ、二葉亭の死んだ年代だったからだと思われる。父の死を思い、自身の死を考え、そのことが父の記憶、朝鮮引揚者たちの探索へと向かわせていったのが引揚げ三部作だった。朝倉連作にはこの父の呪縛からテクスト空間への転換が刻まれており、「わたし」から「小説」へと後藤のモードが変わった最大のポイントとなっている。

＊1　作中の「高倉モリオ」は、高倉盛雄のことだろう。一九八一年に『邪馬台国は筑紫にあった』（あずさ書房）を刊行し、それ以前にも自費出版で『神と鬼の間』というシリーズを三冊刊行している。作中で言及されているのはこちらだろう。それぞれの副題を挙げる。「朝倉橘広庭宮」（七七年）、「筑

紫邪馬壹國論続篇」（七八年）、「麻氏良山続々篇」（七九年）。

＊2　後藤は『吉野葛』を「小説取材のための紀行文に見せかけたフィクション」と呼び、『挾み撃ち』の先行作でもある荷風『濹東綺譚』もその点が共通しているとし、いずれも「ジイドの〝純粋小説〟を意識した「自意識的」小説です」と言っている（インタビュー「小説の解体・小説の発見」「現点」一九八七年春七号、三三頁）。

第三部　混血＝分裂の近代日本——〈後期〉

第九章　分裂する日本近代と「転向」
――『壁の中』

「針目城」、「麻氏良城」、『吉野大夫』で端緒をつけられた方法が全面展開され、テクストを読む過程そのものが小説となる作品が書かれていくのが後期だ。「復習」「読み直し」を唱え、現在において過去のテクストをいかに読み、いかに変形していくかこそが小説だという理論と実践。小説そのものの形式性への問いとともに、日本の小説の歴史を遡り、日本近代文学そのものの読み直し、読み換えへと進んでいくのが後期の特徴だ。

『挾み撃ち』を書き直す

後藤明生最大の長篇『壁の中』は、七九年十一月から「海」に連載され、雑誌の休刊によって八四年五月で一時中断した後、「中央公論文芸特集」八五年夏季号に完結篇を発表、その半年後に刊行された原稿用紙千七百枚に及ぶ大作だ。連載五十回、足掛け七年にわたる執筆期間には八〇年代の後藤の思考が凝縮されている。謎めいた構造に解決は与えられず、さまざまな事件が起るもののそれもまた放り投げられ、いわば小説としてはまとまりがつけられないけれども、それゆえに後藤の思考が長大な場を得て自由に展開され、エッセイなどでは短くまとめられてしまう内容がよりいっそう深く論じられており、後藤一流の饒舌が十全に楽しめる作品でもある。

しかしまさにこの長さゆえ賛否は分かれ、代表作として知られるもののまともに論じられる機会も少ない。多くの書評、時評でも、『壁の中』の脱線、饒舌、対話、パロディといった語彙による方法の側面が取り沙汰され、そこで何が語られているか、何故それらのテクストが召喚されているのかに踏み込んだものは少ない。

概要をまとめておこう。本作は二部構成となっており、「《贋地下室》――空中にとび出した地下の延長の行き止り」と題された第一部は、ビルの九階にある仕事場を、ドストエフスキー『地下生活者の手記』を模して「贋地下室」と呼び、そこで英文和訳をする大学講師の、家庭・大学・贋地下室の往復という日常を一人称で描いた部分と、Mと呼ばれる友人への長大な書簡体、という二つの叙述形式が交互に現われる。ここでは知らないうちに自分の講義が自分によって休講申請されていた、という分身まがいの幻想的事件に遭遇する。特徴的なのは、事物、人物などがドストエフスキー、ゴーゴリ、カフカ等々文学作品との類似において引用され、文学論が展開される点だ。

第二部は「『濹東綺譚』の作者と《贋地下室》の住人との対話」と題され、最初の一行以外に地の文の存在しない、第一部の語り手「贋地下室人」と死者の国からやってきた永井荷風その人との対談が始まる。ここでは荷風が大正から昭和をまたぐ、一九一七年から一九五九年の死の前日まで書き継いだ日記『断腸亭日乗』を主な題材にした荷風論が展開される。荷風の年譜や日記を繰りながら、荷風と西洋との関係を問い、荷風の叔父の私生児として従兄弟の関係にあった高見順との不和、キリスト教に入信し、棄教し、死の直前に回心した正宗白鳥と荷風とを対置しながら日本と西洋、キリスト教、都市を論じ、日本近代そのものを問い直すこととなる。賛否が分かれるのはこのメタフィクション性と、延々と議論が続き後半はほとんど評論のようになってしまうからだ。

この長大な作品の帰結を端的にまとめれば次のようになる。ドストエフスキーの『地下生活者の手記』にならい、西欧とスラブに分裂した近代ロシアの「地下室人」に仮装した語り手贋地下室人は、さまざまなテクストを渉猟した挙げ句永井荷風に行き着き、「江戸と西洋が」「まったく右手と左手みたいにつながってい」るようにみえる反近代のウルトラ個人主義者荷風もまた「バラバラ人間」だと喝破し、そこでは明治生れの近代人たち、内村鑑三、正宗白鳥、漱石や鷗外もまた「バラバラ人間」だったと「総括」される。後藤自身が語るところによれば、「明治近代のキャッチフレーズである「和魂洋才」というものを、ぼくは楕円形、すなわち「混血」「分裂」として証明」（前掲「現点」第七号、六〇頁）するというとおりだ。

ここにおいて「ヨーロッパよりもヨーロッパ的な都市」として建設された人工都市ペテルブルグと、西洋を取り入れた日本近代の象徴としての東京を、西洋から遅れて近代化したことで生まれた二つのバラバラ都市として、ロシア近代と日本近代を重ね合わせ、ペテルブルグを描いたドストエフスキーから東京を描いた荷風を読む、というのが本作の仕掛けだ。

『壁の中』において問われているのは、西洋からの文物を取り入れ近代化を進めた明治という時代そのものが、前代からの断絶に見舞われ、そこに生きた近代人もまたその西洋と日本との分裂を抱え込まざるを得ないという問題だ。

四章で指摘したように、『挾み撃ち』は荷風『濹東綺譚』を下敷きにしてゴーゴリを読み「外套」を書く、という構造を持っている。そして『壁の中』はドストエフスキー『地下生活者の手記』の構造を用いて、荷風を読むことで書かれている。この構造の類似は偶然ではない。『壁の中』で語り手は地下室人の描写を分析しながらこう結論づける。

地下室の住人は、地下にとじこもった『外套』の主人公なのだ。（『壁の中』一〇頁）

冒頭でなされる「外套」と『地下生活者の手記』の連続性の指摘は、すなわち、『挾み撃ち』と『壁の中』の連続性をも指し示している。『壁の中』は、『挾み撃ち』を後藤自らが読み直し、書き直した試みとして再読する必要があるわけだ。『挾み撃ち』における「とつぜん」という時代の転換や「土着」からの拒絶、という問題を、『壁の中』における近代を迎えた時代の変化と、ドストエフスキーのいう「西欧の知識教養を身につけたためにロシアの大地と国民的本質から切り離された人間」の問題に展開したものとして捉える、ということだ。『挾み撃ち』が敗戦少年たる朝鮮引揚者「私」の分裂を描いているとすれば、『壁の中』はそれを近代化と知識人という大テーマへと飛躍的にスケールアップさせた。お茶の水の橋の真ん中で待つ男は、ビルの九階の贋地下室の住人へと変身する。いずれにしろ、大地から切り離された人間という設定を共有している。

こう見ることで『壁の中』がいったい何を問題にしたのかが見えてくる。世代・父と子の問題、つまり「ゼンキョートー（全共闘）」の問題と、キリスト、マルクスという西洋への信仰と「転向」の問題だ。この意味で、『壁の中』はきわめて政治的な小説であり、このことを見落とせば、なぜ次なる議論小説大作『この人を見よ』（九〇〜九三年連載）において中野重治が出てくるのかを理解できない。

「ゼンキョートー」と『悪霊』——ロシアの百年後の日本

第一部で重要なのは、不倫相手森野宮子やスナックの店主など語り手の下の世代の人間に、「ゼンキョートー」セクトとのかかわりがあることだ。宮子は左脇毛の下に小さな「M」の刺青を入れており、これはマーキュリー↓メルクリウス↓ヘルメスともじった「ヘルメス党」の印で、彼女は火薬密造に携わっていた。偶然入ったスナック店主が彼女の知り合いで「ゼンキョートーで中退」した人間だった、という展開など、この「十年前」のことが関係しており、なにより語り手の七コマ講師こそ、前任者が「ゼンキョートー」によって学界を捨てポストに空白ができ、一コマの非常勤から七コマの専任講師になれた、という因縁がある。

大杉重男は『壁の中』を批判的に検討しつつ、「「総括」という言葉はもちろんゼンキョートー用語であり、白鳥は言わば過激派の学生、漱石たちはその学生たちに総括された大学教師」だと見立て、「『壁の中』は全共闘に対する総括のように読める」と指摘している（「後藤明生を復習＝予習する

――『壁の中』を「教材」に」「早稲田文学」二〇〇〇年九月、二二頁）。高澤秀次も『壁の中』が全共闘への言及を含むことを注視しながら、その政治的側面について同時代の埴谷雄高と対比して論を展開し、「『壁の中』はいかにもそれらしからぬ、優れて後藤的な「思想小説」のパロディ（『死霊』の難解さを無化する）ではなかったか」と指摘している（「《贋地下室》という工房――後藤明生論」「すばる」二〇一五年十一月、二四二頁）。どちらも本作の政治性を正面から捉えたものだ。ただし、高澤は七二年の連合赤軍事件に着目して論じているけれども、連合赤軍では後藤の関心からずれてしまう。後藤は六〇年代末からすでにこの問題に関心を持っていたからだ。

後藤が学生運動とドストエフスキー『悪霊』を重ねる考えを示したのは、見る限りエッセイ「〝七〇年安保〟の百年前」（『円と楕円の世界』所収）が初めてだ。この一文は一九六九年一月の東大安田講堂事件を受けて、翌月の読売新聞（六九年二月十六日朝刊）に発表され、事件の様子をテレビで見ながら、革命組織の内ゲバ事件をモデルにしたドストエフスキー『悪霊』のエピグラフ、聖書ルカ伝八章の豚に悪鬼が取り憑いたくだりを思い起こしたことについて書かれている。『壁の中』において一八七〇年に書かれた『悪霊』が呼び出されるのは、百年後の「ゼンキョートー」を日本の「悪霊」として重ね合わせているからだ。このエッセイには次のように書かれている。

> ただわたしは、ちょうど百年前の『悪霊』の世界に意識を釘づけにされ、ふしぎな衝動をおぼえながら、なにかを表現したいと考えているところだ。（中略）わたしはまずステパン氏とピョートルという父親と息子の関係にねらいをつけ、わたし自身をその構造のどこに、ど

のような形でもぐり込ませて関係づけるかを考えるところから、着手したいと思う。

なにも政治に限らず、会社、学校、家庭その他の日常生活においても、現在いわゆる体制側の主役は、四十代後半から五十代の人物であり、彼らはいわゆる反体制側の主役である十代後半から二十代の青年たちと、ちょうど親子の関係を成していて、昭和七年生まれで三十六歳のわたしは、その中間にはさまれている形だ。(『円と楕円の世界』一〇一～一〇二頁)

『壁の中』の語り手の講師もまた昭和一ケタ生まれと設定されており、連載開始十年前の時点で、本作の骨組みがすでに設計されていたことがわかる。その後も後藤は「百年後の『悪霊』」、「わたしの『悪霊』」(いずれも『円と楕円の世界』所収)と書き継いで、『悪霊』と全共闘の関係を考え続けている。なかには、帰化した在日朝鮮人二世山村政明が早稲田大学隣の穴八幡宮で焼身自殺した一九七〇年十月六日の事件の十日後から三日間、早大に通って学生たちに話を聞いた「早稲田キャンパスの〈悪霊〉たち」(『大いなる矛盾』所収)というルポルタージュもある。ここでもやはり『悪霊』から論が進められ、セクト抗争で狙われる学生が教官に送り迎えされているという話を聞き、「他ならぬ自分が反抗を繰り返しつづけている父親にエスコートされる息子」の姿が「学生運動の象徴であり、すなわち、一九七〇年におけるわが国の、父親と息子の象徴である」と書いている。学生運動はつねに後藤にとって『悪霊』を介した父と子の問題と重ねて把握されており、その世代に挟み撃ちにされた世代として自分がある、という意識がある。

『挾み撃ち』の冒頭で、御茶ノ水駅における「ヘルメットの学生」や「解放区」の闘争への見過ごされがちな言及があるのは、以上のような関心が後藤にあったからだろう。学生運動という「日本の悪霊」の問題は十年間後藤のなかで抱え込まれ、長篇としてはじめて正面から描かれることになったのが『壁の中』だ。『壁の中』は、学生運動という「悪霊」を生み出したものは何だったのか、という問いをその根底に持っている。

第一部において後藤は、近代ロシアの西欧とスラブの分裂を『地下生活者の手記』に、父親と息子の関係を『悪霊』に、そして分裂する自己の問題を『分身』になぞらえつつ、この三つのドストエフスキー作品をベースにし、この構造のなかで、さまざまなエピソードがこれらとの関係において呼び込まれ、配置されている。脱線に見えながらもそれらは決して無関係ではない。

語り手はゴーゴリ、ドストエフスキー、カフカから、聖書、ギリシャ神話にいたるまで、さまざまなテクストを引用、言及、議論することになるけれども、その多くが父と子の問題に関係している。語り手自身が一覧してまとめている（二六一頁）ように、息子が突然父親に死刑宣告されてそのまま橋から飛び降りるカフカの「死刑宣言」（一般には「判決」）、『悪霊』の父と子の関係、旧約聖書創世記でノアの「かくし所」を見たために子孫を呪われたハムの挿話、ルカ伝における放蕩息子を歓迎する「蕩児の帰宅」の挿話、ギリシャ神話における父ウラノスのペニスを切り落としたクロノス、そのクロノスを幽閉したゼウスの挿話、オイディプスの父親殺し、あるいは浅間山荘事件で逮捕された学生の父親が自殺した事件などはどれも父と子の対立を描いたエピソードで、これらを引き寄せているのが、「ゼンキョートー」の問題というわけだ。

数千年の時間にわたる神から人までの親子関係を参照し続け、そして目の前には宮子がいる、こうした超歴史的な問題の現在の一例として、「ゼンキョートー」が繰り込まれることになる。父と子の問題が百年前の『悪霊』に限らず、神話聖書の時代から延々と繰り返されてきた喜劇として読み直されるというのが第一部で、蓮實重彥が「『壁の中』が、まさしく類似と模倣と反復とをめぐるテクスト」(『小説から遠く離れて』六三頁)だと指摘するように、本作の語り手が「小説の中の主人公たちがよくやるように」と書いたり、空腹になったことなど「ふつう小説などでは省略することになっている」などと語るのは、本作がそもそも「ゼンキョートー」を『悪霊』の反復と見る構想から出発した、小説と現実の符号への驚きによって書かれた小説だからだ。

この父と子の対立の反復は、宮子やスナックの店主といった元全共闘学生たちとの会話が延々ズレつづけるくだりにおいて再演されることになる。学生運動を題材にしつつも、一向にその中身が問われることはなく、ズレながら関係する喜劇的関係によってしか関係し得ない、というアイロニカルな認識はまさに「思想小説のパロディ」ではあるだろう。

「舶来のマドンナ」――キリスト、マルクス、近代日本の「転向」

この昭和の現在における分裂と喜劇の帰結をもたらした、近代日本の問題が扱われるのが第二部だ。震災後の東京を唾棄するように批判し、自らの邸宅を「偏奇館」と称して立てこもり、家族をも拒絶する個人主義者荷風は、まさしく『地下生活者の手記』の語り手とそっくりで、後藤が憧れた偉大な先達永井荷風もまた、近代における西洋と日本との分裂にさいなまれたバラバラ人間の一人だと、その後継たる贋地下室人はまるで「ゼンキョートー」のように荷風の「かくし所」を暴き立て「総括」する。

ドストエフスキーと白鳥のロジックをもって荷風の分裂を指摘して終結する本作のラストはしかしどこかとってつけたようで、荷風の分裂を指摘し得たかというと疑問が残る。掲載誌「海」の廃刊によって途絶した作品を二百枚で完結させるためという印象がぬぐえないところがある。ただ、終わり直前までの展開を見てみると、そこでは贋地下室人と荷風だけではなく、贋地下室人が白鳥その人や内村鑑三に成り代わって次々と喋り出すという通常の対談には留まらない逸脱を見せ始めており、分裂・楕円というより三角関係へと関心の重点が移っていっている。これが直接『この人を見よ』へと繋がる部分で、『壁の中』ではここを展開する前にひとまずの決着をつけた恰好だ。

西洋と祖国に分裂したドストエフスキーを核にしながら、荷風の西洋への態度をたどっていくのが第二部のベースとなっており、そこで西洋の象徴として現われるのが聖書・キリスト教と反体制運動あるいはマルクスだ。第二部にはこの両者からの「転向」の問題が伏流している。

マルクスと「転向」の話題は第二部冒頭にある。『濹東綺譚』の後書き「作後贅言」における「マルクスを論じていた人が朱子学を奉ずるようになったのは、進化ではなくして別の物に変ったのである」という文言が、それまでの文章からはやや唐突に出てくるのは何故か、これは「転向」のことを指しているのか、と贋地下室人が指摘する。この話題自体はすぐに流れてしまうけれども、直後に荷風が昭和六年の満洲事変について言及していることを贋地下室人は周到に指摘し、戦争に向いつつある時勢に注意を向けている。

このくだりが重要なのは、第二部の主要な話題となる、荷風の従兄弟で私生児として生まれた高見順との関係の前振りとなっているからだ。贋地下室人は荷風の日記において悪し様に書かれている高見順の年譜を、荷風の日記と重ね合わせて読み進め、高見順がプロレタリア作家から「転向」して日本文学者会という体制組織の発起人になり、文学報国会の審査部長になるまでを追っていく。そこで贋地下室人が推測するのは、高見が荷風に宛てて芝居の案内を送ったり、オペラ館の楽屋で面会を求めたり、日本文学者会への勧誘をしていたのは、高見による荷風へのSOSだったのではないか、ということだ。この昭和十五年という時勢について、贋地下室人はこう指摘している。

> 昭和十五年というのは、このわが島国日本がウルトラ・ナショナリズム化を露骨にあらわした、紀元二千六百年でありました。その紀元二千六百年に背中を向けて、ウルトラ個人主義を貫き、超然たる存在であり得たのは、当時の文壇において、まあ、センセイくらいのものではなかったんでしょうか（四五五頁）

「紀元二千六百年」記念のさまざまな行事、大政翼賛会の成立、日独伊三国同盟締結があり、対米開戦の前年に当る昭和十五年を、贋地下室人は「センセイにとって最も不愉快だったと考えられる」年だという。転向した文学者が大政翼賛に協力する間際、「ウルトラ個人主義」荷風に助けを求めた、というのが贋地下室人の指摘で、これに荷風が答えていれば、文学報国会の審査部長とまではならなかったのではないか、と推測している。[*1] 時代の流れのなかで不可避のものとして迫りく

るものへの抵抗とその軋みとして「転向」が捉えられる。

　贋地下室人が目敏いのは、「ウルトラ個人主義」と思われた永井荷風ですら、昭和十五年には「去年来余は軍人政府の圧迫いよ〳〵甚だしくなるにつけ精神上の苦悩に堪えず、遂に何等か慰安の道を求めざるべからざるに至りしなり。耶蘇教は強者の迫害に対する弱者の勝利を語るものなり」として聖書を読みはじめる日記の記述を重視するところだ。荷風もまた時代のなかでは救いを宗教に求めることがあったわけだ。

　作品終盤ではこの聖書・キリスト教への態度をめぐる議論が展開され、そこではキリスト教という「舶来のマドンナ」への態度について、内村鑑三と正宗白鳥を対置した転向論が語られている。贋地下室人の要約するところでは、聖書とキリスト教は正宗白鳥にとっては「舶来のマドンナ」で、それに憧れたものの「殉教」を強要されるらしいと知り、その苦難には耐え切れそうもないので潔く諦めることにする、しかし、それは裏切りではなく「マドンナ様への純粋な愛を守るため」で、その誠心が通じなくとも「自分は自己欺瞞の罪だけは犯したくない」、というのが正宗白鳥の転向の論理だ、と語る。白鳥からすると内村鑑三は殉教できもしないくせに純愛を語っている厚顔無恥ではないか、となるわけだ。

　ここにあるのはいかに自分が「舶来のマドンナ」に対して忠節かどうか、ということにあり、白鳥は内村鑑三が教育勅語を批判しながらその「東洋道徳日本思想」に未練を残して時には「推讃」していた、という分裂を指摘する。

　ここで白鳥の転向の論理とされているものはキリスト教に限らない。殉教を強要されて転向する、というのは高見順ふくめた戦前の左翼運動家たちが「小林多喜二は築地警察署で虐殺された」と『壁の中』でも言及される一九三三年、獄中で転向していったことを連想させる。大逆事件についてもしばしば言及しているように、『壁の中』においては、戦前日本における西洋思想の摂取と転向、がキーポイントになっている。これこそが、西洋から祖国への回帰という分裂した知識人の帰結として注視されている。

そもそもドストエフスキーこそが、フーリエの空想的社会主義を奉ずる革命的サークルに関係し逮捕された後、獄中でロシアの民衆と接したことで「思想的転向」(江川卓「解説」、『悪霊(下)』)を果たした作家だったことを思い出さなければならない。幾度も作中で言及される太宰治もまた共産党、左翼運動にかかわって父に離脱させられた過去があり、同じく椎名麟三、高見順もまた転向文学者だった。父と子の問題、そして「ゼンキョートー」の十年後を問う『壁の中』において、この転向の問題はもっと重要な意味があるはずで、だからこの延長上に転向した小説家とその父を描いた「村の家」の中野重治が浮かび上がるのはきわめて当然の道行きとなる。谷崎潤一郎の『鍵』をベースに、中野重治の年譜をたどる『この人を見よ』は、その意味でもほとんど直接の続篇と言いうる。『壁の中』では前述の三角関係や、ニーチェの『この人を見よ』におけるキリスト批判が話題になるなど、この二作は明確な連続性がある。「ゼンキョートー」への関心は、戦後における転向文学者の処世術として、『この人を見よ』に先送りにされることになる。

『壁の中』では「ゼンキョートー」と重ねられた父と子の問題は後半、近代知識人の問題へと一挙に拡大されたことで置き去りになった。この問題が発散してしまったような構成も批判の要因でもあろう。

しかしそもそも語り手たる贋地下室人は、この父と子の問題には傍観者でしかない存在だった。昭和一ケタ生まれの贋地下室人の父は、昭和十七年に戦死しており、子供達も大きくはない。『悪霊』のような自由主義者の父と革命家の息子のような親子関係は成立しない状況にある。これはつまり「笑い地獄」や『挾み撃ち』から続く、歴史とのすれ違いの意識、敗戦時に価値観の突然の転変に見舞われた昭和一ケタ生まれにとって、戦前生まれの価値観も戦後生まれの考えも、どちらにも馴染めない「挾み撃ち」の感覚だ。敗戦を受けた戦中少年の感覚が、荷風の震災後の東京を唾棄する態度への羨望と批判の根底にあったのではないか。統一された「和魂洋才」などありえず、そこになんとしても分裂を見いだそうとする後藤の生理が、荷風に分裂を見いだそうとする。

軍国主義から戦後民主主義へ、という近代日本最大の「転向」、軍国少年の夢を奪ったここにこそ後藤の関心があったのではないか。終盤、「〈洋行帰りの偏奇館主人〉と〈アーメン仕込みの舶来的野暮〉（引用者注・正宗白鳥のこと）と、どちらがホンモノ〈西洋〉に近いかという」「三角関係」を指摘し、転向した者こそ「純粋な愛」を貫いているという白鳥の論理を示し、贋地下室人はこう語る。


この構造は、ひょっとすると日本の、センセイいうところの〈田舎の旦那〉の構造なのかも知れません。もう少し引きのばすと、いわゆる〈田舎の旦那〉と〈近代〉＝〈西洋〉が結びついた構造、ということになるのかも知れません。（五五七頁）

文中の「センセイ」とは荷風のことで、〈田舎の旦那〉とは岡山出身の白鳥を指す。〈田舎の旦那〉の西洋への憧れを日本の構造と併置しているのは、遅れて近代化した明治日本の欧化政策を含意している。この構造は、東洋の島国が欧米の近代帝国主義を後追いして、アジアへの植民地拡大を図って挫折した過程が意識されているのではないか。「トーキョー」が「分裂＝混血＝バラバラ都市」だというなら、それは必然的に近代日本そのもののことでもあるからだ。

そこで浮かんでくるのが、贋地下室人の父の経歴だ。彼の父は「陸軍の航空将校」で、日本中ばかりか「北朝鮮と満洲の境界を流れる豆満江（とまんこう）沿いの会寧（かいねい）という町」にも行き、福岡の大刀洗を経て、ラングーン（現ヤンゴン）で戦死したということになっている（『壁の中』四八二〜四八三頁）。朝鮮で死んだ後藤自身の父をも重ねつつ、外地全体を包含する存在へと拡大し、帝国日本の外地とその瓦解を象徴させた存在へと変形させているのではないか。

入信、棄教、臨終間際の回心と転向を繰り返した白鳥はその論理においてキリスト教という「舶来のマドンナ」への「純粋な愛」を貫いたというのが『壁の中』の見立てだった。ならば、戦後「転向」したはずの日本もまた「舶来のマドンナ」への「純粋な愛」を変わらず誓っているのではないか、と『壁の中』は示唆している。戦前戦後を、西洋を信仰する日本という分裂において捉えようとするのが、八〇年前後の東京を舞台にドストエフスキーで荷風を読むという構造を持つ『壁の中』だ。そして『挾み撃ち』において敗戦の衝撃を描いた後藤が、それを書き直すなかで見いだしたのは「近代日本」とは何だったのか、という問いだった。

なお、後藤オマージュ小説「街頭」を書いた多和田葉子は両親が早稲田大学時代の後藤と知り合いだったとつかだま書房版『壁の中』（二〇一七年）で言及している。その知り合ったきっかけというのが「民青の集まりか何か」だったと記されていることは、本論の文脈ではきわめて興味深い。実際、後藤の学生時代の手書き原稿を見ると（『壁の中』つかだま書房愛蔵版付録写真集掲載）、後藤の署名に「明生(みんせい)」と民青を思わせるルビが振られており、証言を裏書きしている。前述した学生時代の後藤のカフカ、ゴーゴリの読み方は「コミュニズムとの戦い」だという証言を考え合わせると、後藤もまた学生時代に政治活動から「転向」した人間だったのかも知れない。

後藤は、『挾み撃ち』から『壁の中』へと書き継ぐとき、自身の朝鮮との混血的来歴を近代日本の西洋との混血＝分裂として見いだした。これは、『挾み撃ち』で敗戦体験を描いたのち、引揚げ三部作などが描いた自身の植民地朝鮮育ちの文化的混血性が、その植民地を用意した近代日本の歴史に遡りうることに後藤が気づいたということだ。植民地朝鮮で敗戦を迎えたという後藤の経験、引揚者を生んだ歴史を問うことは、近代日本の歴史を問うことにほかならない。しばしばポストモダンとも呼ばれる後期後藤明生の大きな関心は、日本の近代(モダン)とは何だったか、ということにあり、後藤においてそれは文学を題材として問われ、絶筆『日本近代文学との戦い』に引き継がれる。

＊1　大杉重男は作中の、「荷風は、父を代行して私生児のSOSのサイン」を受け取らねばならないかのような高見擁護のありさまを普通ではないと指摘し（前掲「後藤明生を復習＝予習する」）、文壇事情に想像をめぐらせるけれども、作品外のことに目を向けるなら後藤の父を亡くした体験を想起する

べきだろう。また、上田秋成が父を知らない私生児だったことにも「生まれながらにして、その原因の半分が不明だった」(『雨月物語紀行』一八九頁)として幻想の原因を見いだしているように、私生児、捨て子ということに後藤が強いこだわりを見せるのもそこに関係していると思われる。

第十章　メタテクストの方法

――八〇年代1

汝、隣人ソクラテス――『汝の隣人』1

大作『壁の中』を営々と書き続けた八〇年代の後藤は、いくつかの連作を並行して発表している。それらは『壁の中』とも共通の題材、テーマを別側面から描くと同時に、後藤ならではの方法の模索ともなっている。

後藤の短篇連作という形式が確立するのが『汝の隣人』(一九八三年)だ。『壁の中』の翌年、八〇年から書きはじめられ、序盤三篇ほどは明らかに後藤を思わせる作家「G」の住む習志野のアパートや追分の山荘、文壇などでの人間関係を題材にしていた。しかし、ある作家との対談を描いた第三篇「対談」について、「閉鎖空間のなかで自足した幸福の見本」、「クローズド・ハピネス」と評された(入江隆則「文芸時評」「すばる」一九八一年六月)ことを第四篇「饗宴」で話題にしてから、連作はその時評への応答としてプラトン『饗宴』の読解が展開されていく。

これまでも後藤は何度も連作形式を採用しており、自作への反応や批判に作中で言及することもあった。しかし、それは独立した短篇か、連作としての一貫性から外れるものではなかった。それが転換したのは朝倉連作においてで、連作が途中からさまざまなテクストを読み継いでいくアミダクジ式へと変貌していった。本作ではそれに留まらず、次作が前作についてのリアルタイムでの反応や応答、自注を含んだメタテクストとして連なっていくように書かれているのは、それまでやっていなかった「連作形式を意識的にやった」と後藤自身がインタビューで語った（「後藤明生の読書教室4『汝の隣人』と小説の構造」「文芸図書館レ・ロマン」一九八四春No.４）とおりで、これが後藤の後期長篇の基本形式となっている。

ただし自注自体はこれが初めてではない。『吉野大夫』は連載が完結した後、知人への返答を書簡体で書いた短篇「『吉野大夫』注」を、長篇の真ん中に差し込んだ形で刊行された（八一年二月）。本作はその手法を連作として重ねていく形で応用したものでもあり、『壁の中』でも用いられた三人称と書簡体を転換させていく手法ともども、本作はこの時期書かれていた幾つかの手法的実験の集成という側面を持っている。

本作は前記インタビューで後藤自身が認めるように、当初は東京の都市論を小説として描こうとしていたことが見てとれる。第一篇の表題のように「隣人」とは誰か、アパートにおける隣人とは誰か、ということが中心的な問題となっていた。都市ばかりではなく追分の山荘も含め、ここでは住居、場所が描かれている。

ここで強調されるのが、語り手にとって今住んでいる場所が極めて偶然の結果だと言うことだ。

語り手の住むアパートは、子供が生まれた、大きくなったという理由によって選ばれたものでしかなく、引っ越しは「偶然の場所から偶然の場所への移動」（『汝の隣人』九頁）にほかならない。それは追分の山荘にしても同じだ。

山荘は当時知り合ったばかりのH（平岡篤頼）が、新しい山荘を建てるということで譲り受けたもので、それまで語り手は追分に憧れたこともなく、山荘を持ちたいと思ったこともなかった。この意外な道行きを相手に説明するため、語り手は「山小屋入手の経緯を事実通りに細かく、可能な限り省略を避けて、話すことにして来た」、という。

> そうすることが、自分の考えている偶然という意味を、出来るだけ考えている通りの形で、相手に伝える方法になると思ったからだ。そうすることが、事実ほど意外なものはないということと、そしてそれは他ならぬGにとって最も不思議なものであったということを、質問者に語る方法だと思ったからだった。（二〇頁）

これは後藤の文章の特質でもある。中野孝次が「巨細明示法、個別的表示、繰り返し」「散文的、外面的、物自体呈示的」（「後藤明生の方法——近作にふれて」「海」一九七七年一〇月、二六二〜二六三頁）と呼んだ事実のディテールを具体的に書きつける手法だ。本書でその特徴がよく出ているのは、K、M、Cの三人の人物について語った部分だ。

Gが K、C、Mの三人を知ったのは、K、C、Mの順だった。CもMもKに紹介されたのである。Kが、M、Cとどういう順で知り合ったのかはわからない。Gはそのことを Kから何度もきいたような気がしていた（実際、何度もきいたはずだ）が、いまも混沌としたままだった。そして、Gはそれをそのままにして置いた。なにしろ、他ならぬKとGが知り合った経緯そのものが、いまや混沌としていたのである。（二九頁）

ここからそれぞれの人物がどういう年齢順で、どういう経歴かということが続けて語られるけれども、そうした事実への細かいこだわりは、逆にわからなさをあふれかえらせてしまう。この不可解な文章は、蓮實重彥が「そこにはいかなる積極的な説話論的機能も生じはしない。物語的な情報として、知り合った順序が知らされねばならぬ正当な理由はないからである」（「海の手帳」「海」一九八四年三月、一五頁）と述べたように、笑いと混沌を読者にもたらす。同時に、語り手が「ルーツ式」に語ろうが「混沌とした形」で語ろうが、右記のとおり、結局「混沌」に帰結して、経緯は忘れられ、江中直紀が「ここにあるのは徹底してずらすことによる起原の無化である」と指摘した（『ヌーヴォー・ロマンと日本文学』一六五頁）ように、明瞭な起源から現在へと繫がることはない。

後藤の散文がもたらすこの「混沌」は、物語的必然性を打ち消し、偶然と不思議の領する空間を描き出していくことになる。語り手が住むアパートがガリバーの漂着のように偶然の場所でしかないように、そして追分の山荘の庭が、さまざまな人物がふらりと訪れる場所、「もう一人別のY、S、もう一人の別のK、同じく別のT、同じく別のK、それからはじめての人も、皆とつぜんふらりと入って来」る、「そういうふうにしか入りようのない庭だった」ように。
このようにして設えられた小説空間に、ソクラテスがふらりと入って来たとしても何ら不思議なことではない。第四篇「饗宴」では、批評家Iの批判が同時に理由もなく「面白い」とも評価したことについて、プラトン『饗宴』の分析評価を実演してみせることで、その面白さの根拠を問う。ここで語り手の読解において重要なのは、プラトンが設定した舞台の複雑さにある。『饗宴』はソクラテスがいた饗宴の模様を、その場に居合わせたアリストデモスからアポロドロスが聞いた話を語ったもの、という二重に入れ子になった対話によって構成されている。しかも開催された当の饗宴から十数年経ってソクラテスの死後に語られたものを、そこからさらにまた十数年経った時点でプラトンが書いたものが『饗宴』だという。語り手はソクラテスが帰って行ったという『饗宴』の結語に注目しこう語る。

この「また聞き」の「また聞き」的「時間」によって、プラトンは、他ならぬソクラテスの死後の時間を消してしまった。もちろんこれは一つの魔術だ。プラトンはその魔術を使って、時間を距離（空間）に置き換えたのである。（九八〜九九頁）

これによってソクラテスを生き返らせること、それがプラトンの方法だという。これはそのまま、明確な歴史性がずらされ混沌とした偶発性の空間が描かれる第三篇までとも通ずる発想で、だからこそ『饗宴』のソクラテスがここに出現するわけだ。ここでは小説で描かれた場所の特性が、小説そのものの特性に転化している。

第五篇「『饗宴』問答」では、前篇に対する知人からの手紙への返答として、語り手とその九州の知人とで新宿の酒場で「架空対談」を展開することになる。虚構のうえに前作や批評家Iという事実を組み込み、さらにそのうえに虚構を展開するこの場面は、プラトンの方法の応用でもあり、距離をも消して虚実すべてをテクストのうえに同等に並置するという、メタテクストの後藤的展開でもある。連作という形式は自注の自注でもある以上、すべてのテクストはテクストとして注釈されうる同一平面に置かれる。

これこそが後藤の「対話」だといえる。そもそも後藤がプラトンに興味を持ったのはドストエフスキーを論じたバフチンのポリフォニー論が、「ポリフォニーの基本をなすものが、対話的方法だという」（斎藤忍随、後藤明生『「対話」はいつ、どこでも』二三頁）からだった。本作ではその対話とは何か、という問いに対し、プラトンは「対話するもの、それは常に対等でなければならず、たとえソクラテスといえども例外であってはならぬ」と考えているのではないかと語り手は言う。

対等とはどういうことか。『饗宴』を哲学ではなく小説として読み換えるというこの一連の作業とその方法の抽出は、その発見者の意識をも変えてしまう。読むことは読まれることと表裏一体にあり、後藤はプラトン、ソクラテスと対話し、彼らに読まれることで自身の小説をどんどん変貌させていった。

それはたとえばお互いの重力によって軌道を歪ませる連星のように、お互いがお互いに影響を与え合うこと、これこそが対等の対話ということの意味だ。バフチンが「存在するということ――それは対話的に接触交流するということなのだ」(望月哲男、鈴木淳一訳『ドストエフスキーの詩学』五二八頁)といったように。メタテクスト型後期後藤の連作形式の核心はここにある。対話、引用といった手法が共通していながら、実験性において『壁の中』にくらべより先鋭的な発展を示しているのは、この連作形式による。しかし特定の話題の長尺での展開においては向かないこともあり、連作と長期連載形式の並行執筆は九〇年代でも試みられている。

同時に、自身の書いたテクスト自体が時評、対話相手といったさまざまな隣人たる読者に読まれ、解釈され、それを話し合う場面がさまざまに書き込まれていく。一般に生成論と呼ばれる方法論は、決定稿と草稿の間にある生成過程の研究を通じて、「語の選択と配列における書き手の価値判断」(松澤和宏「生成論/本文研究」「日本近代文学」九〇集、二〇一四年、一八五頁)を問うものだ。『挾み撃ち』や特に『吉野大夫』は、小説を書こうとする過程――実地調査や資料検証、草案の提示など――そのものを小説化するかたちで生成過程の露呈を自覚的に行なっており、これは作中に言及される荷風や谷崎のメタ小説の方法を模倣したものだった。しかし、朝倉連作を挾んだ今作では、書く行為よりも読む行為が中心に据えられ、複数の読者による複数の読解に関心が払われている。プラトンなどのテクストをいかに読むか、という関心とともに、自身のテクストがいかに読まれたかという読者の存在が連作においては重要となっており、ここに生成過程の反転がある。この書くことから読むことへの転換が、後藤の八〇年前後の特質だ。

言葉と愛──『汝の隣人』2

プラトンの形式的側面への関心が前半だとすれば、「お前は、『饗宴』の内容については、何も語っておらん」との台詞を転換点として、後半はその内容、「エロース論」についての議論が展開されていく。

第六篇では男同士で語りながら「いま君と僕が喋り合っていること」「これこそまさしくプラトンのいうところのエロースというものではないか」とし、小島信夫と森敦の対談連載「文学と人生」で二人の関係が「ホモじゃないか」と疑われた話(『対談 文学と人生』第三回)などを踏まえつつ、「誰かに向って、喋らずにはいられない」という「共犯」あるいは自分と相手が入れ替わっているかのような関係をこそエロース的だと語る。そしてプラトンとソクラテスの関係こそがまさにそうだとする。

作中ここで「すると、あのデリダの『絵葉書』は……」「いや、これは、あとまわしにしよう」とデリダがほのめかされる(一四八頁)のはきわめて示唆的だ。フランスの哲学者ジャック・デリダは、七〇年代以後、頁の左右で別の論考が続くばかりかそのなかにさらに別欄が設けられることもあるという実験的な『弔鐘』(一九七四年。鵜飼哲訳が「批評空間」二期一五号から三期四号まで連載されたものの、終刊にともない中断した)や、邦訳書にして五百頁続く書簡体の論文を含んだ大著『絵葉書』(一九八〇年。邦訳は若森栄樹、大西雅一郎訳『絵葉書I──ソクラテスからフロイトへ、そしてその彼方』として一部刊行）といった、哲学論文の体裁を逸脱した著作を発表していく。当時未訳だった『絵葉書』は、『壁の中』連載中の雑誌「海」で八一年三月にデリダが特集されたさい、書簡体の論文が「おくることば」として豊崎光一によって抄訳されており、後藤が『絵葉書』と言っているのはこの記事だ。評論のような小説を書いていた後藤が、小説のような哲学書を書いたデリダに関心を持つというのは頷けるけれども、ここにはより深い関わりがある。デリダの『絵葉書』は、まさにプラトンとソクラテスの立場が入れ替わった「絵葉書」の図柄（抄訳でも掲出されており、邦訳書の表紙にも載っている）を題材としているからだ。

　デリダは「音声中心主義」を批判したことが知られている。音声中心主義とは、話し言葉（パロール）と書き言葉（エクリチュール）のうち、パロールという現前しているものこそ真理が宿る本質的なものとし、エクリチュールとは見かけの、虚偽の、二次的なものに過ぎないというソクラテス以来ヨーロッパに連綿と続く二項対立を指している（ソクラテスは一切書物を残さなかった）。しかしデリダはソクラテスがパロールの特権性を主張したプラトン『パイドロス』のその場面にこそ、エクリチュールの「隠喩」――「ひとがパロールから除去したいと思っているものの領域そのものから借用された「隠喩」」――が用いられていることを指摘し、叙述それ自体からその主張を切り崩す読解を引き出す（プラトンのパルマケイアー」、藤本一勇、立花史、郷原佳以訳『散種』二三九頁）。

　この議論を踏まえるなら、「話す人」ソクラテスと「書く人」プラトンの立場が入れ替わる「プラトンの前で書くソクラテス」の図柄が描かれた絵葉書は、この二項対立関係を転倒させたものと捉えられる。

デリダはこう書く。

> プラトンの夢――ソクラテスに書かせること、それも彼の書きたいこと、彼の最後の意思――his will〔遺言〕を書かせることだ。（「海」一九八一年三月、二九九～三〇〇頁）

だからこそ、現前する直接的発話に対し、この「おくることば」は書くこと(エクリチュール)それ自体を前景化する手紙の形式において、郵便という「遠隔通信(テレコミュニカシオン)」について語るわけだ。

デリダ特集以後の八一年八月の第四篇「饗宴」で三人称だった語りは、八二年一月の第五篇「『饗宴』問答」では九州の知人への手紙となり、デリダに言及した第六篇「海援亭にて」では、Gが手紙を書いているということを三人称で挾み込む語りへと、段階的に書くことを入れ子的にメタ化していく。なおかつ第五篇ではプラトンに倣ったと思われる「架空対談」を手紙に挿入しており、ここには書くことと読むことの連繫だけではなく、話すことと書くこととの連繫が書き重ねられている。『汝の隣人』の中盤以降は、こうした書いたことについての反応というリアルタイム性を反映させたメタテクスト性とともに、読者との手紙でのやりとりに留まらず、パネルディスカッションやその後の打ち上げでの雑然とした会話など、さまざまな話し言葉(パロール)の体験が書き込まれていく。

この構成において、デリダが何らかの役割を果たしたのかは定かではない。しかし、『絵葉書』のことを後回しにした次の台詞で、ソクラテスに「恋のことを教えた」という女性「ヂオチマ」（ディオティマ）について話が移るのは、あるいはデリダの「おくることば」が、恋人に宛てたラブレターの形式だったからではないか？

これ以後、ヘルダーリンがディオティマを詩に詠んだ詩人として出てくる。思い人を『饗宴』の登場人物ディオティーマの名で呼ぶその書簡体小説『ヒュペーリオン』もまたラブレターだった。[*1]『絵葉書』にもディオティマの名が現われており、デリダとヘルダーリンは『饗宴』のディオティマを介して繋がる。そもそも、プラトンが呼び出されたきっかけになった対談の題材は女性作家を相手にした「現代女性論」で、実在の三枝和子とのそれは「〝女〟をめぐって」（『国文学　解釈と鑑賞』一九八一年二月）と題されていた。語り手は、このディオティマがソクラテスの妻、クサンチッペその人ではないか、という独自の異説（フィクション）を述べながらプラトンから松浪信三郎、ヘルダーリンへとディオティマをめぐるテクストを渡っていくけれども、これは男同士で少年愛を主要な題材として恋愛が語られる『饗宴』のホモソーシャルな空間に現われた師・ディオティマに対し、『汝の隣人』ではディオティマの謎をめぐって男たちがやりとりをする形になっている。妻や階下の夫人、対談相手の女性作家やディオティマ、クサンチッペ、そして女性を論じるパネルディスカッションの女性パネラーたちとその会話に現れる雑然とした家に住む教授夫人といった女性たちの存在は、『汝の隣人』において、同性に固まりがちな関係のエロスに他者としての異性の存在を導入している。

そして何より、『汝の隣人』という表題には聖書における文句として「愛せよ」が続くことが含意されており、後藤の観点からすればプラトン『饗宴』こそ濃密な対話のなかで恋愛について論じるという重層的なエロスの書だったわけで、この長篇が最大の関心を払っているのはそうした他者への愛、関係のエロスに他ならない。

最終篇で語り手はこう語る。

早い話、アルコールは昨日と今日の境界を無化する。(中略) そして二千何百年かの時間を無化する。そして (これが最大の飛躍であるが) アルコールはついに、ソクラテス、プラトンの脳髄と君やぼくの脳髄との境界すなわち相違を無化するのである。(二三七頁)

そうした「無時間の川」としてのアルコールを語り手は称揚する一方、ここではこの小説が何で出来ているのかが言い落とされている。結末には、聖書が膨大な言葉の繰り返しで出来ており、「キリストはもう死んじゃっている」以上、「信じさせるためには、言葉しかない」とある。キリストとソクラテスには、ともに死してのち、その言葉を本人以外の者が大量に書き残したという共通点がある。つまりここでは右記「アルコール」を「文字」に読み換えなければならない。文字こそ、長い時間を越え、場所の違いも越え、死者の言葉を生者に届ける遠隔通信(テレコミュニカシオン)を可能にし、このようにすべてをテクストとして同一平面に置くことを可能にする発明だった。『パイドロス』でソクラテスは話し言葉を称揚しながら書き言葉を批判し、『パイドン』では魂の不滅を論証して平然と毒を飲み干すけれども、そのソクラテスを今に至るも不滅のものとしているのはプラトンによる書き言葉(エクリチュール)だ。プラトンは師を裏切ることでその生命を復活させた。そうして後藤はプラトンのエクリチュールにソクラテスを生き返らせる方法を読みとった。聖書とキリストが末尾に出てくるのも、話す人キリストを復活させるための弟子たちの愛が、聖書という手紙を書かせたからだ。

『汝の隣人』では、対話を書き記し、書かれた物についての話し言葉をまた書き留めるという話し言葉と書き言葉の循環というコミュニケーションが描かれている、人々の間に交わされるものこそ、関係のエロスを生み出す愛の言葉／言葉への愛だ。『汝の隣人』の表題に暗示された「愛せよ」とは、「言葉嫌い」を否定する饒舌な「お喋り馬鹿」の肯定に賭けられている。

『壁の中』では聖書やギリシャ神話を引きつつ父と子の問題、縦に通貫する歴史の反復が扱われ、日本近代知識人の自己意識の分裂つまり、「私」の内部が問われていた。しかし『汝の隣人』は同じ聖書やギリシャを題材にしながらも、他人たちとの関わりや、ディオティマ、クサンチッペ、パネルディスカッションでの女性論など、他者としての女性あるいは他者への愛という外へ広がる人間関係が問われている。『壁の中』のメインモチーフが分裂・分身だったのに対して、『汝の隣人』ではディオティマ＝クサンチッペ説や「共犯」など、同一化・一体化のモチーフが目立つのはそのためだ。出版社が異なるにもかかわらず、ほぼ同一配色の装幀によって刊行されているのは後藤自身が両作をセットで考えていたからだと思われる。

　本作の実験的作風は、序盤でGが読んでいる短篇の作家K――小島信夫から多くを負っているのかも知れない。篠田一士はその試みを失敗と見つつも「『汝の隣人』は、小島信夫氏の近作、はっきりいえば『私の作家遍歴』の方法を、なにはばかることなく受け入れ、ここに新しいヴァリエーションを加え、小島氏がやろうとしなかったことまでやってみようとした、大変意欲的な野心作なのである」（篠田一士『創造の現場から』三二一～三二二頁）と評し、江中直紀は本作が「章ごとに前章への批評と反批評をむらなく塗りかさねてゆく仕掛け」と、「第四章以降、文壇のだれかれにあてはまりそうなイニシャルはかえって影をひそめ、誰も知りそうにないGの個人的知己か、ソクラテスからプラトンまで、誰でも知ることのできる名ばかりがかわって浮上」することを指して「際限のない自己言及におちこんでゆく『別れる理由』を「いわば揶揄してしまっている」（江中直紀「空虚の饗宴」「文芸」一九八四年三月、一四六頁）と、両者ともに小島の近作の影響を指摘している。文壇人たちとの交流を描いた小説と、古今の作家たちを論じた評論とをひとつに合流させ、すべてを「隣人」として取り込むことが試みられているのが本作ではないか。

ひとつ興味深い点は、途中で言及される松浪信三郎は実名で語られていたのに、実際に彼と出会ったことを書いた第八篇「東京の夕焼け」からはとつぜんM教授と呼ばれるようになったことだ。直接の知り合い、出会った人が概ねイニシャルで語られているわけで、紀元前の死者と知り合うことなどありえない以上、ソクラテスはSにならない。『吉野大夫』では失われた吉野大夫の伝説をその土地の人々と噂、書物を介してある幻想として描き出したけれども、『汝の隣人』ではその方法をいっそう先鋭化させ、死者を蘇生させるテクスト空間というものを描こうとしている。

この過程があってこそ、『壁の中』第二部で後藤は、永井荷風という新たな隣人を小説に登場させたのではないか。『壁の中』が第二部の対話篇に突入するのは八二年十月の連載第三十二回で、本連作が第七篇まで発表された後のことだった。この流れは、後藤における死者のテーマの八〇年代的展開として指摘できる。

「ふるさとを取り上げられる」——津軽連作『スケープゴート』

『汝の隣人』が四篇まで書かれた後、八二年一月には語り手の津軽旅行と太宰治『津軽』とを題材にした津軽連作が始まっている（「文學界」に八三年三月まで四篇が書かれたまま中断。のち『おもちゃの知、知、知』『スケープゴート』に未完のまま収録）。『夢かたり』にも出てくる朝鮮からの引揚者、青森の従姉S子への手紙として書かれた序盤は、太宰治の生地への紀行文『津軽』（一九四四年）を参照することで、故郷喪失の問題が再浮上している。

第一篇「サイギサイギ」では、表題に方言が使われている通り言葉の問題を扱っている。懺悔を意味するこの津軽方言を使いながら、語り手の叔父に当るS子の父はズーズー弁である一方、その娘や語り手は朝鮮で植民地標準語を使っていた言語環境が描かれる。これは、電話口でS子にズーズー弁を使われたことによって声とS子の顔が繋がらないという困惑に駆られたためだ。植民地標準語話者として記憶されていたS子と、戯れにズーズー弁で電話をかけてきたS子が同一のものとは思えなかったわけだ。

中国残留孤児をテレビで見て、ほとんど生まれたときから中国語を数十年話してきた人たちが、語り手にはおよそ中国人にしか見えなかったというように、語り手にとって顔と話す言葉は強く結びついている。そして出会ったとき、S子の顔は九州筑前の血が半分流れているにもかかわらず、「北国女性の顔」に見えた。ならば、朝鮮から帰還し、九州筑前で方言を習得しようとして失敗し、東京に出てきて数十年になる語り手は、果たしてどこの顔をしているだろうか――という分裂を、連作は第一篇から想起させずにはいない。

語り手はすでにして故郷生地から切り離された人間であり、同じく引揚者を相手と想定した書簡形式のこの連作では、こうした本来あるものから失われたものというモチーフが繋がっていく構成になっている。四篇すべてにおいて短いながらも朝鮮・永興が回想、言及されるのはそのためだ。「フォークランド諸島におけるアルゼンチン軍の敗北」が唐突に言及されるのも、フォークランドが当時現存したイギリスの植民地だからではないか。

第二篇「変形」において、『津軽』で津軽人が過剰な愛情表現、接待をしてしまうことを、津軽人の「血」とし太宰自身が「津軽こそわがアイデンティティーなるぞ、と絶叫している」ことについて、語り手は共感を覚える。しかしそれは単純ではない。

これは果して、九州（筑前）であるぼくの血が共感するのか、また、植民地人であるぼくの骨が共感するのか、あるいはまた東京へ出て来た地方人であるぼくの肉が共感するのか、よくわからない。（『スケープゴート』四五頁）

語り手はここで土着、生地についての自らの感覚が分裂していることを自覚している。そして返す刀で太宰による津軽人の自画像を、津軽の「外からの目で見られた津軽人」ではないかと問う。太宰の笑いが「津軽弁そのもののように舌に貼りついてしまった笑いから逃げて逃げて逃げまくった結果」だとする語り手は、「津軽人を眺めるものはすでに津軽人ではないし、津軽人を書いたものは、もはや津軽人ではあり得ないに決まっている」(四七頁)とまで書く。そしてその「異邦人」としての自分をもっともよく知っているのは本人ではないかと問う。朝鮮引揚者――異邦人としての語り手は、太宰の甘さを見過ごさない。

肉親を書いて、そうしてその原稿を売らなければ生きて行けないという悪い宿業を背負っている男は、神様から、そのふるさとを取りあげられる。(四六頁)

太宰のこの文章を、「涙ぐまれて哀れっぽくしなだれかかられ」るもので、『津軽』の中で最悪の部分だ」と批判するところは、まさにその地点から出発し、植民地故に「ふるさと」への甘い感傷を禁じられた引揚者ならではの一撃だろう。

重要なのは、この一篇が文字について書かれたものだったことだ。語り手は「手紙では文字が生命」だと述べ、それは「話の声や表情と同じ」だと語りながらこう書く。

つまり、消された文字=声=表情というものを、何か別の形、別の方法で復活させなければならない。なにしろそれが活字にされる文章というものですから。そしてそれがぼくの戦争なのです。(三五頁)

活字、文章というものが、声や文字の持っていた表情から切り離されること。このことと、故郷を外から描くことで津軽人ではなくなってしまうこととが重ねられている。語り手は「書けば、それでもうオシマイなのである」とすら書く。ここで語られているのは、小説を、文章を書くということが、言葉から声や表情を切り離し、その人から故郷を切り離す営為だということで、本来的なもの、本源的なものをつねに失い続ける異邦人の営為だという認識だ。[*2] 語り手が自身の「ふるさと」朝鮮についてつねに意識しているのはそのためで、全篇手紙形式で書かれているのは、書くということの意味を強く自覚しているからでもある。『汝の隣人』ではまだそれほど意識されてはいなかった文字と言葉の違いがクローズアップされた、手紙による文字批判、『津軽』による故郷批判がこの連作だ。こう見るとこの連作が『壁の中』の基本テーゼ、「西欧の知識教養を身につけたためにロシアの大地と国民的本質から切り離された人間」の変奏だということがわかる。

続く第四篇「スケープゴート」では、妻の日記の形式で日米開戦を賞賛させた短篇「十二月八日」で、太宰は自分の妻を「ダザイ自身の文学に捧げ」、スケープゴートにしたのではないかとそのエゴイズムを問うている。

しかし、際限なく何かを犠牲にしていく、書くことの原理を描いてきたこの連作は四作続いたところで中断されてしまう。後藤の連作がどのように続く予定だったのかは予想できるものではないけれども、その一端は評論『小説――いかに読み、いかに書くか』に見てとることができる。

後藤は第三篇「子供地蔵」のなかで、太宰が生地から数十分でよく遊びに来ていたという川倉地蔵堂について、『津軽』その他でまったく書いていないと指摘している。第二篇で地蔵の夢を見たこととあわせて、地蔵堂について明らかにこだわりがあるわけだけれども、その理由は本篇では展開されなかった。

しかし『小説』で後藤は、「太宰は、餓死した川倉地蔵堂の子供地蔵たちが、一斉に赤煉瓦塀めがけて押し寄せてくる悪夢に、うなされたかもしれない」と書いている。「生家の城壁のような赤煉瓦塀と川倉地蔵の対比」の産物こそが「津軽のナロードニキ」と呼ばれた「太宰の「民衆」に対する罪の意識」だという。

太宰の場合、罪の意識で「赤煉瓦塀」が壊れないことがわかったとき、それは恐怖に変わった。つまり、逆に民衆から「革命」される恐怖である。一揆の群が赤煉瓦塀へ押し寄せてくる恐怖である。(『小説』一八二頁)

前章でも述べたように、太宰は「共産党関係の非合法グループの手伝い」をしており、後藤はその後の「転向」を貴族院議員の生家の保護なしには生きられない「「赤煉瓦塀」への降服」だと見ている。「昭和七年のこの「転向」=「赤煉瓦塀への降服」=「屈辱」は、太宰が真の意味での小説家太宰治となるための、いわば通過儀礼だったといえるかもしれない」と書いているように、川倉地蔵堂とはこの革命と転向の象徴となっており、『壁の中』とこの点において繋がる。『壁の中』第一部終了直前は、荷風と太宰の比較論だったことと考え合わせると、今作は『壁の中』のもうひとつの第二部ではなかったか。

太宰は荷風よりちょうど三十年下で、親子ほどの年の差がある。そして実家と義絶し偏奇館に引きこもった荷風と、政治運動の後始末を実家に頼らざるを得なかった太宰の関係は、前章で述べた「他ならぬ自分が反抗を繰り返しつづけている父親にエスコートされる息子」の姿が「学生運動の象徴であり、すなわち、一九七〇年におけるわが国の、父親と息子の象徴である」（『大いなる矛盾』一一九頁）という後藤の観察そのものの関係になっていることは見逃せない。主題的に今作は確実に『壁の中』の裏面を成しているわけだ。

後藤は太宰のその後を、「キリストが「革命家」であったごとく、太宰も本気で「僕らの日本」の「文学革命」を考えたのではないか」と見ている。マルクスとキリストの問題は後藤が太宰を見るときの重要なポイントとなっており、荷風という親世代に対する太宰の子世代の関係が意識されていたはずだ。

そしてこの先には転向者ならぬ裏切り者ユダを描いた「駈込み訴え」が出てこないはずがない。また四作目で日米開戦の昭和十六年を取りあげたことは、『壁の中』が戦時下の荷風について論じた昭和十五年問題と絡んで、戦時下の太宰が問題となる予定だったのではないかと考えられる。

これらは推測に過ぎないけれども、連作において太宰の郷里津軽と語り手の郷里朝鮮とが、故郷喪失という面で重ねられていることは明らかだ。引揚者＝故郷喪失者と書くことの原理が重ねられつつ、戦時下の太宰を読もうとした本連作は、本書の主題からすれば八〇年代で『使者連作』と並んできわめて重要な作品になったかも知れず、中断してしまったのが惜しまれる。津軽連作はじめ、『この人を見よ』、『日本近代文学との戦い』など、荷風を扱った『壁の中』以外、日本人作家を題材に選んだシリーズの多くが未完に終わってしまった。

この連作は後藤でも初めてすべてが書簡体で書かれているのは、書くことの営為を描く連作だからこそだろう。しかし、連作としては中断してしまったので、ひとつの長篇として書簡体が貫徹されたのは『使者連作』が第一となる。

手紙というメタテクスト――『謎の手紙をめぐる数通の手紙』

八〇年から八四年までに一篇を除き「すばる」に発表された短篇をまとめたのが『謎の手紙をめぐる数通の手紙』だ。私小説的なもの、痴漢を語り手としたものなど多彩な作品が並び、とりわけ「酒場」以外はすべて聖書・キリスト教への言及がある作品集でもある。西洋の象徴として聖書が登場する『壁の中』との関係はそこにある。同時に、語りの形式が模索された本でもある。

書簡体、三人称、一人称が使い分けられており、対話者同士の関係の多彩さゆえに書簡体においても小生、私、わたし、ぼくといった人称代名詞を個々に使い分けている。

後藤の書簡体小説においても特異な「謎の手紙をめぐる数通の手紙」(以下「謎の手紙」)は、表題通り複数人の手紙のやりとりによって構成されている。事実関係が食い違い、真実が明らかにされることのない(謎とはエニグマ氏が鼻の整形をしている、ということだと思われる)この短篇は、作中でも言及されるゴーゴリ「鼻」、芥川龍之介「鼻」を意識しながら、言及されない「藪の中」への明らかなオマージュとなっている。また、後藤は「マタイ伝、マルコ伝、ルカ伝、ヨハネ伝、……ヨハネの黙示録の構造を持つ新約聖書をポリフォニイとは呼べないだろうか」と書いており（「ドストエフスキーの聖書」『復習の時代』一九五頁）、発信者の「エニグマ」による怪文書が「エニグマ書」と呼ばれるのは、この新約聖書の書き手による差異を意識した、聖書を方法として読む試みの一端だろう。聖書におけるズレを意識したこの短篇のあと、聖書の複数の翻訳テクスト相互のズレを子細に検討する、四方田犬彦が「神聖にして唯一のテクストと見なされた聖書に対する不遜な、悪意あふれる註釈」と指摘する（「鯨のフライ」「新潮」一九八四年四月、二九〇頁）「鰐か鯨か」が書かれているのはそのためだ。

八〇年代以降後藤が愛用する書簡体形式の後藤的特質のひとつは、書き手の主観性の強調にある。痴漢が独自の論理で自己を正当化し通り魔的痴漢に対し憎悪を燃やす「目には目」が浮き彫りにするのは、手紙の書き手の特異性であり、その後に書かれた「謎の手紙」では、匿名によるストーカー的な言動の不気味さが浮かび上がる。一人称で書くことによって、その主体を相対化するということがここで試みられているわけで、これは後藤明生の私小説批判の実践でもあるだろう。

この主観性が浮き彫りにされる理由にもなる書簡のもう一つの特徴は、それが相手への呼びかけ——対話だということ、それも返答の遅延した対話だ、ということにある。カギ括弧による直接対話とは異なる、この遅延こそが書き手の自意識を呼び起こし、絶えざる自己言及を増殖させていくことになり、書き手の叙述をよりいっそう遅延、迂回させていく。津軽連作で朝鮮の話題が抑制されながらも迂遠なかたちで語られるのは、相手が同じく引揚者だという屈折が意識されているからだ。「後藤明生三種の神器」として「書簡、電話、そして書物」の三つのメディアを論じた杉本優は手紙を「自己言及の自己循環を方法的に〈開く〉ための仕掛け」と指摘する（「方法としてのメディア——後藤明生の場合」「昭和文学研究」一九九二年二月、三四頁）けれども、同時に、対話だからこそ自己言及の循環は始まる。

後藤は「手紙」について、「目に見えない他者との対話」だとし、バフチンを引いてこう語っている。

> 現実において、話しかけたり、話しかけられたりする他者は存在しなくとも、「他者への意識」によって屈折している言葉は、すべて対話であって、その意味においてドストエフスキーの小説の言葉は、ある人物のモノローグさえも「対話」的なのである。（『ドストエフスキーのペテルブルグ』六二頁）

相手への意識によって屈折する意識が、どこまでも脱線する迂回の要因でもあり、その逸脱、ズレへの意識、分裂に引き裂かれた様相にこそ後藤は着目する。また、書簡体形式においては手書きの文章という前提を差し込むことで、一端書いたことについて後で言及するという自己言及が自然に行えることが重要だ。『汝の隣人』は連作形式を前作について書くことで繋げていたけれども、その最小の様式として書簡体はある。

語りの技法としての書簡体に特有なのは、この「書くことについて書くこと」によって、自在に語りの速度を操作できることだ。それは三人称で書かれた「教会」「ホテル」を見るとよくわかる。

「教会」では道路の渋滞で葬儀の会場にたどり着けない遅延が、「ホテル」では按摩を呼ぶための電話番号表を探していたら聖書が見つかるというズレが語られているけれども、こうした三人称では、その遅延とズレは主に、人物の行動によって描写されている。「謎の手紙」が前置きや脱線によって延々と本題に入らない叙述となっていたことと対照的だといえ、この逸脱とズレの対比によって書簡体形式の特徴もまた見やすくなる。必ずしも後藤が書簡体ばかりを書いたわけではないのはこうした、何をどのように書くかの使い分けにある。八〇年代頃から後藤作品に横溢する書簡体形式の試行がここにあるわけだ。

また後藤的書簡体において重要なのは、それが書簡体を装ったニセ手紙という点だ。実際に発送されたわけでもなく、相手に届いたかもわからない、と次篇で書かれるこの手紙の形式は、書くことの水準を前景化させることで、もっともらしさを演じることの胡散臭さを露呈させる。初期にはゴーストライターに仮装していた後藤的語り手の八〇年代的形態がここにあり、『壁の中』の贋地下室人同様の、贋物としての意識がここに働いている。

聖書、キリスト教のモチーフからは外れる一篇として「オールド・ウォークマンS」がある。これは後藤の追分山荘の管理人でもある清水屋老人、土屋寛という人物が亡くなったことを書いたものだ。語り手は清水屋老人が死去の前日に村中を歩き回っていたことを「また聞き」しており、最後はその伝聞のなかで清水屋老人が彼方へ歩き去って行く場面になっている。

『汝の隣人』で後藤は「「また聞き」の「また聞き」的「時間」」によって死後の時間を消し、歩き去るソクラテスを描くことで、時間を空間に置き換え、プラトンはソクラテスを生き返らせたと論じており、この短篇はまさにその方法によって書かれている。本名ではなく屋号からイニシャルを取っているのは、ソクラテスと同じSだからだ。後藤はソニーの携帯音楽プレーヤー、ウォークマンを扱ったエッセイで、ソクラテスを歩く人の意味で「ウォークマン」と呼んでおり（「ウォークマン」『復習の時代』）、タイトルはこのウォークマン＝ソクラテスと清水屋老人を重ねている。この短篇は死者を復活させるプラトンの方法によって捧げられた追悼小説となっている。

「超ジャンル」としての小説

後藤の八〇年代の活動では評論の精力的な刊行が注目される。『挾み撃ち』と並行して書かれていた連載「笑いの方法」が、他のゴーゴリ論とあわせて『笑いの方法　あるいはニコライ・ゴーゴリ』としてまとめられたのはようやく八一年のことだった。後藤の日本近代文学に関するまとまった読み直しにして、田山花袋再評価、反志賀直哉、横光利一支持の小説史でもある『小説――いかに読み、いかに書くか』は八一年から八二年にかけてのNHK文化センターでの録音文字起こしを全面的に書き直して八三年に刊行したものだ。斎藤忍随との対談によるプラトン論『「対話」はいつ、どこででも』も八四年に刊行され、八三年から八六年にかけて連載された『壁の中』の評論版ともいえるドストエフスキー論に書き下ろしを加えたものが、八七年の『ドストエフスキーのペテルブルグ』となる。この年には書き下ろしのカフカ論『カフカの迷宮　悪夢の方法』（岩波書店）もあり、後藤の代表的な評論はほとんどがこの頃に刊行されている。再読＝復習のさかんな展開がなされているけれども、同時に見逃せないのは、小学館が八四年から八九年にかけて刊行した『日本大百科全書』の八六年刊第十二巻収録の「小説」の項目を後藤が担当していることだ。当時の最新の海外文学や批評の紹介、翻訳を積極的に行なっていた文芸誌「海」で、『夢かたり』や、特に『壁の中』といった批評意識の強い作品を書いていたこともあり、当時において理論的、批評的な小説家だと見なされていたからこその選定だろうと思われる。

この記事は十年後『小説は何処から来たか』（一九九五年）に年表ともども収録された三万字を越える長い文章で、神話やギリシア悲劇から語り起こし、ギリシア喜劇やプラトン対話篇の小説性を指摘しながら、これまでにも評論や小説で展開していた議論をさまざまに組み込みながら、「小説は、文学史のなかにもっとも遅れて出現したジャンルであった」として、「先行するさまざまなジャンルを批評することによって出現した新しいジャンル」とその「超ジャンル性」を基軸にして後藤流の小説史を論じている。

この「超ジャンル」というフレーズは、エッセイ、講演、アンケート等の文章と小説をも同頁内に同居させるまさに超ジャンル的な本文デザインで刊行された『おもちゃの知、知、知』（一九八四年）所収の講演やあとがきで出てくるのが早いものだろう。およそ八四年頃だ。

七八年に大江健三郎への応答として後藤の小説観がまとまった形で書かれた「小説の構造」（『針の穴から』所収、『笑いの方法』にも再録）では、後藤の基本概念は「異化」と「パロディ」だった。一方、『壁の中』では西洋と日本の混血＝分裂あるいは「和魂洋才」というフレーズが使われている。つまり、この混血＝分裂概念が、八四年には前述のように小説の歴史性、形式性の水準でのジャンル論へと拡大されているのだ。

ふり返れば、引揚げ三部作を書いたことで後藤の年来の課題が概ね書き尽くされたことは、その関心を自身の体験ではなく「小説」そのものへと向ける上で重要だったのではないか。「小説の危機」とは「小説の歴史」の忘却だと後藤は言うけれども、それはとりもなおさず、後藤自身の書くことの枯渇=小説への危機意識から発しているとも見える。ジャンル性の再検討や、八〇年代頃の聖書、ギリシアといった古代への関心、「復習」の強調というこの頃の「読むこと」の迫り出しというこの記事自体が、後藤自身が危機にいかに対応したかのドキュメントとなっている。八〇年代以後、後藤が積極的にテクストを読むことをその小説の核心に置く作風の転換は、ここに淵源するのではないか。

準備に十年を掛けたという『日本大百科全書』に後藤が書くことがいつ決まり、作業がいつから始められたかは不明にしろ、『汝の隣人』や『壁の中』の議論が用いられている「小説」の項目はこれらの作品との相互関係によって生まれただろうし、小説史を起源からたどり直すこの仕事は、自らの小説観を根本から見直すものとなり、それが「超ジャンル」という原理へと後藤を導いたはずだ。

さらに、八〇年代の後藤は「フィクション」という言葉を愛用するようになる。都市小説を都市というフィクションについてのフィクション、つまりメタフィクションだと呼ぶのがそれだ。『壁の中』はその意味で当然メタフィクションであり、その語り手は「贋地下室人」と呼ばれていた。「贋地下室人」によるニセ手紙が第一部の語りの多くを占める『壁の中』が語ったのは、ペテルブルグも東京も西洋の贋物としてのフィクションだったということだ。この贋物としての地下室人、手紙として語られる小説の語り、これらの「として」という仮装の試みは、自身が仮装することによって、本物と思われていたものの贋物ぶりを明らかにすることだった。そしてその根源に「大地と国民的本質」から切り離された、引揚者という贋日本人の意識があったのではないか。ここに、八〇年代以降の後藤の文学的営為の基盤がある。

＊1　ただし、後藤はヘルダーリンのディオティマが出てくる幾つかの詩篇については取りあげているものの、『ヒュペーリオン』は名が挙げられるだけだ。

＊2　前掲のデリダ「プラトンのパルマケイアー」では、書くこと（エクリチュール）と「薬＝毒（パルマコン）」が重ねられながら、こう述べられていた。「パルマコンはあちら側から到来するのであり、外部のものあるいは異邦のものなのだ」（『散種』一六二頁）

第十一章　戦・死・墓

――後藤明生の〝戦争文学〟・八〇年代2

八〇年代中頃、後藤は二つの危機に遭遇した。一つは八四年九月追分山荘でスズメバチに刺されたこと、もう一つは八七年十一月の食道手術だ。ともに後藤が死の危機に直面した事件で、引揚げ以後彼が体験したものとしてもきわめて重大だったと考えられる。ここでは、後期後藤明生のなかでもとりわけ人気が高いと思われる二つの小説および長篇エッセイにおけるそれらの事件を、後藤がどう描いたのかをたどりながら、後藤のテクストにおける〝戦争〟を読む。

模倣という戦い――『蜂アカデミーへの報告』

後藤がスズメバチに刺されたのは八四年の九月十一日のことだった。『蜂アカデミーへの報告』（一九八六年）はその体験を題材にした中篇小説だ。初出は八五年の「新潮」十月号で、翌年四月書籍化されたとき、前月には『壁の中』が、同月には『使者連作』が出ており、一挙に三冊の本が刊行された。そのなかでも二百頁に満たない書籍として刊行された本書は、短いなかに後藤のエッセンスがつまった一冊ともなっており、蜂に刺されたドラマチックな顚末が『白鯨』のパロディとして書かれてしまう、徹底した方法意識がにじみでている。『白鯨』を模倣して、百科事典の項目や蜂に刺された人々のニュース記事、蜂の犠牲者親族への実地取材テープを文字起こししたもののみならず、古今東西の蜂にまつわる古典といったさまざまなテクストの引用を何層にも積み重ねた、重層的メタテクストとして書かれており、ファーブル『昆虫記』の科学的「規範」を逸脱する衒学的引用や冗長性が擁護される。この小説を「アカデミーへの報告書」と題するのは、引用の羅列や取材の文字起こしといったものを否定する文学的「規範」への挑戦として本作が書かれていることを意味する。テクストからテクストへさまよい、テクストにテクストを重ね、連想や類似によってさまざまなテクストをつなぎ合わせながら、ノンフィクションのようでもありながらその配置によってどのジャンルからもズレる本作は、ジャンルを超えたテクストの集積としての小説という、後藤の小説理論のコンパクトな集成ともなっている。方法意識に裏打ちされた小説的ユーモアの実践として、ひときわ魅力的な一冊だ。

しかし、ならば、古屋健三が言うように「なぜ後藤はこれほど批評的、方法的でなければならないのか」(『「内向の世代」論』一五八頁)という疑問が浮かんでくる。なぜ自己の体験をこうまでして古今東西のテクストと連繫させていかなければならないのか。あるいは川村湊は「なぜ蜂と〈わたし〉がかくも激しく(?)戦わねばならないのかという謎」(「ちりばめられた謎」「文學界」一九八六年七月、二四四頁)を指摘しているけれども、この二つの謎については同じ解答を返すことができる。

それは、今作の主題が書くことをめぐる戦いだからだ、ということだ。

後藤は作品中でしばしば生き物を殺してきた。「書かれない報告」では、「坐机」が「文字通りの戦場」となってそこに現れた「蟻のように見える黒い虫」を「真新しい原稿用紙」のうえで潰すために日夜待ち構えていたし、既に触れたように、「結びつかぬもの」や『行き帰り』では、蛇を「下駄で踏み潰し、大石に叩きつけ、そして遠心力を利用して遠くへ放り投げ」ていた。『行き帰り』での蛇殺しは、本作の、蜂をハエ叩きで叩き落としてさらに一撃し、尻を押し潰して針をもぎ取り、ティッシュペーパーで包んで握りつぶしてから屑籠に入れる、という一連の動作とよく似ている。後藤作品の主人公はそのようにきわめて好戦的な性格を露わにしてきた。

そして蜂は、「一介の売文家」を営む語り手の「山小屋の仕事部屋の南側の軒下」に巣を作った。語り手の「あらゆる意味でそれがもっとも快適」だという環境を、蜂のために譲るなどありえない、「この「妨害」は「攻撃」ではないだろうか」と考えたことで、全面的な蜂への攻撃を開始する。それは書くことを守るための戦いにほかならない。

先触れのように現れる蜂を「歩哨」と呼ぶなどユーモラスながらも戦争の比喩を交えて語られ、嬉々として装備を整え戦いに挑むこの時点では、スズメバチに対する恐怖というものはほとんど描かれていない。恐怖が問題になるのは、ホースで水をぶつけて巣を破壊したにもかかわらず巣作りが続行されるという不気味な「本能」のためだった。語り手がファーブル『昆虫記』を買い求め読みはじめるのは、その「恐怖の対策」としてだ。「恐怖はスズメ蜂についての無知のせいだと考えられたからである」（八〇頁）。『行き帰り』において、蛇殺しとは「恐怖というものが、そういう動作に変形」されていたように、本作での語り手の「恐怖というもの」は読書という「動作に変形」される。

しかし語り手が本当の恐怖を味わったのは、一つの巣を全滅させた後、別の巣をうっかりつついて蜂に刺され、救急車に運ばれた時だろう。

わたしはハエ叩きを、とにかく最後まで手離さなかった。もしそうでなかったならば、スズメ蜂は間違いなく、わたしの急所に止めを刺したであろう。（一七二頁）

作中に引用された多数のスズメ蜂による死亡記事には、頭への一刺しで死亡した事例もあるわけで、まさに「九死に一生を得た」体験だった。

ここで後藤はスズメ蜂を、ただの邪魔な虫ではなく、こちらが相手を殺せるならば相手も自分を殺しうる、そういう対等の敵として見いだした。その極点にあるのがファーブルの記録した、蜂が毒針で刺した虫を仮死状態にしておき、産み付けた卵の生き餌にする、という習性を「凌辱」と呼ぶ場面だ。

語り手は『昆虫記』を一巻から読みながら感じていた「異様さ」の正体は、べっこうばちがながこがねぐもを仮死させる部分にあるという。しかしそれはなぜか引用されない。そしてなぜ「凌辱」なのかも説明されない。実際に『昆虫記』を読むとそれは、ながこがねぐもの毒の牙をまず無力化するため、くもの口中にべっこうばちが毒針を突き刺す場面だということがわかる（山田吉彦訳『昆虫記 第八分冊』一〇〇～一〇一頁）。運動能力を麻痺させられたまま生かされ餌にされる、この屈辱的な仕打ちを、まさにされる側から読む感覚をこそ、「凌辱」と呼んだのではないか。小林幹也はこの蜂の習性について後続作との関連から「生贄」の主題を見いだしている（「後藤明生と「蜂」三部作」「近畿大学日本語・日本文学」第十六号、二〇一四年三月）けれども、後藤作品からは別の共通性を拾うことができる。デビュー作「赤と黒の記憶」で描かれた「早過ぎた埋葬」の恐怖だ。仮死状態で生きながら餌にされるとはつまり、生きたまま埋葬されることだ。

小さい虫だけれども、恐るべき敵としての蜂。だからこそ、メルヴィルの『白鯨』が呼び起こされる。

本作の「文献学」の章でのさまざまなテクストにおける「蜂」の引用は明らかに『白鯨』の模倣だ。そして重要なのは、城殿智行（きどのともゆき）だけが指摘しているように、本作題名の元になったカフカの「アカデミーへの或る報告書」との模倣という主題の連続性だ。カフカの短篇は、檻に捕らわれた猿が周囲の人間を真似ることで言葉を覚え、社会生活を営むことができたということを猿自身の学会報告として描いたもので、城殿は「猿の「模倣」それ自体が後藤明生によって反復されている」と指摘する（「あまりに途方もない欲望」「ユリイカ」二〇〇一年三月、一五六頁）。興味深いのは、動物としての居場所から引き剝がされ人真似をすることで辛うじて人間社会に溶け込むことができる、ということの物語が、『挾み撃ち』での「チクジェン訛り」にまつわる引揚者（エグザイル）の境遇にあまりにも似ていることだ。後藤は、後日談「ジャムの空壜」（『スケープゴート』所収）において、手塚富雄訳の「アカデミーへの或る報告書」に言及し引用までしているにもかかわらず、物語内容や模倣の主題についてはほぼ何も書いていない。これはあえての言い落としとしか考えられない。

カフカの短篇のなかで猿はしきりに「出口」という言葉を口にする。真似をするのは自由を得るためではなく、出口に至るためだ、と。「出口なしには私は生きることができない」（手塚富雄訳「アカデミーへの或る報告書」『カフカ全集Ⅲ』一四三頁）と猿は言う。本作では「われわれは」「言葉なしには生きられない」と語られる。猿が体現するように、言葉こそ模倣によってしか習得し得ない。そして後藤が身にしみて知っているように、完全な模倣などあり得ない。しかしそこにこそ意味がある。

メルヴィルの『白鯨』の分量の巨大さ、伝説的巨鯨の強大さと挑みかかるエイハブの執拗さに対して、蜂退治に失敗する小説家の男を描いた中篇、では模倣というにはあまりにも大きい滑稽な落差がある。後藤自身、この模倣＝置き換えについて「自己喜劇化」（「三つの形式による三篇」『もう一つの目』一四〇頁）という表現をしているように、この落差とズレにこそ後藤の「笑い」がある。自身の体験を他者の言葉と比較し、ズレを生み出すこと。ここに笑いを見いだそうとするメカニズムが、ニュース記事や取材や蜂テクストの「蒐集」へと語り手を駆り立て、そうして現れた「もう一つの目」が、自己の体験を絶対化し特殊化し自己悲劇化する「檻」からの「出口」を生成する。間近に迫った死の「恐怖」を「変形」し、普遍化し、相対化し、喜劇化する。これが、「イシュメールのように、九死に一生を得た」後藤の方法、あるいは笑いの生理にほかならない。

「規範」から外れるこの方法を固守するために、後藤は方法論と実作という「右手に虫取り網、左手にハエ叩き」のごとき「二刀流」で武装し、戦い続ける必要があった。仕事場を妨害する蜂、喜劇や逸脱を否定する文学的「規範」、その両者に対し模倣という戦法で戦うことが後藤明生の書くことだった。

なお、後藤は本作をアリストパネスの『蜂』に比して、「いかなる意味においても天下国家うんぬんといった類の大それたものではない」(「アリストパネスの「蜂」」『もう一つの目』一〇二頁)と書く。しかし後藤自身、ある講演で日本人は「〈分裂〉とか〈混血〉というものを、毛嫌いし過ぎた」として、その原因を「たぶん天皇制のせいでしょう」(「方法としてのロシア文学」『おもちゃの知、知、知』一七一頁)と語っていることを見逃してはならない。後藤の批判する「規範」の淵源として、天皇制を見据えているわけだ。さらに、『白鯨』を反聖書の小説にして「メルヴィルとエホバの神との戦い」だとも指摘している以上、そのメルヴィルを模倣した後藤の戦いが、そこまで射程に入れたものだったことは否定できないのではないか。

不参戦者の〝戦争〟――『首塚の上のアドバルーン』

後藤は昭和七年生まれの自分について、「生まれたときからずっと戦争、戦争」だったとしてこう書く。

そんなわけで、私は何の疑いも持たぬ軍国少年で、やがて中学から陸軍士官学校へ進みたいと考えていた。父は商人であったが、予備役の陸軍歩兵中尉だったので、ごく当然のことと――

してそう決めていたようである。しかし、中学一年の昭和二十年八月十五日、とつぜん戦争は終わったため、陸軍軍人として戦死することは、夢に終った。(『メメント・モリ——私の食道手術体験』一九頁)

酔ったときには長大な歌詞の軍歌を朗唱し、蜂とみるや武装して攻撃に赴く好戦性、「人間が生きていくということは戦いだ」という信念をもつ後藤は、父へのそれとも重なった軍人への憧れを終生失うことはなかったのではないか。

八六年から八九年にかけて連作として書かれた『首塚の上のアドバルーン』はそんな後藤明生が、戦争についてのテクストを延々と読むことで書かれている。後期後藤明生に特徴的な、土地を歩くこととそこに関係するさまざまなテクストを横断的、横滑り的に読み歩いて行くことでさまざまな遭遇を演じるアミダクジ式手法で書かれており、文芸文庫での再刊もありよく読まれている代表作だ。テクスト読解と偶然との遭遇が嚙み合い、ある奇跡的な偶然を呼び込むことにもなった点で、きわめて鮮烈な長篇となっている。

本作は千葉市幕張に転居した語り手が、ベランダから見える丘が気になり、そこに馬加康胤(まくわりやすたね)という謎の人物の首塚があったことから、京都で新田義貞の首塚に遭遇したことを思い出し、そこからさまざまなテクストを、「首」のモチーフをたどって遍歴していく。その過程で語り手は、『平家物語』や『太平記』という軍記物語——日本中世の戦争を描いた古典を読み込むことになる。

習志野のハイツも目の前に埋立地があるような土地だったけれども、同じく東京湾に面する幕張は、戦後一九七〇年前後に埋め立てられた、まさに根のない土地だった。千葉県千葉市幕張をたとえば現在グーグルマップで見ると、国道十四号線を境に、幕張駅前の雑然とした旧市街と、放送大学や語り手の新居があった新市街では、区画や建造物の建ち方に歴然とした違いがあるのがわかる。作品の基軸となっている馬加康胤の首塚がある「こんもり繁った丘」は、埋立地から国道を挟んだ旧市街にあり、ここで既に表題に示されたような、古いものと新しいもののシュルレアリスム的な対比が組み込まれている。

冒頭の一篇「ピラミッドトーク」は、新居転入早々の感覚が語られた一篇で、ここで描かれているのは、高層マンションという視点においては遠近感が崩れる、ということだ。

> 私は手摺につかまって地上を見おろした。十四階からの眺めには近景がない。（二四頁）――

> エレベーターを降りると、風景は一変した。十四階のベランダからの眺めとは反対に、すべてが自分よりも大きく見えた。（二八頁）――

それまでは五階程度の高さだった住居も、十四階ともなればまったく違う眺めをもたらす。そのために起こるこの遠近感の崩れは、「頂上を押す」と人工音声で時間を告げるピラミッド型時計「ピラミッドトーク」で表現される、語り手の生活の不規則さ、時間認識の混乱としても変換されている。第一篇はこうした空間と時間の混乱を描いており、これは空間化された時間をたどるのちの展開の素地となる。

第二篇「黄色い箱」で、「こんもり繁った丘」を歩いている時に発見する首塚は、寛永十年（一六三三年）建立と示されながら、その「石段の下の、ちょっと平地になった踊り場」で語り手はタブノキに彫りつけられた意外なものを発見している。

《行クゾ予科練／行ケヨ若鷲／戦時罹災記念／ニックキＢ29／此ノ仇断ジテ撃ツベシ／神前ニ誓フ／昭和二十年四月／ハラ十八才》（五五頁）

寛永の首塚間近にある、戦時下昭和の決意表明。語り手は京都旅行でも同様の事態に遭遇している。

『平家物語』の祇王と、『太平記』の義貞との時間差は、約百六十年です。その祇王の墓と義貞の首塚が、五十メートルの距離の中にある。それが京都だ、ということになるのでしょう。（八〇頁）

隔たりのある歴史的時間も、空間に置き直されることで隣接するという時間の空間化が描かれている。これは『汝の隣人』でのプラトンと語り手をテクストとして同一平面に置く試みを、現実の歴史が根ざす土地をもテクストとして取り込むことで発展させたものだ。土地を歩くことで、さまざまな時間がそこここから浮かび上がってくるわけだ。

そのようにテクストを召喚する土地を渡り歩くことが、『平家物語』や『太平記』のみならず『瀧口入道』や『仮名手本忠臣蔵』からボルヘス『汚辱の世界史』にまでつらなるテクスト遍歴の起点となる。

小説や古典文学のみならず、歴史の堆積としての土地、あるいはフィクションとしての都市までをもテクストと見なすことで、歩行と読書を相即的に連繫させ、テクストによるテクストとしての小説を生成する、後期後藤明生のメタテクスト小説の代表作としての所以はここにある。

この、歩くことと読むことの偶然性を連繫させていく「アミダクジ式」の小説手法が、首塚の探索小説を書いているさなかに、語り手自身の首を手術するという事件を呼び込んでいる点もまた希有だ。本作は連作として書かれるうち三作までを発表した段階で、手術のために一年間を空けている。第五篇「「平家」の首」は語り手が自身の首回りの手術跡を見た時、「ゾッとした」のは、「鏡の中の首が、台の上に載せられた首に見えたからです」と語っている。軍記物語の中の切られた首を語りながら、自分にも同じ危機が差し迫っていたわけだけれども、これはまったく怪談の話法ではないだろうか。

事実、本作の重要なサブテクストは、後藤が愛読し八〇年に現代語訳もした怪談集『雨月物語』だろう。それは、京都旅行が後藤の雨月論でもある『雨月物語紀行』の取材だったことや、「仏法僧」なり「蛇性の淫」なり作中でしきりに語り手が『雨月物語』を思い出すのは馬加康胤ゆかりの千葉氏が「浅茅が宿」に出てくるから、ということを思い出すアミダクジ式遍歴の帰結として重要であるといったことだけではなく、本作が死者と墓をめぐる怪奇幻想小説だからだ。

後藤は、軍記物語という「喜劇やファンタジーとは縁遠いもの」と思われてきたものからも、「首」をキーワードにすることで、「喜劇性とか、一種のグロテスクなものとか、ファンタスティックなものが出てきた」（「小説のディスクール」『アミダクジ式ゴトウメイセイ対談篇』二七七頁）と、読み直しを進めていくけれども、それは同時に現実においても「幻想怪奇の世界」を呼び寄せる。源平合戦こと治承・寿永の乱や南北朝時代といった日本史上の内戦、そこに現れる無数の死者たち、彼らがいまも首塚というかたちで現実の土地に刻まれていること。本作が首塚から軍記物語を読む過程で遭遇するのはそうした事態だ。「首」とは死の換喩だということが本作について言及するさい、しばしば忘れられている。

それぞれの土地に歴史があるということは、それぞれの土地に死者が眠っていることにほかならず、時間の遠近法が崩れるなかで呼び起こされるのは、時間を越えて現代に現れうるそうした幽霊たちの姿ではないか。後藤は『雨月物語』についてこう述べている。

> その世界は人間と亡霊（人間以外のもの）とが対等に棲む世界だった。原因のわかるものが半分、わからないものが半分。理知と不思議とが五分五分に共存する世界である。そういう二色刷りの世界だと思う。そしてそれは、まさにわれわれが生きているこの世界そのものではないかと思う。（『雨月物語紀行』一八九～一九〇頁）

霊を鎮め供養するために建てられる塚は、生者の世界と亡者の世界の接点として、無数の戦と死のテクストを語り手に呼び寄せ、土地に刻まれた歴史と霊を想起させるメメント・モリとしても機能し、語り手の死を覚悟する体験をも招き寄せる。後藤自身が語っているように「とつぜん」という偶然のメカニズムは、因果関係が崩れた「原因不明の世界」、つまりは死者と亡霊の世界への入り口となる。後藤の小説に「謎」が頻出するのも、それが因果関係の崩れの導入となるからだ。朝倉連作の「鬼」や、『吉野大夫』のモンペ姿の女、『壁の中』での自分の分身という怪奇幻想のモチーフが、後藤の土地にまつわるメタテクスト型の小説で出現するのは、「とつぜん」を通じて「原因不明の世界」が現実に重なり合っていることを露呈させるためだ。『雨月物語』が語るように、幽霊は時間と場所を超越する。

終盤、語り手は旧道沿いの墓地で大きな墓石を見つける。

> 「表／故陸軍近衛歩兵一等卒勲八等功七級＝中台和三郎之墓」「裏／……去る十一日午後二時頃、清国奉天省三窪西南方畑地に於て敵と対戦中、名誉の戦死を……遺髪及遺品は連隊送付予定……／明治三十八年三月二十二日出征近衛師団歩兵第四聯隊第一中隊長　陸軍歩兵大尉樫村寅之介／明治三十九年三月十一日　中台与惣兵衛建之」（二一〇頁）

「中台」という姓は郷土史にも現れる土地の一族で、語り手は同じ姓の床屋に通っていた。非業の死者たちは中世という遥かな過去のみならず、日露戦争、アジア太平洋戦争における死者として語り手の間近に隣接している。

埋立地のマンションから見える首塚、戦争に参加できなかった者が読む戦争の物語、植民地引揚者の戦中派少年にとっては、歴史ある土地も、激しい戦いも、隣接してはいてもその身に味わうことの出来なかった不参戦者の態勢において眺めるしかないズレとしてある。その態勢から見えるのは、無数の死が書かれた軍記物語や墓標に書かれたテクストだった。

連作の前年に書かれた『使者連作』や、連作途中の八七年に書かれた蜂を埋葬する「ジャムの空壜」にあるように、後藤はこの頃、韓国のシャーマニズムやその葬祭儀礼に強い関心を抱いていた。そして、ベランダから見える眺めは工事の進行でどんどん変わっていくなか、忘却を拒否する慰霊のモニュメントが静かに存在し続けているというのが本作が描き出す光景だ。

芳川泰久は、同じ転居小説として『行き帰り』を挙げ、何度も繰り返される止まっているように見える観覧車の描写や正座したまま喋らない高鍋に「表象不可能性」を見出し、『首塚の上のアドバルーン』は「生の発動」を示す「首」の上昇の描写によってその「表象の失地」を回復した作品だと論じている（芳川泰久「笑いと影像」『小説愛』一〇二〜一〇三頁）。前述したように、『行き帰り』が記述の断片化とコミュニケーションの断絶という「表象の失地」に見舞われた作品だということは妥当だとしても、『首塚の上のアドバルーン』には芳川が論じた以上に深刻な「表象の失地」とその回復が埋め込まれている。語り手の生命の危機と、作家生命の危機でもあった食道手術だ。

失語の危機との闘い――『メメント・モリ――私の食道手術体験』

後藤明生は食道に潰瘍が見つかり、八七年十一月に食道手術を行った。食道の患部を切除し、胃を引き上げて繋げるというもので、首の付け根、みぞおちからへそ、脇腹から背中という三箇所にメスを入れる、九時間にわたる大手術だった。

『メメント・モリ――私の食道手術体験』は、八九年一月からちょうど一年間「婦人公論」に連載されたエッセイで、手術から二年後に、当時のメモをもとに連載するという二重の時間経過のなかで書かれた闘病記だ。

本作の奇妙さは、執筆時点では後藤は自分がガンだったことを知らないことにある。のちの年譜などでははっきり書かれているけれども、この頃は患者本人へのガン告知が社会的に議論されているさなかで、家族は知っていても本人は知らないことが多かった。後藤が自分の正式な病名を知ったのは、九五年頃、転居先の病院に渡したカルテを見た担当医が病名を漏らしたからだったという(インタビュー「シリーズ闘がん　私はこう闘う　後藤明生さん」「サンデー毎日」一九九七年八月三日号)。それでいながら、後藤自身他のガン闘病記をいくつも読み、また知人友人らから話を聞くなかで、自分がガンではないかという強い疑いを持っており、本書の最初の段落には「本当にガンではなかったのか」と書かれている。しかし、後藤はあえて自分の病名を医者に聞くことはしていない。必要なことなら医者が話すだろうという流れに身を任せる姿勢を自ら選んだことで、ガンかも知れないしガンではないかも知れないという分裂に身を置いたともいえるけれども、やはりここには恐怖の問題がある。

本書は後藤明生のなかでもっとも繰り返し恐怖や不安が描かれている本だ。首筋にメスを入れるという手術に対する不安と恐れとともに、ガンで亡くなった立原正秋や石井仁といった作家たちの姿、ガン闘病記を読みながら自分がガンではないかという疑いが兆したこと、さらには禁煙を命じられたことで作家生命が絶えるのではないかという考えに襲われたからだ。

一日八十本、以前十二指腸潰瘍で入院したときでも妻らを騙して一日四十本を吸っていたという後藤にとって禁煙は考えられないことだった。しかし、手術後は喉に絡む痰が、煙草のヤニで取れにくくなるという。

> 咽喉にからんだ痰が取れない、というのは恐ろしい話である。体験はないが、想像すると恐ろしい。窒息の恐怖である。悪夢の一つである。（四二頁）

また、節煙すら考えなかった理由は書くことにかかわっている。

私が会社づとめを辞めて、小説家の看板を出したのは昭和四十三年、三十五歳のときだった。虎の門病院に入院した一昨年は、たまたまその二十周年に当ったわけであるが、その間に私が書いた原稿は、すべて煙草の煙から生れた。長篇小説から匿名のコラムまで、一枚の例外

もない。自慢ではないが、すべて煙草の煙の中から生れたものなのである。（四四頁）

「ニコチンのテーマが、私にとっては「文字」＝「言葉」そのものにかかわるものであった」（一〇七頁）と同時に、空咳がでることで、声が出なくなるのではないかという不安に襲われてもいる。文字と発話双方で言葉を失う不安があるわけだ。手術を前にして後藤は煙草を一切辞めた。

そのうえ、連載途中で同世代の阿部昭の急死と、翌月には後藤が虎の門病院に入院したきっかけともなり、まったく同じ病気で手術を生き延びた人間として出てきていたT氏こと、この連載エッセイの企画者で「婦人公論」副編集長だった高橋善郎の急死がある。後藤の「希望」だったという高橋がその後再入院し放射線治療を開始したことなどは、後藤自身の未来に暗雲を漂わせガンの疑いをいっそう強めていた。

手術当時と、執筆現在での二重の恐怖と不安がここにある。この危機の体験を語るにおいて後藤が選んだのが、当時の記録としてのノートに対する自註という形式だけれども、これは『蜂アカデミーへの報告』とほぼ同じ形式だ。さらには麻酔という針に刺された「仮死」の体験が核心に置かれており、この二作はきわめて強い共通点を持っている。

『行き帰り』では、コミュニケーションの断絶に直面したとき、語りは通常の文章から崩れ、メモ書きの羅列のような奇妙な文章に変化した。『蜂アカデミー』や本作も、死にきわめて近づいた体験を語るとき、頼りにするのは日記というには記述の薄い、当時の予定表や献立といった時系列を記したメモだった。あるいは小説家なら、そうしたメモを後ろに置いて滔々と語るかも知れない。

しかし、後藤は簡潔な記述で、当時の出来事を記録した文書をまず提示する。

恐怖や不安あるいは劇的な出来事はしばしば混乱を呼び起こす。あるいは本作にあるように「不眠」をもたらすこともある。その最たる例が手術後の空白の時間だ。後藤は術後十日間「入院雑記」に記録することが出来なかった。「その間の記憶は、記憶というより、妄想、幻覚に近い」こと、「回復室」で体中管だらけにされたためだった。栄養も排泄も管による自動的なものとなり、生理感覚のリズムが失われ、「時間の目盛が消滅してしまった」。


回復室にいたときの不安、恐怖の根源は、一言でいえば、その、どこにも目盛のない、のっぺらぼーの時間であった。その、いわば無間(むげん)地獄的な、のっぺらぼーの時間の暗闇の底に、ベッドからずるずる滑り落ちてゆく。(一八四頁)

この状態で後藤が最初に求めたのが「暗闇でも文字盤が読める置時計」だった。確たる目盛としての文字が、溺れた者の摑む「藁」となる。「文字」のこの根源的な機能、ここにこそ死に瀕した体験を記すにあたり入院雑記や予定表が先行することの意味がある。手術前の不安がもっとも高まった時期の記述では、数頁にわたりその日の献立が羅列されているのも同様だろう。失語＝書くことの危機において、記録や献立がまず世界を区切る。

右記インタビューで、インタビュアーの岩本宣明は、これまで取材したガン患者のなかでも、後藤のガンへの距離感がきわめて独特で、自身の病気にまるで関心がないかのような態度に「悟り」

に似たものを感じ取っている。後藤は「悟り」という風には考えていないとそれを否定し、こう語っている。

「情緒的な部分は排除しているところがありますから。僕は人間を表現するとき、情緒を重視しないんです。自分であれ人であれ」(「サンデー毎日」一九九七年八月三日号、六九頁)

『メメント・モリ』のさまざまな方法はこうした、情緒を排し距離を取って自身を眺めるために用いられている。岩本宣明が本書をガンの話だと思って読んだら禁煙の話だったと感想を記している(同「サンデー毎日」一九九七年七月二十七日号)のは、本書の危機が、身体の命取りになるガンにではなく、自分自身すら距離を置いて見るための散文の最大の敵が禁煙だったという点を正しく読みとっているといえる。

この手術という失語の危機から復帰した最初の小説が、『首塚の上のアドバルーン』の第四篇「『瀧口入道』異聞」だった。文字通りの小説家復帰作というわけだ。

文中に書かれているように、後藤が入院した年は磯田光一、前田愛、澁澤龍彦といった同業者が、連載途中では色川武大、篠田一士が亡くなり、阿部昭も急死した。『首塚の上のアドバルーン』においては戦いは歴史のなかのことだった。本作ではまさに当事者としての闘病があり、同病者=戦友の死がある。そして『首塚の上のアドバルーン』では、土地が亡霊と重なる幻想空間と化していたけれども、本作では亡くなったT氏がいままたそこにいるかも知れないと感じさせる病院が「幻想」をまとった空間として現われている。この意味で、『メメント・モリ』は『蜂アカデミーへの報告』の方法を用いた『首塚の上のアドバルーン』の裏面でもある。

五十代の後藤を襲った二つの危機、それに対する戦いとしてのテクストがこの三作だ。そこでは戦いが描かれながら、同時に多数の死者たちが語り手をとりまくように配置されており、そうした死者たちの姿が書き留められた追悼、慰霊のテクストともなっている。後藤にとっての〝戦争〟とは、そうした死者たちとの遭遇という事態だった。

第十二章　日本（文学）を分裂させる

――九〇年代

文芸学部という場――教師としての後藤明生

　後藤明生は一九八九年四月、近畿大学に創設された文芸学部の教授に就任する。東京と大阪を往復する単身赴任生活を始め、翌年には大阪に転居した。九〇年代、後藤の最後の十年はこのことと切り離せない。大阪が舞台になることや、大学運営に力を注いだ結果の作家活動のペース低下以外にも、教師生活の影響はさまざまに見てとれるからだ。

　その舞台となる近畿大学文芸学部を創設したのが、大学総長世耕政隆（せこうまさたか）（一九二三〜一九九八年）だ。世耕は日本大学医学部教授の後、創設者で衆議院議員だった父・世耕弘一（せこうこういち）死去のあとを継いで近大総長となり、また衆議院、参議院議員を経て自治大臣を務め、そのかたわら檀一雄を中心とした文芸誌「ポリタイア」にも作品を発表していた詩人だった。玉置正敏と草間彌生の絵に世耕が詩を寄せた詩画集『7』（一九七七年。「シュンポシオン」第四号、一九九九年三月にフルカラーでの抄録がある）

のほか、詩集『樹影』（一九九三年）といった著作もあり、中上健次を保田與重郎に引き合わせた人物でもある。近畿大学が編集した『回想　世耕政隆』（二〇〇四年）には、世耕の詩、随筆、書が収められ、参議院での追悼演説のほか、政界、文芸、医学、郷里・知人、大学、遺族などの部に分かれて七十人以上からの追悼文が寄せられている。政界の部では橋本龍太郎元総理大臣の名前も見え、柄谷行人、中上健次夫人紀和鏡が寄稿するなど、世耕の活動の幅広さがうかがえる。

この世耕が年来の悲願として立ち上げたのが、作家も研究者も含めた多彩な教授陣を招聘した文芸学部だった。文芸学部には文学科のほか、演劇や陶芸などの専攻をもつ芸術学科、そして民俗学や女性学、マスコミ論の文化学科があった。歌人の塚本邦雄や、演劇芸能専攻の客員教授となった中上健次のほか、民俗学者谷川健一、フェミニズム研究の大越愛子らがいた。

後藤はポリタイア同人だった縁で世耕に呼ばれたわけだけれども、壇が死去しポリタイアが終刊して以後、二十数年交流もなかった。そもそもポリタイア同人自体、新宿の酒場で壇と出会い、「あなたは、酒は合格です。あとは文学だけをやればよいのですから」（「壇さんにたずねたかったこと」『夜更けの散歩』一八五頁）と強引に呼び込まれたことがきっかけで、二度ほど寄稿した程度の同人でしかなかった。伝説と言われた壇邸での酒宴は、隣にいる誰彼がいったいどこのどういう人物なのかもわからない混沌とした場だったと後藤は書いており、あるいは世耕にとって文芸学部のイメージはこの壇邸の酒宴だったのではないだろうか。

そのような場を作るにあたって世耕が後藤に白羽の矢を立てたのは、後藤の八〇年代の活動――『壁の中』や『蜂アカデミーへの報告』、『おもちゃの知、知、知』のような実験的、ジャンル横断的作品のほか、対話、混血＝分裂、そして「超ジャンル性」といったスローガンを唱えていたことを知ってのことだと考えられる。世耕は「近畿は『平家』『太平記』の本場です。自由に語って下さい。そういう場を作って下さい」（「出会いと伝説」『日本近代文学との戦い』二一八頁）、「どこにもないものをつくったらいい」と言い、後藤はその「詩人総長の言語」を自己流に翻訳し、「ジャンルを超えた、対立矛盾するさまざまな声が、対話的に共存する、ポリフォニックな空間。それが文芸学部である」（「樹と死そして再生」「シュンポシオン」第四号、一九九九年三月、八〇頁）としたわけだけれども、三年後には後藤が学部長になり、大学院開設のすべてを任されたのは、後藤の解釈が間違いではなかったからだろう。院には、高橋英夫、高田衛、柄谷行人、島田雅彦、渋沢孝輔、山口昌男、鈴木貞美、渡部直己らが招かれ、のちに奥泉光も加わる。作家、批評家を問わずジャンルの自明性を問うような批評的傾向がうかがえる。近大出身者には後藤の年譜、目録、遺稿集を編集した乾口達司と小林幹也、後藤明生コレクションの編集協力者でもある早稲田文学編集長市川真人、書評家の江南亜美子、作家・批評家の倉数茂の三人や、批評家の中沢忠之らがいる。

この文芸学部という場こそ、後藤のスローガンの現実における実践にして、九〇年代の重要な成果にほかならない。

志賀直哉・天皇・共産主義——『この人を見よ』

近大赴任の翌年から始まった『この人を見よ』は、文芸誌「海燕」に九〇年一月号から九三年四月号まで連載した後、近畿大学での多忙を理由に中断され、そのまま再開されずに終わった。主人公が単身赴任のサラリーマンとして設定された今作は、近畿大学への就任をきっかけとしていながら、まさにその近畿大学での仕事によって中断されてしまう。

後藤明生作品中第二の長さ（原稿用紙約千枚）を持ちながら、まだどこまで続いていってもおかしくないような小説で、架空シンポジウムとして三人の登場人物がそれぞれの立場から文学論をぶつけあうズレと脱線に充ち満ちた饒舌が、やがて何が主題でどこに向かっていくのかも分からないような混沌を描きながら展開していく。さまざまなテクストの具体的な読解がさまざまな飛躍を経ながら思ってもいなかった場所へ広がっていく、アミダクジ式の読解が縦横に展開されているところがやはり本作の大きな魅力だろう。また対話という二者関係がマンションの一室で展開されていた『壁の中』よりも、いっそう広がりと自由さを獲得していて、一見本題が何かも分からないような作風は、逆にどこへ脱線してもいいというような開放感をもたらしており、それが脱線なのか本線なのかがもはや決定できない状態をもたらしている。重要なのは、ここで展開されている架空シンポジウムというフィクションの枠組みであり、この枠組みこそ論争を展開し構成する動力となる。先行する小説の枠組みを借りつつ、その枠組みをメタ的に問いながら、さらなる議論を展開していくところに本作の特徴がある。

本作は大阪と東京の往復で発見した関西の異文化との出会いを描きつつ、主人公の年齢や不倫関係が「妻とのセックスを再開させた」ことなどが、谷崎潤一郎の『鍵』を模倣するように書かれている。そのうえ、中盤以降では架空シンポジウムとして、三角関係の当事者とされる作中人物が、

『鍵』の作中人物の三角関係について論じ合うという趣向になっており、『鍵』は設定においても、叙述の内実においても前半の中心的な話題となっている。

『鍵』は数え年五十六歳になる大学教授「私」が、四十五歳になる妻郁子の性的欲求に応えるために、自身の娘の縁談相手となる木村と郁子を接近させ、その嫉妬によって自らの性的興奮をかき立てる策略を練る話だ。夫婦それぞれ、相手に盗み読まれることを予期した日記によって叙述が進行していくという入り組んだ構造を持っている。『この人を見よ』では年齢、人間関係だけでなく、日記形式で語られている点でもそれが踏襲されている。ただしこの日記形式は、R子との架空の電話対談を挟んだ上に語り手がそれを現実と混同する場面を経て、連載から一年が経過した第十三回から、上述のように三角関係の当事者が、『鍵』の三角関係の謎を論じ合うという「架空シンポジウム」がスタートする。シンポジウムは幾度か中断を挟みながらも最後まで続いており、その議題も、『鍵』論、太宰治論、聖書の引用論、太宰・志賀の比較論、文学者の顔写真、そして志賀から中野重治に繋がり、終盤は中野の年譜をたどった転向論で中断する。そのため、『鍵』とのメタ的構造は解決がなされず終わっている。

シンポジウムでの当初の論題は、この『鍵』を土台にした「三角関係」の追求にある。序盤で『鍵』にはいくつもの三角関係があるとして、中心になる「私」、郁子、木村の三角関係のほかにも、敏子、木村、郁子の三角関係はどうなっているのか、というのが語り手の疑問だった。そして中盤からのシンポジウムでは、郁子が木村と関係を持っていたという前者の関係については真実の暴露が行なわれるのに、後者の三角関係については謎のままになっているのは「小説としてマズイ」という意見についての議論が展開されていく。この議論は途中で「谷崎の計算違い」とされる、郁子が「私の日記を盗み読みするに違いない夫は、ここを読んで私がどんなに夫を庇うために苦心したかを察してくれても良いと思う」という一文への議論にズレていくため、明確な結論や根拠が出ないままになるけれども、ここで問われているのは、事実と虚構の関係、「作者‐作中人物‐読者の三角関係における遠近法の崩れ」の問題だ。郁子の記述は、作中人物に読ませるための文章が、現実の読者のために書かれてしまった文章だと、R子は指摘している。

この現実と虚構の混同は、『この人を見よ』の鍵となるテーマだ。前述したように、日記に書いた主人公とR子の架空の電話での会話の話を現実のR子との会話のなかで出してしまったことのほか、後半に出てくる中野重治の志賀直哉批判「『暗夜行路』雑談」の論旨がまさにそうだ。中野はこう書いている。

作者はここでむしろ小説家でなかった。（中略）中心眼目は、父の子、妻の夫、一家の家長、そんなものとしての作者自身になった。戸籍上の志賀直哉という人物が、ここで彼の心の整理のためにこれを書いて発表してきたということになる。（中略）謙作は、またその他の人物は、小説の主人公、小説の登場人物たちとしての独立性をそもそも奪われている。（『筑摩現代文学大系35　中野重治』四五二頁）

『この人を見よ』における中野の志賀批判は途中で中野自身の話に脱線し、この論旨に触れないま

まになってしまうけれども、進行次第でこの下りが出てくるはずだったのは間違いない。これこそ、後藤が私小説を批判する理路そのものだからだ。後藤はある鼎談でこう言っている。

> 私小説を一言でいえば、方法を放棄した小説ですよ。つまり、方法は要らぬということ。それじゃ、何があればいいかというと、人生があればいい。私という人生があれば、それをありのままに書けば手法は要らない。(「小説の方法」「群像」一九八九年八月、一〇八〜一〇九頁)

『小説――いかに読み、いかに書くか』にも見てとれる通り、後藤の私小説批判とは、ほぼイコールで志賀直哉批判でもあり、志賀直哉批判こそ後藤のいう、小説の方法を忘れた日本近代文学の系譜への戦いそのものだ。そもそも中野重治が出てきたのは、志賀直哉の「網走まで」と横光利一の「御身」の比較の話を始めようとした矢先だった(第三十一回)。志賀と横光の比較によって、自己を絶対化する志賀の資質と、横光の自己を喜劇化する目を対比し、横光を評価する後藤の持論が始まるかと思えば、中野重治に脱線していくわけだ。しかしこれもただの脱線ではない。横光がその「御身」において「小説の神様」志賀直哉の文章を勉強したとされる一方、中野重治も志賀直哉を尊敬し戦後の文学団体に参加を要請するなど、両者ともに志賀直哉の影響を受けた小説家という三角関係がある。

横光と中野を、志賀の影響を受けながらも対極的な存在として比較する予定があったはずで、横光が戦後影響力を失っていったのに対し、中野が「戦後民主主義日本のスーパースターだった」ように、この二人の明暗が分かれた戦後、あるいはこの対比を転倒させることが後藤の腹案だったと考えられる。

本作終盤は、その中野重治批判の論拠を重ねていく途中だった。後藤自身、柄谷行人との対談で中野を「大したことないと思う」(「文学の志」「文學界」九三年四月、一六六頁)と切って捨てる物言いをしていたりもするのは、中野が芥川の「藪の中」をわからないと書いた無理解さが理由だろう。後藤の言う幻想喜劇派の作品を理解できない作家だった、という判断だ。しかし、興味深いことに後藤は七六年のエッセイで、初対面の水上勉に出会ったとき「中野重治も好きでしょう」と聞かれてそれを肯定したことを書いている(「夏の思い出」『夜更けの散歩』一五三頁)。後藤自身はここ以外のエッセイで中野に言及したことはほとんどない。

後藤は中野を志賀と資質において共通する存在だとみている。志賀と中野については、志賀の弟子で本多秋五ら雑誌「近代文学」同人とも親しかった藤枝静男がこう述べている。

> この直感的受取りかたのなかに、私はこの私の尊敬する二人の芸術家の気質上の一致を見るのである。志賀氏の云う「成心」を去った部分での両者の一致をみないわけに行かないのである。ここを文体に移せば、その直到的力強さと、自分の言葉でしかものを描写しないところから生まれる美しさ、まがいなさ、そして肉感性である。(『志賀直哉・天皇・中野重治』一六六〜一六七頁)

竹内栄美子もまた「自分の感覚に従った好悪の念がそのまま倫理観に結びついているところは、両者ともによく似ている」（『戦後日本、中野重治という良心』二二七頁）と指摘しており、この直感的資質を後藤が問題視するのは、小説家がその人間性において神格化されることへ繋がるからだ。小説と作者の人生との混同、それこそが志賀批判にして、中野批判の理路でもある。

『この人を見よ』の最終回は、間宮茂輔（まみやもすけ）という作家が「時流に便乗して、落ち目の自然主義から今をときめくプロレタリア文学に鞍替えをした」、「それが、彼の第一回目の移動」だという発言で終わっている。つまり、「転向」の問題に入るところで終わっているけれども、『壁の中』を参照するなら、今作における中野重治の転向がどう扱われるかは推測できる。『壁の中』での正宗白鳥の転向の論理とは、キリスト教という殉教すら求める教えに対し、転向を選ぶのは裏切りではなく、純粋な愛と誠心ゆえのことで、むしろ転向した自分こそキリスト教に対して忠節ではないか、というものだった。正宗白鳥と内村鑑三とキリスト教、という三角関係は、今作においては中野重治と共産党と共産主義にそのまま置き換えることができる。転向はしたけれども自分こそがもっとも共産主義の理念を理解している、ということだ。

おそらくはこの転向の論理のアピールが成功したからこそ、中野は「戦後民主主義日本のスーパースター」になったというのが本作でのロジックだ。中野の年譜をたどりながらその「訪問外交の才能」を指摘し、芥川文学を芸術派だと否定しつつも芥川に一目置かれていたとアピールすることが「プロレタリア文学の同志、菊池寛、特高警察の三者それぞれに対する転向者中野重治の戦略」だと指摘することで、欺瞞的な文壇政治的なパフォーマンスにすぎない、と批判するわけだ。

本作では中野を「我こそはホンモノの共産主義者なり、と信じて疑わなかった代表的日本知識人」と辛辣に批判する。ここには、志賀批判をする太宰の文章が響いている。

勝つために、実に卑劣な手段を用いる。そうして、俗世に於て、「あれはいいひとだ、潔癖な立派なひとである」などと言われることに成功している。殆んど、悪人である。（太宰治『もの思う葦』三〇六頁）

『この人を見よ』後半では、太宰を手始めに、一貫して志賀直哉批判の戦いが組織されている。太宰、横光、芥川といった見慣れた面々のみならず、中野重治を参照することで、小説を作者の人生において評価するという、方法を放棄した姿勢を批判することが試みられている。谷崎の『鍵』は、書いたものが読まれることを想定しての装い、パフォーマンスが多重化されたフィクションだった。しかし、志賀や中野においては、現実において生きることがパフォーマンスになっているという対比がある。谷崎をベースにしながら志賀批判を行なうことが眼目となっており、虚構と現実という二つのものを一つのものと見なすことへの批判だ。

作品中盤、架空シンポジウムの途中で元の日記形式に戻った場面で次のような箇所がある。

架空シンポジウムが続いているが、このままもう少し続けるか、どうか。この形式に、特にこだわっているわけではない。こだわる理由もないし、こだわる意味もない。というよりも、こだわるべきではない。それは、シンポジウムだけの問題ではない。あらゆる形式に関して同様であって、要するに、ある形式にこだわってしまうことが、無意味なのである。こだわったとたん、その形式に縛られたことになるからだ。縛られてはいけない。さまざまな形式を、例えば音符のように、使いこなさなければならない。音符のように、自在に組み合わせることが出来なければ、形式の意味はない。（中略）こだわらないための形式。縛られないための形式。その矛盾こそ自由だからである。その自己矛盾こそ、そもそも形式というものだからである。（『この人を見よ』一八四～一八五頁）

小説という形式への意識、そして小説においていかなる形式を使うかの意識を強調するここに、後藤の私小説批判の核心がある。

九〇年代ごろの後藤は日本文学の喜劇の系譜をたどることで、日本文学史の読み直しを図ることを大きなテーマとしていた。今作ではそれを志賀直哉的な、作品と人格の同一視への批判を通して行なおうとしていたことが見てとれる。

そして三角関係といえば、志賀直哉と中野重治が仲違いしたのは戦後の中野の天皇批判にあったことが知られている。天皇制を批判しても天皇自身には親近感をもつ志賀と、天皇その人をも批判する中野とで確執が生まれた経緯については藤枝静男が「志賀直哉・天皇・中野重治」で詳しく追っている。ここにも三角関係があり、そして三者とも神格化された存在という点で共通点があるのは今作の文脈において注目される。藤枝の著作集の月報に寄稿している後藤が、藤枝のこの一文を知らなかったとは考えづらい。昭和天皇死去の翌年から始められた『この人を見よ』が、天皇をどう扱うつもりだったかはわからない。前章で見たように、天皇制の純血主義が日本において混血＝分裂が毛嫌いされてきた原因ではないかと語る後藤にとって、志賀、中野の先に焦点をあわせていた可能性はある。

ここで未解決に終わった志賀直哉批判は、後に『日本近代文学との戦い』において、二葉亭四迷というその起源に遡って問い直されることになる。しかしそれも中断した。

なお、西洋との混血を重視する後藤は、『挾み撃ち』、あるいは特に西洋近代がテーマだった『壁の中』がそうだったように、外国文学を重要な模倣対象として作品の核に据えることが多い。対して『壁の中』とも強い連続性を持っている本作のベースは谷崎であり、中盤以後、太宰を通して聖書の引用とキリスト教が問題になる程度だ。しかし、インタビュー「イエス、ジャーナリスト論その他」(『この人を見よ』巻末所収)で後藤本人が言うように、本作のタイトルはニーチェの自伝『この人を見よ』からきており、サブタイトルの「単身赴任者はこう語った」はもちろん『ツァラトゥストラ』の題名あるいは本文中の定型句のもじりだ。ただし、後藤がニーチェに言及したことはほとんどなく、本作でもニーチェについては言及されずに終わったため、後藤のニーチェ観を判断する材料はない。

とはいえ後藤が『ツァラトゥストラ』に着目する理由はわかりやすい。プラトン対話篇がそうだったように、ツァラトゥストラの遍歴を物語風に語りつつ随所に詩を配する『ツァラトゥストラ』もまた通常の哲学書からは逸脱したスタイルを持っているからだ。ニーチェのアフォリズムを、二項対立を止揚するヘーゲル的弁証法への抵抗、「複数の声部を同時に響かせる「多声音楽(ポリフォニー)」」(『ニーチェ――ツァラトゥストラの謎』三二頁)だとする村井則夫は、『ツァラトゥストラ』を「哲学と文学、小説と詩、喜劇と悲劇などの既成のジャンル分けを嘲笑し、そうした区分から逃れ続けている」作品とみて(同五七頁)、バフチンのいう「メニッポス的諷刺」の伝統に位置づけており、後藤の見方もこれに近かったと思われる。「神の死」を説くテクストが、さまざまな対話によって構成されている『ツァラトゥストラ』は、まさに後藤的な喜劇性を体現する。

後藤は『鍵』について、「谷崎美学を対話の構造として書いた傑作」でもあり、「世界文学における普遍性のある作品」(「三角関係の輻輳――『鍵』の対話的構造」『日本近代文学との戦い』一一二頁)だとして、エキゾチシズムやオリエンタリズムで読むことへの牽制を記しているけれども、このような世界文学的普遍性において、『鍵』と『ツァラトゥストラ』を掛け合わせる意図があったのかも知れない。

また、作中、太宰が自身をキリストになぞらえて、「志賀直哉を〈旧約〉の神として奉り、その権威=権力の番人たらんとする文壇のパリサイ派=律法学者たち、すなわち、志賀直哉のカラスどもによる支配の構造、その反キリスト的構造との血戦、死闘が反キリスト的戦い」だとする議論があり、『壁の中』以来の聖書のモチーフから、反キリストを標榜するニーチェに繋げる理路もあるだろう。

あるいはここでヒントになるのは、カルチャーセンターの講師Aではないだろうか。作中に登場しないものの生徒たちに影響力を持つ、「彼等が信仰する文学のシャーマン」(「私語と格闘」『日本近代文学との戦い』）だ。転向と左翼が話題になる本作において、登場しないがゆえに隠然とした影響力を持つAは、どうしても天皇の隠喩を思わせる。この絶対者のテーマが、志賀直哉や中野重治といった神にも擬されるシャーマンへの話題として展開されていったとするならば、『ツァラトゥストラ』が神の死を語りながら、それが哲学書ではなく、ツァラトゥストラ自身をも相対化してしまうフィクション――自己喜劇化の形式において語られていることは、きわめて示唆的だ。本作の議論はある意味で日本文学における神の批判、絶対者の相対化にあるからだ。村井はニーチェ『この人を見よ』について、「その誇大妄想的な文体によって、自身を嘲笑し、自分自身のパロディを演じる」ものだと指摘しているように、この絶対的なものを相対化し、同列に並べ、対話的構造に埋め込む喜劇化がここでは試みられている。そしてこのテーマは、カルチャーセンターの講師にしろ、説教師としてのツァラトゥストラにしろ、教える者、教師という存在への懐疑・相対化が背後にあるのではないか。その場合、当然近畿大学教授としての後藤自身が、フィクションにおいて埋め込まれていることになる。

もう一つの余談として、作中のリンクをつなぐ存在に生田長江が挙げられるかも知れない。横光利一の「日輪」の文体が生田長江訳のフローベール『サランボー』に影響を受けたということで名前が知られているけれども、戦前にニーチェ全集を翻訳した業績があり、劇作家、小説家、評論家でもあった人物だ。そして生田の弟子には日本浪曼派同人の佐藤春夫がいる。太宰が「日本浪曼派」誌上に連載したエッセイ「もの思う葦」や「碧眼托鉢」には生田長江への言及があり、短篇「秋風記」にはエピグラフとして生田の詩が掲げられてもいる。そして、佐藤春夫門弟の作った雑誌こそ世耕政隆が近畿大学として資金提供をしていた「ポリタイア」だった。後藤に繋がるこの人脈と関係を彼自身どこまで把握していたかは不明だけれども、きわめて興味深い。なお、世耕が愛読し、近畿大学から著書を再刊した伊福部隆彦は、生田長江に最期まで師事した人物だった（樋谷秀昭『文明開化と日本的想像』一九三頁）。

この大作は連載中断から二十年を経た二〇一二年に突然刊行され、遺稿集からも八年後というタイミングで読者に後藤明生の存在を想起させることになった。さらに現在後藤の電子書籍を発行しているアーリーバード・ブックスの松崎元子は作品にもたびたび登場する後藤の長女で、彼女はレーベルのスタートするきっかけは本作の刊行にあったことを証言している（「父との再会──「後藤明生・電子書籍コレクション」を始めて」「新潮」二〇一四年四月）。『後藤明生コレクション』の刊行など現在に至る後藤明生再評価の源流として、本作の刊行自体が重要な意味を持っている。

混血＝分裂＝増殖のメカニズム──『しんとく問答』

『この人を見よ』でも東京と大阪の違いを考えたり、谷崎の作品で描かれた土地を訪れてみるくだりがあったけれども、本格的に大阪という土地を小説のなかで題材にするのは、九〇年代唯一の完結した長篇となる『しんとく問答』（一九九五年）においてだ。九一年からぽつぽつと五年がかりで書き継がれた連作では、最初に書かれた「『芋粥』問答」からして、テクストとテクストのズレと関係が描かれながら、それをさらに現実の土地と重ね合わせつつ、ズレを増殖させていく戦略によって書かれている。

その点では『首塚の上のアドバルーン』と同様の趣向を持つけれども、本作の舞台は宇野浩二、井原西鶴の墓から、豊臣秀吉の大阪城、そして難波宮跡、四天王寺といった古代から近現代の歴史的遺跡が集中した、幾度も日本の中心ともなった場所だった。千葉幕張から、語り手は一挙に日本の中心部へと移ってきたわけだ。そして語り手はこの日本の中心部に朝鮮を読みとっていく。

連作中で最初に書かれた「『芋粥』問答」は、単行本では第二篇「マーラーの夜」のあとに回されている。テクストとテクストの読み換え、書き換えを語った架空講演風の「『芋粥』問答」ではなく、大阪の土地を歩きながらその目的のレストランが休業日だったことと、マーラーの交響曲のメロディに戦時下の替え歌が聞こえてくる、二重のズレが重ねられた「マーラーの夜」が開幕に持ってこられたことは、土地とテクストの関係がこの連作の基軸だと示しているということだ。さらに言えば、そのマーラーの演奏会はKBS交響楽団、韓国放送公社所属のオーケストラで、この連作に底流する朝鮮のテーマが予示されているうえ、「大阪のディオゲネス」と公園に住むホームレスが呼ばれているのも、盲目の乞丐人（こつがいにん）（乞食、癩病者などを指す）俊徳丸へと繋がるもので、連作全体の伏線になっているからでもある。

語り手は難波宮跡公園のすぐ近く、大阪城真南という立地のマンションに住んでいる。作中の描写からすると後藤明生自身の住んでいた大阪府大阪市中央区法円坂のマンションだと思われ、ここを拠点として語り手はさまざまな場所に出かけていく。

日本語の「ワッショイ」とは韓国語で「来た」を意味する「ワッソ」が語源とされているという

パンフレットの引用から始まる第四篇「大阪城ワッソ」は、四天王寺で開催される「古代の大阪と韓国の交流にスポットをあて、現代に再現する」四天王寺ワッソの練習風景に大阪城本丸広場で遭遇したことを描いている。そこで大阪城を写真に収める韓国人たちの表情に、語り手は豊臣秀吉の朝鮮出兵を指す「壬辰の倭乱」によって韓国の仏国寺や昌徳宮が焼かれたこと、「加藤清正は何千人、何万人のわれわれ同胞の耳を切って大阪城の豊臣秀吉に送ったんだよ。われわれはそれを知ってるよ。おぼえているよ。忘れてるわけじゃないよ」（九七頁）という意識を空想のように読みとっている。『夢かたり』での帽子屋で、語り手が罪悪感とともに空想した場面と通ずる描写だ。古代日本の朝鮮との交流と、近世朝鮮への侵略が絡み合う場所として大阪城が描かれていることの一篇から、語り手は土地とテクストにさまざまに朝鮮が跡を残していることを発見していく。

続く「四天王寺ワッソ」では、四天王寺が後藤流にこう紹介される。

> 縁起書によると、四天王寺は推古天皇元年（五九三）に聖徳太子によって建立された日本最古の官寺です。また寺院であると同時に、韓国文化・隋文化を受容するための迎賓館的な役割も担っていたようです。弘法大師や親鸞上人は時代からいって、もちろんずっとあとから仲間入りしたのでしょうが、そもそも四天王寺には、異文化との混血＝分裂による超ジャンル性があったようです。弘法大師と親鸞上人と石の鳥居が共存するポリフォニックな超ジャンル空間です。この寺で感じる不思議な解放感は、そのためかも知れません。（『しんとく問答』一一三頁）

古代以来の日朝交渉を超ジャンル性に喩え、それを四天王寺の空間にも見て取る、時間の空間化の一例とも言える部分だ。

ここで出てくるのが、四天王寺の石の鳥居を舞台とする、本作の中盤以降の主たる題材となる謡曲「弱法師（よろぼし）」だ。盲目の「乞丐人」俊徳をシテとし、その父親高安をワキとして、他人の讒言（ざんげん）を信じて息子を追い出してしまった父が、後悔して四天王寺で施行を営んだところ、盲目の弱法師が現われ、それが息子俊徳だと気づいた父が故郷に連れ帰る、という話だ。これを、流浪の者が父親とともに故郷に帰る話、と要約したとき、「謡曲でまず思い出すのは、父の声である」（「謡曲と私」『小説の快楽』四四頁）という後藤がそれを語ることに強い意味が生まれてくる。

それは措くとして、ここで語り手が見ているのは、「弱法師」が説経節「信徳丸」より生まれたものだということ、この二つにおいて同じ人物が俊徳と信徳というかたちで分裂＝増殖していることにある。「四天王寺ワッソ」で撮影された写真が「韓国製ＦＵＪＩフィルム」だったことが明かされる一篇の結末において示されるように、ここではひとつのものと見えた日本が、朝鮮との混血において捉えられることと、ある伝説が信徳と俊徳に分裂していくプロセスが、パラレルな混血＝分裂＝増殖のメカニズムとして運動している。この際限のない分岐＝分裂を前提にしたところに、後藤明生のいうアミダクジ式がある。

第七篇「贋俊徳道名所図会」は、伝説において俊徳が舞楽修行のために故郷高安から四天王寺まで通った道とされている俊徳道を現在の地図上になぞらえてみて、そこを実地に歩いた経緯を写真へのコメント（とはいえ写真が実際に提示されることはない）としてたどる一篇だ。偶然見つけた生野俊徳橋がかかる平野川の旧名が百済川だったことや、「統一マダン生野」という即興的に演じられる韓国の仮面劇のポスターを見つけたりしているけれども、道中では左右どちらの道を行くのが良いかの選択や、腓（こむら）返りの予兆を感じて方向を変えるなど、その場での偶然によって経路が決まっている。一回限りの経路はその場の事情、偶然によって決定されている。

　第八篇「しんとく問答」では、説経節の原文と、俊徳丸鏡塚の立札とで、俊徳丸が蔭山長者の姫君に惚れたのか、姫君が俊徳丸に惚れたのかが逆になっていることが語り手の興味を惹きつつ、説経節の解説文では聴衆を前にした説教師のその場その場での創造行為としての「口語り」においてはそれぞれが正しいものだという議論が紹介されている。この「経路」の偶然性＝一回性こそ、たどりうる別の「経路」の存在を分身として生み出すことになる。

　アミダクジ式という比喩が示唆するのは、経路の偶然性とともに、分岐＝別の道の可能性があるということだ。別様の可能性という分身の幻想性こそ、後期後藤作品に横溢する幻想の一側面だ。謎と遭遇し、その謎がいくつもの疑問を生むとき、ありうるいくつもの解答の可能性は、分岐＝分裂として増殖していく。

　「俊徳」の分裂＝増殖はこの点において理解される。謡曲「俊徳丸」、説経節「信徳丸」、『河内名所鑑』の「新徳丸」、折口信夫の「身毒丸」、『河内名所図会』の「真徳麿」、さらには三島由紀夫「弱法師」では「俊徳（としのり）」とされる、「しんとく」の際限のない増殖。そして最後にたどりつくのは俊徳丸鏡塚だった。鏡塚とは、大きな古墳の周囲にある、臣下や副葬品を納める小さい古墳のことを指す、いわば分身、鏡像だ。そしてこの連作で重要な道具として使われていたカメラこそ、分身を映し出す鏡そのものだ。第八篇「しんとく問答」結末において、鏡塚の写真＝鏡像に映された謎をめぐって、堂々めぐりの迷宮に落ち込むのは、語り手が鏡に鏡を映した無限の分裂のただなかにあるからだ。

俊徳丸伝説にまつわる探索において、語り手は幾度も朝鮮の痕跡に遭遇する。朝鮮文化との混血空間とされる四天王寺から出発して、俊徳道駅でカメラのファインダーに偶然入り込んだ「韓国国旗」と「北朝鮮の国旗」の謎めいた描写だけではなく、説経節「信徳丸」での姫君が「和泉の国近木(こぎ)の庄」の者とされ、そこは「もとは帰化人系の人々の居住地」だったとわかるくだりや、平野川＝百済川を調べて、そこが「外交的配慮」で難波に移住させられた百済王のもとに亡命者や渡来人が集住して成立していた百済郡だったことがわかったり、鏡塚について『河内名所図会』では、「百済王の後にして、山畑長者と号し」た者の墓だという説が記されていることを発見する。鏡塚を含む八尾市の古墳群が後期において朝鮮の様式を取り入れ、数ももっとも盛んに作られたのは、「高安に多く移り住んでいた帰化族」が、二世三世になって官吏に採用されるようになり、母国の墓制を取り入れた墳墓の制作が流行したことにあるという。こうしたことから語り手は、「河内国における百済王の系譜を辿れば」「六世紀の古墳の一つが、何故、俊徳丸鏡塚となっているのか、その謎も解けるのではないか」と想像する。そして、蔭山長者の姫が「新羅国折王之後也」だとしたら、という空想も語ってみせる。

日本の古典、あるいは史跡のなかに朝鮮との混血を示す記述をさまざまに見出していくこと。こうして、日本というひとつに見えたものが、朝鮮、帰化人、渡来人といった異文化との混血＝分裂＝増殖のメカニズムによって産出される別様のものを内部に含み込んでいると証し立てること。日本に朝鮮を読むということは、日本文化のなかの混血＝分裂を渉猟することであり、それは同時にテクストが新たなものとの出会いによって分裂、増殖していく過程をたどることでもある。

現在から俊徳道をたどることが、日本文化の混血性をたどることでもあったように、土地にテクストを重ね合わせ、あらゆるものが何かと何かのあいだにある、その二重性を感知する後藤の感覚は朝鮮出身の日本人としての二重性＝分裂＝混血の属性をいやでも自覚せざるを得なかったからではないか。菅野昭正との対談で、『首塚の上のアドバルーン』でも引用していたベンヤミンのいう「遊民(フラヌール)」を指して、「よそから来た人」「自分の故郷を失った人」とし、都市とはそういう人々の集まった「ヨソ者の集合場所」（「小説のトポロジー」「群像」一九九五年十一月、一五八頁）と語る認識が、ここでは帰化人、朝鮮を通して展開されている。

そしてアミダクジ式とは、経路の偶然性を示すだけではなく、これまでの一回性の歴史のなかに、別の分岐の可能性を指し示すことをその核心とする。たとえば本作においても、「『芋粥』問答」「十七枚の写真」での、芥川＝宇野浩二のラインが続くまったく違った連作になった可能性を充分に想像できるように。そして、私小説、志賀直哉を神様とする文学史に対置される幻想喜劇派の文学史こそ、別様にたどられうるアミダクジの別経路、日本文学史の分身にほかならない。

「模倣」という方法——『日本近代文学との戦い』

九七年から翌年にかけて四篇が書かれ、九九年の後藤の死によって絶筆となった連作『日本近代文学との戦い』は、まさにこの日本近代文学史の分身＝オルタナティヴを構想、実践しようとしたものだった。小説としては微に入り細をうがつ議論が展開され、評論と言うには小説のようでありすぎるこの連作は、後藤一流のジャンルの混交の一例だろう。

ここでは前々から後藤が語っていた幻想喜劇派の系譜をたどることが目指され、遺稿集『日本近代文学との戦い』の編者乾口達司によれば、「当初は二葉亭四迷→夏目漱石→田山花袋→芥川龍之介→宇野浩二→永井荷風→谷崎潤一郎→横光利一→牧野信一→井伏鱒二→太宰治→坂口安吾」と毎回一人ずつ扱う予定だったという計画は、奇しくも『挾み撃ち』のごとく二葉亭の部分で終わってしまった。しかし、果たして存命だったとしてこの計画通り進んだかどうかは怪しい。乾口によれば、二葉亭は「あと一篇で完結する予定」だったというものの、後藤のこと、延々と「あと一篇」が続いた可能性もないではない。なにより、後藤明生にとって二葉亭四迷は特権的な意味をもつ作家だ。四章において指摘したように、後藤が外語大を目指したのは二葉亭への憧れからで、それはゴーゴリに熱中するよりも前からのものだった（「上京前後」『円と楕円の世界』）。しかしなぜ憧れたのかについては多言しておらず、あえて隠している雰囲気がある。中沢忠之が指摘する四月四日の誕生日を共有していること[*1]のほか、軍人に憧れて士官学校の試験に三度失敗し、そして小説を拒絶して朝日新聞社の特派員としてロシアへ赴きその途上で客死した国士的人生の挫折を、軍人を志して敗戦を迎えた後藤自身の来歴と重ねた、私的な思い入れがあるのではないか。後藤がしばしば自分には文学的才能がない、と言っていたことも、あるいは二葉亭四迷の反文学的態度の模倣だったのかも知れない。熱が入って延々二葉亭が続いていたのはこの上京以来の憧れの対象を本格的に論じる初めての機会だったからではないか。

そしてこの連作の特徴は、はじめて後藤が自身の教師生活を題材にしていることだ。前述のように『この人を見よ』にも影響はあるけれども、直接作品に現われるのはここにおいてだ。歴史的系譜をたどることが目指されているのも、学生に教えることが後藤にもたらした影響の一つだろう。後藤が文学史的著作を刊行したのは『小説――いかに読み、いかに書くか』が最初で、これはNHK文化センターの講座での録音がもとになっている。そして自身のこれまでのエッセイを、二葉亭以後の日本近代文学史の系譜にそって配置し、近代小説の歴史を総覧した百科事典の項目を付した『小説は何処から来たか』は、大学での講義において学生に勧めるための意味があると「あとがき」にある。学生に教えるにあたって、自身の文学観を体系化することが求められた結果が『小説は何処から来たか』であり、その文学史を小説として展開したのが『日本近代文学との戦い』だ。学生たちに講義することはそのまま己の文学観の問い直しになるわけだ。

このような学生たちを相手に自分がいま話している文学とは何だろうか。私が彼らに語ろうとしている文学とはいったい何だろうか。文学とは何ぞや？　この自問を私は格闘と自称し――

ています。学生たちに文学＝小説の話をすることとは、この自問との格闘だと考えています。

（『日本近代文学との戦い』五七頁）

この連作で扱われる論旨自体は、部分的には後藤がこれまで語ってきたものと重なるけれども、後藤は小説の場でもっとも具体的な議論を行なう。四迷の「作家苦心談」では『浮雲』の文章がロシア文学の「真似」だと語られることを、中村光夫が「欠点」だとしている認識を批判し、むしろ「真似」こそが四迷の小説の方法論だったと主張する。ドストエフスキーの『分身』を「真似」するところから『浮雲』は出てきたと論じ、日本近代文学の起源に海外文学の模倣を置く史観がここでの核となる。

西洋文学といかに戦い、模倣し、作品を書いたか。このことがこの連作の主要な関心になるはずだということは後藤がそれまでに語ったことからもわかる。たとえば牧野信一については、漱石が日本にスターン『トリストラム・シャンディ』を初めて紹介したというエッセイと、牧野信一がスターンの『センチメンタル・ジャーニー』をどう日本語に翻訳しようかと苦心する短篇「風流旅行」を並べてみることで、「アミダ式に結びつく」（蓮實重彥、久間十義「日本近代文学は文学のバブルだった」「海燕」一九九六年一月、三〇頁）と鼎談で語っている。これは宇野の「蔵の中」と芥川の「芋粥」が、ゴーゴリ「外套」を介して結びつくとするロジックと同じだ。

後藤の幻想喜劇派の系譜構想は、こうしたテクストを介した隣接性によって「アミダ式」につなげていくものだった。そして『浮雲』に自意識の喜劇、分裂を指摘し、漱石の「写生文」にも「語る私」と「語られる私」の分裂を見出し、「漱石の写生文はフィールディングやセルバンテスから来ている」（「講義録より――夏目漱石『写生文』」『日本近代文学との戦い』一六九頁）と指摘するように[*2]、海外文学の模倣による混血＝分裂の様相を語ることが目指されていた。後藤にとっての「方法」とはまさしくその混血＝分裂の別名ではなかったか。

連作の根本にあるのはこの西洋と日本の関係を喜劇として捉える視点にある。重要なのはこの視点が自己自身にも向けられ、教授の語り手は、学生の私語とつねに向き合うことを余儀なくされているさまが喜劇的に描かれていることだ。教室という空間で、他者の目を介さずに放たれる学生の私語は、私小説の似姿だ。第一篇のタイトルの「私語と格闘」とは、後藤自身の私小説批判と相似形を描いている。「彼等が信仰する文学のシャーマン」だったカルチャーセンター講師との差異はここにある。大学の学生は文学を信じておらず、教師を信仰してもいない。この他者性こそが重要であり、この連作のあるいは後藤流文学史のサブテーマともいえる中村光夫批判へも繋がるものだ。

後藤の中村光夫批判の代表的なものとしては『小説』の田山花袋論がある。ここでの論旨は、花袋の『蒲団』は中村の『風俗小説論』が言うような、ハウプトマン『寂しき人々』の登場人物への同一化によって書かれているのではなく、そこにはきちんと喜劇的相対化が施された方法的側面があることの指摘だった。花袋がハウプトマンを模倣しているのは確かだとしても、そこには模倣という方法がある、というロジックは、後藤の二葉亭論と軌を一にしている。そして『風俗小説論』の論旨は、花袋ではなく志賀に向けられるべきだ、というものだった。

後藤のこの連作では、『「浮雲」中絶』説への疑念が話題になるけれども、高橋修が整理しているように（「〈終り〉をめぐる政治学——『浮雲』の結末——」「日本近代文学65集」二〇〇一年一月）、『浮雲』研究においては、八〇年代にはほとんど疑われていなかった「『浮雲』中絶」説が、九〇年代になると集中的に疑念を呈されてきた経緯があり、明確に完結を結論とする論文も出てきていた（田中邦夫「『浮雲』の完結（二）第三編の成立過程」「大阪経大論集47」一九九七年一月）。後藤の議論は同時代の研究と共振しており、作中の研究者からの手紙も事実かそれに近いものだと思われる。

この「中絶」が問題になるのは、これが中村光夫の二葉亭論における「方法」の喪失の現われだからだ。後藤は前述の二葉亭のいう「真似」と「稽古」を、中村が「そのまま「欠点」と解釈したとき、中村光夫の『浮雲』論から方法の問題が消滅した」「そしてその「欠点」が『浮雲』中絶論に結びつけられている」と論じている（『日本近代文学との戦い』九三頁）。そして『二葉亭四迷伝』の過剰なまでの逍遥批判を「二葉亭を善玉にするための悪玉扱い」だと批判する（同九〇頁）。『二葉亭四迷伝』は、二葉亭を先駆者として描きつつ、その人生においてさまざまな職業の中途での放棄あるいは客死の最期を強調する過程で、その人生と作品の「中絶」を宿命的に重ね合わせる。後藤の批判は、中村の花袋批判——対象へ自己同一化することで小説と現実を混同する——の図式が、じつはそのまま『二葉亭四迷伝』における作者と作品の同一化、にあてはまってしまうことを露呈させる。そして逍遥と二葉亭を善玉悪玉に振り分けてしまう図式化を、中村の二葉亭への過剰な同一化ではないか、と疑っているわけだ。『この人を見よ』における虚構と現実の混同——つまり「方法」の喪失への批判がここに繋がる。

つまり二葉亭にとって、小説を書くことは「真似」であり「稽古」であった。小説すなわち「真似」「稽古」である。これが彼の文章論である。文体論である。方法論であり、小説論である。『浮雲』はその「真似」と「稽古」の方法によって書かれた。そしてその「真似」と「稽古」の方法は、すなわちパロディの方法である。つまり『苦心談』における「一躰『浮雲』の文章は殆ど人真似なので」という「断言」は、いわば「宣言」である。「稽古」も「宣言」である。二葉亭のパロディ宣言である。パロディすなわち模倣と批評である。先行作品の批評的反覆である。ドストエフスキーの「われわれは皆ゴーゴリの『外套』から出て来た」である。（九二頁）

この部分に後藤の二葉亭論の核心があり、日本文学史観の要諦がある。後藤の中村批判の骨子は、この「模倣」の方法性についての意識が欠落している、ということにある。これは中村の『風俗小説論』が、フランス自然主義からの懸隔によって日本の私小説を批判しているだけに、「模倣」に対してダブルスタンダードになっているという指摘でもある。「模倣の創意」の作家後藤明生が、そこを見落とすわけがない。

八〇年代以後の後藤の文学史観は、『小説』、『この人を見よ』、『日本近代文学との戦い』それぞれを通して繋がっている。『この人を見よ』における志賀＝中野批判での微視的なポイントから文学史批判を行なうスタンスは、『日本近代文学との戦い』においては、巨視的な系譜を前提にしながら、個々の作家の微視的な論及を繋げていくことで体系性を維持するやり方へと変化している。

作中で展開される議論は、『日本近代文学との戦い』に収録された二つの講義録とも骨子を共有しており、九〇年代をかけて、学生との格闘において練り込まれた議論が、いよいよもって本格的に小説として展開されようとしたもので、『日本近代文学との戦い』は九〇年代のみならず後藤文学論の総決算となるべきものだった。しかし作者の死によって途絶し、そしてこの時期、後藤のエッセイ、評論の類いはきわめて少ないため、全体の構想がいかなるものだったかについては、大学で何が語られていたかを手がかりにするしかないだろう。編者乾口の書くところによれば、後藤は大学院の開設以来講義を録音しており、『日本近代文学との戦い』にも二つが活字化されているけれど、いずれはまとめて著書として出版する意向だったらしい。九〇年代の後藤を考えるにはそれが必要だろう。

異邦人の見た日本

後藤の文学史論は一見単純で図式的なきらいがあるけれども、小説としての語りにおいては具体的なテクストが別のテクストを呼び込み、言葉が独自の運動において動いていく自在さによってその図式性から離れようとする。それが特に強く出るのは、音や歌を作中に導入するときだ。たとえば九六年の短篇「麓迷亭通信」でも「鴉の啼き声」が童謡のイメージを招き込みつつ、「カアー、カアー、カアー。カーオ、カーオ、カーオ」と擬音が書き連ねられる混沌とした結末をもたらす。この歌と音は、軍歌、唱歌、童謡の謎めいた引用が多量に含まれた『この人を見よ』や、「マーラーの夜」での打倒米英の替え歌などもそうだったように、身体化された記憶、過去の不随意的な噴出ともなっている。『日本近代文学との戦い』でも第三篇「楕円と誤植」において、難波宮跡公園での蝉の鳴き声「シーシーシーシー」が、突如として小学生時代の運動会の描写になる部分は、後期後藤では珍しい切迫した回想になっている。

それ、しっかり、しっかり！　ひいじいさんの声が聞こえた。それ、しっかり、しっかり！　おばあさんの声が聞こえた。シーシーシーシー。蝉取り名人にはかなわなかった。一緒に蝉取りに行き、彼はとりもちで一四、二四、三四、四四と次々に取った。くま蝉を取った。ミンミン蝉を取った。油蝉を取った。私は一匹も取れなかった。シーシーシーシー。ほら、しっかり、しっかり、しっかり！　かねこさんの声とうたこさんの声が重なって聞こえた。蝉取り名人はどんどん近づいて来た。どんどんうしろから追いかけて来た。あと五メートル。シーシーシーシー。あと二メートル。シーシーシーシー。私はほとんど泣きながら走った。蝉取り名人は死んだそうだ。二十年か三十年前、誰かの年賀状に書いてあった。シーシーシーシー。（『日本近代文学との戦い』六五〜六六頁）

異物のような唐突なこの回想で大阪の中心部が朝鮮永興の小学校に切り替わる。後藤は「僕はなぜここにいるんだろうという不思議さ」について述懐し（「小説のトポロジー」一五二頁）、「結局僕の書いてる小説は、そのズレそのものみたいなもの」だという。そして、「私」を動かす「動力」とは何かに答えて、「極端に言えば、では、日本人とは何かということになる」ともいい、別の対談でもこう述べている。

ぼくの文学の志を一言で言えば「日本とは何か」ということだと思う。あるいは「日本的とは何か」だね。（「文学の志」「文學界」一九九三年四月、一五九頁）

日本とは何か、という問い、そしてそれを「混血＝分裂人間としての日本人」（「小説のトポロジー」一六三頁）として問い返すことがこの頃の後藤の大きなテーマだった。この問いはまた後藤の年来のものでもある。七〇年代に後藤は、引揚者でもある本田靖春による、引揚げ体験を持つ作家へのインタビューにこう答えている。

「とにかく事実として植民地政策をとっちゃったんだから、国家観念とか、民族意識とかいうものに、化学的変化を起こさせなきゃいけないと思うんですがね。それが物理的に拡がっただけで、また物理的に収縮したわけでね。全然、質的に変化していない。実になんの影響も及ぼしてないというところに、ぼくは不思議さを感じたんです」（本田靖春「日本の〝カミュ〟たち」「諸君！」一九七九年七月、二二五頁）

植民地経験の後も以前と何も変わらないように見える日本の姿。後藤が違和感を持ったのは、引揚者あるいは在日朝鮮人という異者を内部に抱えながらもそれがないかのようにこの世界が続いていくことだったのではないか。志賀をはじめとする私小説批判も、『しんとく問答』での大阪と古典のなかの朝鮮の痕跡も、ひとつとみえたものの内部にある異物、異者の発見から混血＝分裂の様相を見出そうとする運動だった。混血＝分裂としての文学史を構想する後藤の試みの、その向こうには、単一民族国家のフリをする日本というものを、異邦人の目によって分裂させていく挑戦がある。「模倣」が意味するのも、自分と他者とを掛け合わせる混血性の実践としてある。

逸脱、脱線、ジャンル横断の自由なまでの語りのうちには、あらゆるものを内部に含み込んだ、異物としての自己自身を賭けた、「日本」「文学」との戦いがあり、それこそが後藤明生にとっての小説だった。

＊1　ツイッター二〇一七年四月四日の投稿による。https://twitter.com/sz6/status/849065921171910656
なおゴーゴリの誕生日は新暦では四月一日。
＊2　この頃からの後藤の「写生文」へのこだわりは、柄谷行人『ヒューモアとしての唯物論』（筑摩書房、一九九三年）に触発されたものではないか。九三年の柄谷との対談「文学の志」では漱石には触れても「写生文」には触れなかったのが、一九九四年の書評で「柄谷行人の書いている漱石の写生文論は、私のいうロシア文学におけるペテルブルグ派の方法に、ほとんど近い」（「『漱石を書く』を読む」『小説の快楽』一五五頁）と書いて以来しきりに言及するようになるからだ。

終章　自由と呪縛

——引揚者（エグザイル）という方法

本書が問題にしてきたのは、「後藤明生は何に囚われていたのか」ということだった。

後藤はしばしば「自由」の作家だと評される。脱線、逸脱、自在な話法といった作風や、超ジャンル性、混血＝分裂を主張する文学論などなど、そこにはつねに逸脱＝自由のイメージがある。特に『後藤明生コレクション』の編者解説はこのイメージを共有し、作品もその方向性が窺えるセレクトがなされている。まったく期せずしてのことだけれど、コレクション発刊と並行して第一部が雑誌連載された本論とその面、好一対になったのではないか。コレクションにおいて重視されているのは、作品の完成度や語り——叙述における技術的達成だと思われるけれども、本論で重視したのは、後藤作品に内在し初期から後期に至るまで通底する、引揚げ体験の問題だ。形式と内容のように、叙述と題材も片面だけでは成立しない。脱線や饒舌といった「どのように語るか」という面だけではなく、「何が語られ、何にこだわりがあるのか」を、明らかにすることが本書の問いだった。

それを端的に言えば、軍人の夢を失ったこと、その象徴ともなる父を喪ったこと、生まれ育った故郷を失ったこと、そしてそれが朝鮮だったことだ。それぞれのモチーフが小説にどう現われたかはすでに詳述した。ここで改めて述べておきたいのは、これらの経験と切り離せない後藤の発想法についてだ。序論にも述べたとおり九〇年代、後藤は「千円札文学論」を提唱した。読むことは書くこととメビウスの帯状につながり、その表と裏両方あってこそ文学だということ、あるいは小説はテーマや内容についてだけ考えるのではなく、どう語られたかの形式をも見なければならない、という理論で、そこには対になる存在同士を密接かつ対等なものとして考える二元的、いわば後藤的「楕円」の発想がうかがえる。この考えがそのまま、対等な物同士の関係を示す後藤年来の「喜劇」概念に通じることは見ての通りだろう。

そして、たとえば後藤には以下のような発言もある。

> 私は、このように十代前半を暮らしたところが忘れられなくて、無意識のうちに朝鮮の記憶と日本での現実とを重複させて、いつも二重にものを見ていることがあります。また、私たちは戦争に負けて日本に帰ってくるとき、三十八度線を越えてこなければなりませんでした。そこを通りぬけるのには、公にはできないため、昼間は山にはいって寝て、暗くなると歩き出して、地図にないような道をどっちの方向へ歩いているのか、わからない状態でやっと日本に帰ってきました。それが、今でも神保町を歩いているとき、家の近くを歩いているときに、ふと、あのころ、歩いているような錯覚に陥ります。（「私の故郷、わたしの文学」『お

茶の水図書館教養の集い　四十四話　第三集』一三七頁（講演日時・一九七九年三月十日）——

生地朝鮮から暴力的に引き離されたことによって、そこでの光景がふとした瞬間に回帰し、現在に二重写しにされる。自己のなかにつねに別の存在が兆す、きわめて後藤的な分裂のあり方がここにある。後藤がカフカについて「カフカがプラハの新市街を歩いているとき、もう一人のカフカが旧ユダヤ区を歩いています。彼は常に二つの時間、二つの場所を歩いているわけです。これがカフカの楕円幻想の時空間の基本です」（『カフカの迷宮』一四六頁）と書いているのも、同様の発想が働いている。こうした、今あるものにもう一つ別のものが重なっている、という認識は、後藤作品における常套ともなっており、日本と朝鮮のほかにも、過去と現在、あるいはテクストとそこに描かれた場所というかたちで語られてきたことは見ての通りだ。

後藤の好んだこの二元性の現われのもう一つが、怪談への関心だ。生者の住まう世界と死者の世界が重なり合う、「人間と亡霊（人間以外のもの）が対等に棲む」『雨月物語』の世界。後藤は怪談に多大な興味を持ち、また「喜劇」と関係の深いものと見ていたことはあまり論じられることがない。

後藤が影響を受けた作家として言及されるのは、多くがゴーゴリ、カフカ、ドストエフスキーにとどまり、初めて評論書を出し、単独訳を刊行した上田秋成『雨月物語』の後藤における影響の大きさが等閑視される傾向がある。第四章でも引用した文章を再掲する。

秋成は悲劇の材料を一旦「喜劇」化し、それを「怪談」に変換させた。然るにゴーゴリは——

悲劇の材料を一旦「怪談」化し、それを「喜劇」に変換させた。（『笑いの方法』一七三頁）——大学時代から傾倒してきた二人の作家を結びつける時に、「喜劇」とともに「怪談」が現われている。確かに、『雨月物語』も「外套」も幽霊譚だ。そしてまさしく、『挾み撃ち』こそ幽霊譚ではなかったか。「あたかもアカーキーの幽霊のように、わたしは外套にこだわってきた」という語り手が「外套のお化け」と呼ばれる場面（一八頁、五六頁）があるように、ゴーゴリの「外套」を下敷きにした『挾み撃ち』において、失われた外套を探しつつある語り手はまさにアカーキー同様外套を探し求める幽霊そのもので、陸軍歩兵外套に未練を残す〈戦前の亡霊〉でもある。地に足のつかない宙吊りにされた形象は足のない幽霊に似る。『挾み撃ち』は戦後から否定された存在としての幽霊が街をうろつく怪談でもあるわけだ。歴史的事件にかかわることができず、傍観者として振る舞う「笑い地獄」の「ゴーストライター」も名前の通り「いるけれども、いない」幽霊的存在だったことを忘れてはならない。

そもそも、後藤が「楕円」というキーワードを打ち出したエッセイ「円と楕円の世界」では、「わたしたちが、生きながらえている〈日常生活〉」とは、いつとつぜん死んでもおかしくない「死の世界」だと呼ばれており、その〈日常生活〉が「死の世界」になったのは敗戦後だと記されている。戦後という時間は、後藤にとって日常に死が重なり合ったものとして把握されている。

ここで注意したいのは、後藤は必ずしも二元論的発想に留まっているわけではないということだ。「関係」が、語り手と二人の男性のさまざまな二者関係を多面的に描き出した作品だったように、そこに二元論的キーワードがしばしば見られるとしても、そうした二元性にさらに別の二元性を次々に掛け合わせて関係を多重化し、攪乱していく過程を小説はたどる。千円札文学論がすでに、読むことと書くことに加えて形式と内容という別の対を組み込んでいるように、後藤にあって二元論は二元論として完結しない性質を持つ。

そして、二元論的語彙を用いつつそこに留まらないモチーフこそが、生者でも死者でもないその狭間にある幽霊だ。『挾み撃ち』が語るのは、生地朝鮮からの引揚者だった語り手の来歴だった。『挾み撃ち』の方法的達成において引揚げ体験は不可欠の中核を成している。日本人と朝鮮人という、支配者と支配される者の関係は、敗戦によってまるで逆転してしまい、戦後、日本に引揚げた語り手は朝鮮出身者ゆえに日本にも馴染むことができない宙吊りの立場に置かれる。戦前と戦後のあいだ。日本人と朝鮮人のあいだ。さまざまなものに挾み撃たれ、狭間に落ち込んだ幽霊的存在。そして『挾み撃ち』が語るのは、自分自身の幽霊性のみならず、この現実もまた因果関係の破綻した怪談的世界にほかならないではないか、という認識だった。つねにいつどこで死んでもおかしくない「死の世界」こそが日常生活だという後藤の認識には、同時に自分自身がすでに半分死んでいるという意識が潜んでいる。

この幽霊としての語りこそが『挾み撃ち』が獲得したものだったのではないか。挾み撃ちの「夢」は幽霊によって語られている。朝鮮生まれの日本人の引揚げ体験、引揚者という「在日日本人」とでもいうほかない故郷喪失者としてのあり方を、後藤は幽霊による語りとして作品化したわけだ。

後藤は上田秋成に言及するとき、しばしば「生マレテ父無シ、ソノ故ヲ知ラズ」という文章を引用し、父親が不明で自分の存在の半分が原因不明なために、人間と亡霊が「対等に棲む世界」が描かれたと論じる（『雨月物語紀行』一八九頁）。秋成を通した自註としか読めないこの議論はしかし、後藤自身の根底にある実感だということも疑えない。後藤作品全体を見るとき、奇妙に浮かび上がるのは、この死者・幽霊のテーマではないか。

ここで一度全体を振り返っておこう。

デビュー後、初めて朝鮮と父の場面を描いた「無名中尉の息子」は、息子の死ぬ夢を見て夢精する冒頭から、中絶をするか否かという作中現在の判断が遠く朝鮮で父を埋葬した記憶に繋がっていく、死と生が幾重にも重ねられた作品だった。ポイントは、生と死の問題が、父・朝鮮と密接に繋がっていることだ。死者への手紙の形式を採った「父への手紙」のように、死者あるいはそれに象徴される喪われたものへのこだわり＝呪縛は、初期から中期に至る後藤の中心的な課題だった。「父への手紙」が、冒頭で自分が四十歳になり、父の亡くなった数え年四十七歳からすると、自分は満年齢だと六歳若い、という話から始まるのは示唆的で、中期において引揚げ三部作という父の死のモチーフを共有する私小説的作品を書き続けたのは、父の享年に近付きつつある時期だったことと無関係ではない。ゴーゴリ、二葉亭四迷、そして父も四十代で亡くなっており、後藤は四十代というものに強いこだわりとおそれを抱いていた。そしてその感情は父の死と強く結びついた失われた朝鮮とともに語られる。生と死は、この時期の後藤においては日本と朝鮮の関係に強く紐づけられたかたちで出現する。「わたし」が父や朝鮮の記憶を求めてさまざまな場所へと出かけていくことになるのは、軍人＝父の意味が重ねられた外套を探索する『挾み撃ち』の展開と基本的には同じで、後藤明生の四十代は、この父という死者の存在を抜きにしては考えられない。引揚げ三部作は、その語り手に対し、父の記憶を語る「山室さん」のような人物ばかりではなく、現在を拒否して二十年の沈黙を続ける朝鮮時代の旧友高鍋、「わたし」の朝鮮へのこだわりに批判的な母などの存在を示し、朝鮮・父にこだわる「わたし」を挾み撃つことで書かれている。また父の三十三回忌と母の自殺の話題が描かれる『嘘のような日常』という死が瀰漫する危機的なテクストには、死者と生者に挾み撃ちにされる「わたし」が描かれている。

中期から後期のメタテクスト型へと転換する一九七九年が、ちょうど父の享年を越える年だったのはきわめて重要だ。既述したように、朝倉連作には、朝倉という土地への関心が亡父の呪縛から解放され、テクスト自体へと移行する過程が刻まれているからだ。また、連作第一作で言及される「綾鼓」は恋破れた老人が怨霊となって復讐に現われる謡曲で、メタテクスト型小説の嚆矢ともいえる「麻氏良城」でも、斉明天皇を祟り殺す『日本書紀』の「鬼」が大きな関心を持って語られており、連作を通じて亡霊・怪談的要素が重要な意味を持っている。

後期作品群では、この死者や怪奇小説的要素がさらに迫り出してくる。『吉野大夫』は吉野大夫の墓から探索が始まって「モンペ姿の女」の幻に遭遇し、『壁の中』では、第一部ではきわめて怪談的なテーマの分身に加え第二部は死者永井荷風との対話が始まるわけだし、『汝の隣人』では死者ソクラテスを蘇生させるプラトンの方法が論じられ、自殺した金鶴泳と韓国の葬送儀礼が扱われる『使者連作』があり、蜂に刺された死者が記録された『蜂アカデミーへの報告』、同世代、同業者、同病者らの死が描かれた『メメント・モリ』、さらに墓・塚への関心となると、『首塚の上のアドバルーン』、『しんとく問答』なども加えなければならないだろう。

引揚げ三部作から朝倉連作の頃の後藤には、父の墓所を何処にするか、という現実の問題があった。すでに朝鮮の山中に埋葬した父を改めて日本で埋葬するにあたって浮上してきたこの問題は、朝倉連作で後藤が九州に赴いた理由でもあり、「父への手紙」から続く父の死のモチーフは、八〇年前後に墓・塚のモチーフへと転化し、このことによって後藤は私小説的作品からメタテクスト型作品へと作風を転換させている。『挾み撃ち』の方法的反復としての『吉野大夫』の画期は、「わたし」を問題にするのではなくテクストと土地を対象としたことだと述べたとおり、このテクスト化を経ることで、文字通り、迫りくる恐怖の対象としての死を墓所に葬った。このことは、中期で現在に貫入してくるものとして主に過去の回想があったのに対し、後期ではさまざまなテクストが引用されてくることとパラレルな過程となっており、死をつねに相対化し、テクストへと対象化していく後期の特徴となる。後期は死や幽霊・呪縛にまつわる物語、テクストを扱うことで、死に対して距離を取り対象化したわけだ。「ジャムの空壜」や『使者連作』といった作品で、葬送儀礼が後藤の大きな関心となっていくのは、このことと関係している。そして『蜂アカデミーへの報告』『メメント・モリ』『首塚の上のアドバルーン』といった自らに死の危機が迫ったことについて書かれた諸作は、まさにその死のテクスト化の過程そのものだ。死者、墓への関心はこうして直接中期作品から引き継いでいるものであるけれども、テクストに現われる形態が異なるために、これまでその連続性が見落とされてきた。

怪談とは、人間と亡霊が「対等に棲む世界」だと後藤は書いている。「吉備津の釜」についても同様に、これが悲劇でないのは、「磯良を怨霊と化することによって、彼女と正太郎を対等の存在とした」（『雨月物語紀行』一五〇頁）からだといい、ここで後藤は怪談の喜劇性について指摘している。つまり、怨霊、亡霊、幻想のモチーフは、リアリズムの世界を喜劇化する重要な仕掛けとなっている。生者でもなく、死者でもない宙吊りの存在を語る怪談。

また、中期から後期への変遷について重要なのは、私的な引揚げ体験を描いた中期の問題意識が、その植民地帝国日本を生んだ、日本近代への問いに転化している点だ。日本とは何か、近代日本とは何だったか。そして日本がいかに外国のものを輸入＝模倣してきたか、ということが『壁の中』以来のテーマとなる。最後の長篇『しんとく問答』は、大阪のなかにいかに朝鮮との文化的混血性があったかを探る試みでもあり、絶筆『日本近代文学との戦い』は、二葉亭四迷の「模倣」を通じて西洋の模倣＝混血を露呈させようとしていた。こうした、つねに別のものとの混ざり合いを注視する方法の由来が、日本人でもなく朝鮮人でもない、戦後引き上げてきた朝鮮出身の日本人、という後藤自身の来歴にある。そして後藤は、その来歴をただ受け入れるわけではなく、さまざまなもののなかにある分裂＝混血性を次々に見出していく運動の動機と化した。生まれ故郷に半身を引き裂かれた、大日本帝国の忘れものとしての朝鮮引揚者（エグザイル）は、戦後日本の日本的なるものの幻想に亀裂を走らせてきた。ここにこそ、笑いの方法——後藤明生の引揚者の方法がある。

後藤自身は、植民地主義やその支配を積極的に批判してきたわけではない。しかしそれでも、朝鮮での敗戦や引揚げ体験の実情は、北朝鮮と国交がない故だとしても、「日本の歴史に正式に記録されるべき」だと述べ（「北朝鮮引揚げ者の記録」『見える世界、見えない世界』一七四頁）、その文学には、植民地主義の傷痕が強く刻まれ、陰に陽にその影響を見て取ることができる。

朴裕河は、引揚者が無一文で帰ってきたことに加え、その多くが差別と排除に遭い、忘却されてきたとして、「最初の棄民に続いて、戦後において〈記憶の棄民〉になっていた」と指摘している（『引揚げ文学論序説』一九〇頁）。後藤の体験において決定的に重要なのは、敗戦体験とともに、父の死と埋葬、朝鮮出身の引揚者ということが挙げられるけれども、後藤自身の作風もあり、そのことはこれまで文芸ジャーナリズムでは看過されてきた。後藤の論じられ方は、朴裕河が言う「二重の忘却」の実例だろう。

いま、後藤を読むということは、「植民地主義はまた植民者側にも深甚な影響を与えうる」ということと、単なる加害者でもなく、そして支配された朝鮮人でもない人間が被る帝国主義の残滓という、「引揚者が託（かこ）つ二重の忘却」の淵からその記憶を甦らせることでもあるはずだ。これは、必ずしも伝記的事実から後藤を読む、ということではない。朝鮮の記憶や引揚げ体験は、後藤自身が作中に繰り返し書き込んできた。つまり、作品に事実書かれていることがほとんど等閑視されてきたということだ。

後藤を「語りの作家」としてのみ読んでしまうことは、その方法の由来が忘却されてしまうことではないか。いかにしてその方法を生みだし、あるいは生み出さざるを得なかったのかという面からも、後藤の引揚げ体験は、いまだ充分に問われてはいない。

敗戦、引揚げ、父の死——形を変えながらもこれらの体験に、後藤は晩年に至るまでこだわりつづけており、それはまさに呪縛と言えよう。しかし後藤はつねにその呪縛から身を引き剝がそうとしてきた。呪縛はメビウスの帯のように〝自由〟へと繋げられている。隣り合う死の影を怪談を通じて喜劇へと変換し、さまざまな方法によって恐怖を笑いへと、死を生へと裏返し続ける不可思議な幽霊。日本だったはずの故郷は朝鮮になり、日本において朝鮮を幻視するメビウスの帯を生きるその「外套のお化け」は、現実がいかに原因不明のものがうごめく怪談的世界なのかということを、いまもわれわれに思い起こさせる。

引用・参照文献

【後藤明生著作】

［単著］

「星夜物語」「新早稲田文学」一号、一九五五年十一月
「夢と夢の間」「新早稲田文学」五号、一九五七年九月
「最後に笑う」「江古田文学」二十一号、一九五七年三月
「恢復」「文芸日本」一九五九年一一月
＊推測「ボクにもいわせてくれ　投石少年」「週刊平凡」一九五九年十一月二十五日号
「人間の部屋」「円卓」一九六三年四月
「機械物語」「円卓」一九六五年五月
「見物の終り」「円卓」一九六五年七月
『私的生活』新潮社、一九六九年
『笑い地獄』文藝春秋、一九六九年
『何？』新潮社、一九七〇年
『関係』皆美社、一九七一年
『書かれない報告』河出書房新社、一九七一年
『円と楕円の世界』河出書房新社、一九七二年
『新鋭作家叢書　後藤明生集』河出書房新社、一九七二年
『疑問符で終る話』河出書房新社、一九七三年
『大いなる矛盾』小沢書店、一九七五年
『思い川』講談社、一九七五年
『関係　他四篇』旺文社文庫、一九七五年
『不思議な手招き』集英社、一九七五年
『雨月物語紀行』平凡社、一九七五年

『夢かたり』中央公論社、一九七六年

『行き帰り』中央公論社、一九七七年

『夜更けの散歩』集英社、一九七七年

『四十歳のオブローモフ』旺文社文庫、一九七八年（親本初刊一九七三年）

『虎島』実業之日本社、一九七八年

『酒　猫　人間』立風書房、一九七八年

『笑い地獄』集英社文庫、一九七八年

『嘘のような日常』平凡社、一九七九年

『針の穴から』集英社、一九七九年

「吉野大夫（一）」「文体」一九七九年九月号

『八月／愚者の時間』作品社、一九八〇年

『笑いの方法　あるいはニコライ・ゴーゴリ』中央公論社、一九八一年

『見える世界、見えない世界』集英社、一九八一年

『小説――いかに読み、いかに書くか』講談社現代新書、一九八三年

『復習の時代』福武書店、一九八三年

『吉野大夫』中公文庫、一九八三年（親本初刊一九八一年）

『汝の隣人』河出書房新社、一九八三年

「私の故郷、わたしの文学」『お茶の水図書館教養の集い　四十四話　第三集』お茶の水図書館、一九八三年

『謎の手紙をめぐる数通の手紙』集英社、一九八四年

『おもちゃの知、知、知』冬樹社、一九八四年

『復習の時代』福武書店、一九八四年

『笑坂』中公文庫、一九八五年（親本初刊一九七七年）

『壁の中』中央公論社、一九八六年

『使者連作』集英社、一九八六年

『蜂アカデミーへの報告』新潮社、一九八六年

『ドストエフスキーのペテルブルグ』三省堂、一九八七年

『文学が変るとき』筑摩書房、一九八七年

『カフカの迷宮　悪夢の方法』岩波書店、一九八七年

『もう一つの目』集英社、一九八八年

『行方不明』福武文庫、一九八九年

『メメント・モリ――私の食道手術体験』中央公論社、一九九〇年

『スケープゴート』日本文芸社、一九九〇年

『挟み撃ち』講談社文芸文庫、一九九八年（親本初刊一九七三年）
『しんとく問答』講談社、一九九五年
『小説は何処から来たか』白地社、一九九五年
『小説の快楽』講談社、一九九八年
「樹と死そして再生」「シュンポシオン」第四号一九九九年三月
『首塚の上のアドバルーン』講談社文芸文庫、一九九九年（親本初刊一九八九年）
『雨月物語』学研M文庫、二〇〇二年（親本初刊一九八〇年）
『日本近代文学との戦い』乾口達司編、柳原出版、二〇〇四年
『この人を見よ』幻戯書房、二〇一二年
『後藤明生コレクション』全五巻、いとうせいこう、奥泉光、島田雅彦、渡部直己編集委員、国書刊行会、二〇一六～二〇一七年
『アミダクジ式ゴトウメイセイ』全二巻、つかだま書房、二〇一七年
『壁の中【新装愛蔵版】』つかだま書房、二〇一七年

［インタビュー］
「小説の解体・小説の発見」「現点」七号、一九八七年春
「後藤明生の読書教室・4『汝の隣人』と小説の構造」「文芸図書館レ・ロマン」一九八四春№4
「シリーズ闘がん 私はこう闘う 後藤明生さん」「サンデー毎日」一九九七年七月二十七日号、八月三日号

［対談］（＊は『アミダクジ式ゴトウメイセイ 対談篇』つかだま書房、二〇一七年所収）
五木寛之「文学における原体験と方法」「文學界」一九六九年四月 ＊
岡松和夫「「厄介」な世代――昭和一ケタ作家の問題点」「文學界」一九七六年五月 ＊
斎藤忍随『「対話」はいつ、どこでも』朝日出版社、一九八四年
三枝和子「〝女〟をめぐって」「国文学 解釈と鑑賞」一九八一年二月 ＊

柄谷行人「文学の志」「文學界」一九九三年四月　＊
菅野昭正「小説のトポロジー」「群像」一九九五年十一月　＊
蓮實重彦「小説のディスクール」（初出一九九〇年）
＊『アミダクジ式ゴトウメイセイ　対談篇』
[座談会]（＊は『アミダクジ式ゴトウメイセイ　座談篇』つかだま書房、二〇一七年所収）
阿部昭、黒井千次、坂上弘、古井由吉「現代作家の課題」「文芸」一九七〇年九月　＊
宇波彰、柄谷行人、李恢成「新しい文学の方向を探る（そのⅢ）虚構と現実について」「三田文学」一九七〇年三月
清岡卓行、日野啓三「引揚げ作家の二色刷り人生」「週刊朝日」増刊一九七五年九月三十日
小田切秀雄、金達寿、野間宏「いま、文学運動は可能か。」「すばる」一九八一年八月
小島信夫、田久保英夫「小説の方法」「群像」一九八九年八月　＊
蓮實重彦、久間十義「日本近代文学は文学のバブルだった」「海燕」一九九六年一月　＊
[雑誌の後藤明生特集号]
「現点」七号、一九八七年春
「季刊出版月報」8号、一九九二年十一月
「縦覽」一九九九年十二月　Ⅲ-2
「早稲田文学」二〇〇〇年九月
「代わりに読む人0　準備号」二〇二二年
[目録]
乾口達司、小林幹也編「増補版・後藤明生著作目録」「縦覽」一九九九年十二月　Ⅲ-2
宇治光洋、小西由里、高橋宏幸、広瀬陽一編「後藤明生・主要参考文献一覧」「クリティシズム」第三号、二〇〇六年
【その他の参考文献】
秋山駿「内向の世代の文学とは何か」「朝日ジャーナル」一九七四年二月八日
秋山駿「文芸季評」「季刊芸術」春季号一九七四年四

月
秋山駿、上田三四二、北村太郎「読書鼎談」「文藝」一九八一年五月
阿部安成、加藤聖文「『引揚げ』という歴史の問い方（上）」「彦根論叢」三四八号、二〇〇四年
李浩哲「或る邂逅」『現代韓国文学選集　第三巻』付録月報、冬樹社、一九七三年
磯貝治良『戦後日本文学のなかの朝鮮韓国』大和書房、一九九二年
磯田光一『戦後史の空間』新潮文庫、一九八三年
五木寛之「長い旅への始まり――外地引揚者の発想」、『深夜の自画像』文春文庫、一九七五年
五木寛之「原稿用紙に歴史あり」朝日新聞、二〇〇四年十二月六日朝刊
五木寛之『運命の足跡』幻冬舎文庫、二〇〇三年
いとうせいこう、奥泉光「文芸漫談シーズン3　後藤明生『挾み撃ち』を読む」「すばる」二〇〇九年五月
乾口達司「後藤明生と「敗戦体験」―同化と拒絶のはざまで―」「近畿大学日本語・日本文学」二号、二〇〇〇年三月
乾口達司「後藤明生『夢かたり』における「わたし」の過去と現在をめぐって――「煙」を中心として」「解釈」二〇〇二年一・二月
乾口達司「研究動向　後藤明生」「昭和文学研究」第六七集、二〇一三年九月
入江隆則「文芸時評」「すばる」一九八一年六月
上坂高生『有馬頼義と丹羽文雄の周辺「石の会」と「文学者」』武蔵野書房、一九九五年
上野英信『出ニッポン記』現代教養文庫・社会思想社、一九九五年
上野英信『追われゆく坑夫たち』同時代ライブラリー・岩波書店、一九九四年
内田岐三雄「日本映画批評」「映画旬報」一九四一年十二月十一日号
内海愛子、村井吉敬『シネアスト許泳の「昭和」』凱風社、一九八七年
江川卓「解説」、ドストエフスキー『悪霊（下）』新潮文庫、一九七一年
江中直紀「空虚の饗宴」「文芸」一九八四年三月
江中直紀『ヌーヴォー・ロマンと日本文学』せりか書

房、二〇一二年
大岡昇平『歴史小説の問題』文藝春秋、一九七四年
大杉重男「後藤明生を復習=予習する――『壁の中』を「教材」に」「早稲田文学」二〇〇〇年九月
大杉重男、絓秀実、富岡幸一郎、福田和也「座談会 小説の運命Ⅱ」「新潮」一九九五年十一月
大森光章『たそがれの挽歌』菁柿堂、二〇〇六年
岡和田晃『向井豊昭の闘争――異種混交性（ハイブリディティ）の世界文学』未來社、二〇一四年
奥野健男「文芸時評」「日本読書新聞」一九五五年十月三十一日
桶谷秀昭『文明開化と日本的想像』福武書店、一九八七年
小田切秀雄「現代文学の争点（上）」東京新聞一九七一年五月六日夕刊
「回想 世耕政隆」企画委員会『回想 世耕政隆』近畿大学、二〇〇四年
加藤聖文『海外引揚の研究――忘却された「大日本帝国」』岩波書店、二〇二〇年
カフカ、フランツ「アカデミーへの或る報告書」『カフカ全集Ⅲ』手塚富雄訳、新潮社、一九五三年
柄谷行人「一九七三年の文学概観」「文芸年鑑 昭和四十九年版」新潮社、一九七四年
柄谷行人『反文学論』講談社学術文庫、一九九一年
柄谷行人『ヒューモアとしての唯物論』筑摩書房、一九九三年
川村二郎、坂上弘、佐多稲子「読書鼎談」「文芸」一九七六年六月
川村湊「ちりばめられた謎」「文學界」一九八六年七月
姜在彦『増補新訂 朝鮮近代史』平凡社ライブラリー、一九九八年
城殿智行「あまりに途方もない欲望」「ユリイカ」二〇〇一年三月
城殿智行「後藤明生『挾み撃ち』」、内藤千珠子、紅野謙介、成田龍一編『〈戦後文学〉の現在形』平凡社、二〇二〇年
金石範『ことばの呪縛』筑摩書房、一九七二年
金石範「私にとってのことば」『新編「在日」の思想』

講談社文芸文庫、二〇〇一年
金鶴泳『新鋭作家叢書　金鶴泳集』河出書房新社、一九七二年
金鶴泳『凍える口――金鶴泳作品集』クレイン、二〇〇四年
クンデラ、ミラン「歴史の両義性」西永良成訳「海」一九八一年一月
小島信夫『小島信夫文学論集』晶文社、一九六六年
小島信夫、森敦『対談　文学と人生』講談社文芸文庫、二〇〇六年
後藤信夫『日本の岩窟王――吉田岩松翁の裁判実録』教文館、一九七七年
小林幹也「想像力が飛翔するとき―後藤明生『麻氏良城』論―」「近畿大学日本語・日本文学」一一号、二〇〇九年三月
小林幹也「後藤明生と「蜂」三部作」「近畿大学日本語・日本文学」第一六号、二〇一四年三月
小松太一郎「後藤明生『何？』論―戦後〈郊外〉小説の系譜から―」「国語国文研究」一二六号、二〇〇四年三月
サイード、エドワード「カミュとフランス帝国体験」大橋洋一訳『文化と帝国主義I』みすず書房、一九九八年
坂本忠雄、坪内祐三、島田雅彦「後藤明生「挟み撃ち」――都市小説の浮遊感覚」『文学の器　現代作家と語る昭和文学の光芒』扶桑社、二〇〇九年
篠原徹「記憶のなかの満州引揚者家族の精神生活誌」、島村恭則編『引揚者の戦後』新曜社、二〇一三年
篠田一士『創造の現場から』小沢書店、一九八八年
清水徹「夢の周辺飛行」「中央公論」一九七六年五月
清水徹『書物の夢　夢の書物』筑摩書房、一九八四年
杉本優「方法としてのメディア――後藤明生の場合」「昭和文学研究」一九九二年二月
世耕政隆、草間彌生、玉置正敏『7』ジャパン・エディション・アート社、一九七七年
世耕政隆『樹影』紀伊國屋書店、一九九三年
高澤秀次「《贋地下室》という工房――後藤明生論」「すばる」二〇一五年一一月

高田欣一「誰が現実を喪ったか—後藤明生論—」「氾」第三号、一九七一年八月

高橋修「〈終り〉をめぐる政治学—『浮雲』の結末—」「日本近代文学65集」二〇〇一年一月

高橋哲哉『デリダ　脱構築と正義』講談社学術文庫、二〇一五年

多岐祐介『批評果つる地平』旺史社、一九八五年

『拓殖大学百年史昭和後編・平成編』拓殖大学百年史編纂委員会、二〇一三年

竹内栄美子『戦後日本、中野重治という良心』平凡社新書、二〇〇九年

武田信明「解説」、後藤明生『挾み撃ち』講談社文芸文庫、一九九八年

竹永知弘「文体への努力　季刊同人誌『文体』（一九七七〜一九八〇）解題と総目次」「国文学研究ノート」五五号、二〇一六年三月

太宰治『もの思う葦』新潮文庫、一九八〇年（二〇〇二年改版）

田中邦夫「『浮雲』の完結（二）　第三編の成立過程」「大阪経大論集47」一九九七年一月

デリダ、ジャック『絵葉書I——ソクラテスからフロイトへ、そしてその彼方』若森栄樹、大西雅一郎訳、水声社、二〇〇七年

デリダ、ジャック『散種』藤本一勇、立花史、郷原佳以訳、法政大学出版局、二〇一三年

デリダ、ジャック「おくることば」豊崎光一訳「海」一九八一年三月

外村大『朝鮮人強制連行』岩波新書、二〇一二年

飛田雄一『日帝下の朝鮮農民運動』未來社、一九九一年

永島貴吉「「私」をめぐる主題」「現点」七号、一九八七年春

中野重治「『暗夜行路』雑談」『筑摩現代文学大系35 中野重治』筑摩書房、一九七九年

中野孝次「後藤明生の方法——近作にふれて」「海」一九七七年一〇月

成田龍一『「戦争経験」の戦後史』岩波書店、二〇一〇年

西成彦「後藤明生の〈朝鮮〉」、木村一信、崔在哲編

『韓流百年の日本語文学』人文書院、二〇〇九年
日本住宅公団編『日本住宅公団10年史』日本住宅公団、一九六五年
野間宏「選後評」「文藝」一九六二年三月
朴裕河『引揚げ文学論序説』人文書院、二〇一六年
蓮實重彦「海の手帳」「海」一九八四年三月
蓮實重彦『小説から遠く離れて』河出文庫、一九九四年
蓮實重彦『「挾み撃ち」――または模倣の創意』「文芸時評　1974」『文学批判序説』河出文庫、一九九五年
バフチン、ミハイル『ドストエフスキーの詩学』望月哲男、鈴木淳一訳、ちくま学芸文庫、一九九五年
原卓也「批評と紹介『笑坂』」「朝日ジャーナル」一九七七年八月五日
原佑介「「引揚者」文学から世界植民者文学へ―小林勝、アルベール・カミュ、植民地喪失―」「立命館言語文化研究」二十四巻四号、二〇一三年二月
原佑介『禁じられた郷愁　小林勝の戦後文学と朝鮮』新幹社、二〇一九年
日夏英太郎、飯島正「君と僕」「映画評論」一九四一年七月
日夏もえ子『越境の映画監督　日夏英太郎』文芸社、二〇一一年
ビュトール、ミシェル『文学と夜』清水徹、工藤庸子訳、朝日出版社、一九八二年
平田了三「GHQ占領期における武道の一考察」青山学院大学史学会「史友」四五号、二〇一三年
平田由美「女の書き物を奪胎する―後藤明生における〝父の物語〟の創生―」「表現研究」九二号
平田由美「〝他者〟の場所――「半チョッパリ」という移動経験」、伊豫谷登士翁・平田由美編『「帰郷」の物語／「移動」の語り　戦後日本におけるポストコロニアルの想像力』平凡社、二〇一四年
平岡篤頼『文学の動機』河出書房新社、一九七九年
平岡篤頼「構造化された日常――後藤明生の方法」「海」一九七九年九月
平野謙「選評」「読売新聞」一九六〇年六月二十一日夕刊

ファーブル、アンリ『昆虫記　第八分冊』山田吉彦訳、岩波文庫、一九六五年改版
藤枝静男『志賀直哉・天皇・中野重治』講談社文芸文庫、二〇一一年
古井由吉「インタビュー　雑誌同人誌の構想と現実　古井由吉」「重力01」、二〇〇二年二月
古屋健三『「内向の世代」論』慶應義塾大学出版会、一九九八年
本田靖春「日本の〝カミュ〟たち」「諸君!」一九七九年七月
前田愛『都市空間のなかの文学』ちくま学芸文庫、一九九二年
松浦雄介「脱植民地化と故郷喪失――ピエ・ノワールとしてのカミュ」「Ｂｅｃｏｍｉｎｇ」一八号、二〇〇六年
松崎元子「父との再会――「後藤明生・電子書籍コレクション」を始めて」「新潮」二〇一四年四月
松澤和宏「生成論／本文研究」「日本近代文学」90集、二〇一四年
三浦雅士「解説」、後藤明生『吉野大夫』中公文庫、一九八三年
村井則夫『ニーチェ――ツァラトゥストラの謎』中公新書、二〇〇八年
山室静「文藝時評」「近代文学」一九五五年十二月
芳川泰久「笑いと彫像」『小説愛』三一書房、一九九五年
芳川泰久『書くことの戦場』早美出版社、二〇〇四年
四方田犬彦「鯨のフライ」「新潮」一九八四年四月
李恢成「文学者の言葉と責任」「一在日朝鮮人の日本観」『北であれ南であれ我が祖国』河出書房新社、一九七四年
李恢成「邂逅はあるか」『イムジン江をめざすとき』角川書店、一九七五年
若槻泰雄『新版　戦後引揚げの記録』時事通信社、一九九五年
渡邊一民『〈他者〉としての朝鮮――文学的考察』岩

波書店、二〇〇三年
渡邊利道「解説」、J・G・バラード『ハイ＝ライズ』
村上博基訳、創元SF文庫、二〇一六年
渡部直己『かくも繊細なる横暴』講談社、二〇〇三年
渡部直己「「演技」と「仮装」のあいだ――後藤明生『笑い地獄』に寄せて」『私学的な、あまりに私学的な』ひつじ書房、二〇一〇年

「朝日新聞」一九七九年三月二十五日
「読売新聞」一九七九年三月十九日
「朝日新聞」二〇〇九年四月三日朝刊
「比較植民地文学研究の基盤整備（1）「引揚者」の文学」「立命館言語文化研究」二〇一二年

後藤明生略年譜

一九三二（昭和七）年

四月四日、朝鮮咸鏡南道永興郡永興邑（現在の朝鮮民主主義人民共和国）で生まれる。父規矩次、母美知恵の次男。本名明正（あきまさ）。曽祖父は「日韓併合」後間もなく朝鮮に渡った宮大工。父は予備役の陸軍歩兵中尉、後藤規矩次商店を経営。

一九三九（昭和十四）年　七歳

四月、永興尋常高等小学校（日本人小学校）に入学。翌々年国民学校に改称。

一九四五（昭和二十）年十三歳

三月、永興国民学校卒業。四月、旧制元山中学校入学。同級生に後に韓国で作家となる李浩哲がいた。陸軍士官学校を志望するも八月十五日敗戦、生れ故郷は「外国」となる。十月、日本人収容所を追放され、安辺郡安辺邑花山里の農家・金潤后宅の別棟を借りて越冬。十一月、父が死亡。一週間後、祖母が死亡。花山里の山に埋葬する。

一九四六（昭和二十一）年十四歳

福岡県甘木市に引揚げ。旧制福岡県立朝倉中学校一年に転入。その後学制改革により朝倉中学は新制高校となり同じ学校に六年通う。

一九五二（昭和二十七）年　二十歳

三月、朝倉高等学校卒業。二葉亭四迷に憧れて東京外国語大学露文科を受験するも不合格。ゴーゴリ病にかかる。

一九五三（昭和二十八）年　二十一歳
四月、早稲田大学第二文学部露西亜文学科入学。
一九五五（昭和三十）年　二十三歳
「赤と黒の記憶」が、第四回学生小説コンクール入選作として「文藝」十一月号に掲載される。中村博保や水城顕（後の石和鷹）たちと「新早稲田文学」を創刊。この頃「変身」を読みカフカ病にかかる。
一九五七（昭和三十二）年　二十五歳
三月、早稲田大学露文科卒業。卒業論文は「ゴーゴリ中期の中篇小説」。主査は横田瑞穂。卒業式の翌日福岡に帰る。兄の家に寄宿しながら図書館に通って『ドストエフスキー全集』を読む。武田泰淳の『司馬遷』を読みショックを受ける。
一九五八（昭和三十三）年　二十六歳
三月、大学の先輩の紹介で博報堂ラジオ・テレビ企画制作部嘱託となる。
一九五九（昭和三十四）年　二十七歳
三月、博報堂退社。平凡出版（現マガジンハウス）入社。週刊誌編集部員となる。十一月、榊山潤編集の「文芸日本」に「恢復」を発表。
一九六〇（昭和三十五）年　二十八歳
十一月、英語教師だった佐伯暁子と結婚。
一九六一（昭和三十六）年　二十九歳
河出書房新社主催「文芸の会」に出席。小川国夫、小田実、萱野昭正、黒井千次、清水徹、立原正秋、辻邦生、真継伸彦、丸谷才一を知る。
一九六二（昭和三十七）年　三十歳
三月、「関係」が第一回文芸賞中短篇部門佳作として「文藝」復刊号に掲載。三月二十九日、長男三十郎誕生。
一九六三（昭和三十八）年　三十一歳
十二月、埼玉県草加市の松原団地に転居。この年から榊山潤主宰の同人誌「円卓」に作品を発表し、六五年までに三篇を掲載。
一九六五（昭和四十）年　三十三歳
五月、立原正秋の勧めにより「犀」同人となり、岡松和夫、加賀乙彦、佐江衆一、白川正芳、高井有一、遠丸立、兵藤正之助、埴谷雄高、藤枝静男、本多秋五等を知る。
一九六六（昭和四十一）年　三十四歳

十月二十八日、長女元子誕生。
一九六七（昭和四十二）年　三十五歳
前年「犀」掲載の「離れざる顔」が同人雑誌推薦作として「文學界」一月号に転載。「人間の病気」が第五十七回芥川賞候補作となる。
一九六八（昭和四十三）年　三十六歳
三月、平凡出版を退社。「S温泉からの報告」が第五十九回芥川賞候補作、「私的生活」が第六十回芥川賞候補作となる。十月、有馬頼義の「石の会」が発足、会員に名を連ねる（発足時の会員は他に、池田岬、五木寛之、色川武大、大森光章、早乙女貢、下江巖、高井有一、高橋昌男、高樋洋子、武田文章、立松和平、佃實夫、福井馨）。
一九六九（昭和四十四）年　三十七歳
「笑い地獄」が第六十一回芥川賞候補作となる。九月、『私的生活』、『笑い地獄』刊行。この頃、檀一雄の勧めにより「ポリタイア」同人となり、森敦、世耕政隆等を知る。
一九七〇（昭和四十五）年　三十八歳
「ああ胸が痛い」により第一回埼玉文芸賞を受賞。
一九七一（昭和四十六）年　三十九歳
五月、小田切秀雄が古井由吉、後藤明生、黒井千次、阿部昭、秋山駿、柄谷行人といった小説家、批評家を「内向の世代」と命名。夏頃、平岡篤頼の紹介により信濃追分の山荘を購入。九月、森敦の推薦によりシベリア・セミナーの講師としてシベリア旅行。この年、古井由吉、高井有一、柏原兵三たちと小説家中心の野球チーム「キングコングス」を結成。選手兼監督をつとめる。
一九七二（昭和四十七）年　四十歳
五月一日より、初の新聞小説「四十歳」（後『四十歳のオブローモフ』と改題）を連載開始。十一月、第一エッセイ集『円と楕円の世界』を刊行。ソ連作家同盟の招待により、原卓也、古山高麗雄とともにソビエト旅行。モスクワでゴーゴリの墓に参る。帰国後、李浩哲と再会。
一九七三（昭和四十八）年　四十一歳
夏頃、書き下ろし長篇小説『挾み撃ち』執筆のため、信濃追分の山荘にこもる。十月、『挾み撃ち』刊行。
一九七四（昭和四十九）年　四十二歳

十一月、千葉県習志野市の谷津遊園ハイツに転居。

一九七五（昭和五十）年　四十三歳

二月、『思い川』を刊行。七月、『雨月物語紀行』を刊行。

一九七六（昭和五十一）年　四十四歳

三月、『夢かたり』を刊行。

一九七七（昭和五十二）年　四十五歳

五月、『夢かたり』により第五回平林たい子文学賞受賞。七月、『行き帰り』を刊行。八月、父親の三十三回忌法要のため、夏の大阪に出向く。九月、坂上弘、高井有一、古井由吉とともに季刊誌「文体」を創刊（一二号まで刊行）。

一九七九（昭和五十四）年　四十七歳

二月、『嘘のような日常』を刊行。四月、早稲田大学第一文学部文芸学科の非常勤講師を勤める（翌年三月まで）。六月六日、飼い猫ナナ死去。九月、「吉野大夫」を「文体」第九号より連載。「壁の中」を「海」十一月号より連載開始。

一九八〇（昭和五十五）年　四十八歳

一月三十日、十二指腸潰瘍により入院。四月、朝倉連作を収める『八月／愚者の時間』を刊行。

一九八一（昭和五十六）年　四十九歳

二月、『吉野大夫』刊行。九月、『吉野大夫』により第十七回谷崎潤一郎賞受賞。十月、『笑いの方法あるいはニコライ・ゴーゴリ』を刊行。

一九八二（昭和五十七）年　五十歳

二月、『笑いの方法』により第一回池田健太郎賞受賞。十二月、「すばる文学賞」選考委員となる。

一九八三（昭和五十八）年　五十一歳

三月、『小説――いかに読み、いかに書くか』を刊行。十一月、『汝の隣人』を刊行。

一九八四（昭和五十九）年　五十二歳

二月、『謎の手紙をめぐる数通の手紙』を刊行。九月十一日、蜂に刺され救急車で軽井沢病院に運ばれる。十月、津軽連作を収める『おもちゃの知、知、知』を刊行（連作は九〇年『スケープゴート』にも再録）。十一月、詩人徐廷柱らに招かれ韓国を訪れる。同行者は麗羅、安宇植、姜尚求、古山高麗雄、金鶴泳。ソウルで李浩哲と会う。

一九八五（昭和六十）年　五十三歳

七月、千葉市の幕張ファミールハイツへ転居。

一九八六（昭和六十一）年　五十四歳

三月、『壁の中』、四月、『使者連作』『蜂アカデミーへの報告』を刊行。

一九八七（昭和六十二）年　五十五歳

四月、『ドストエフスキーのペテルブルグ』を刊行。十月、『カフカの迷宮　悪夢の方法』を刊行。同月、食道癌のため虎ノ門病院に入院、翌月初めての手術を行なう。これを機に禁煙。

一九八九（昭和六十四／平成一）年　五十七歳

二月、『首塚の上のアドバルーン』を刊行。四月、近畿大学文芸学部教授に就任。

一九九〇（平成二）年　五十八歳

「この人を見よ」を「海燕」一月号より連載開始。二月、『首塚の上のアドバルーン』により、芸術選奨文部大臣賞受賞。四月、住居を大阪市生野区桃谷に移し大阪市民となる。『メメント・モリ　私の食道手術体験』を刊行。六月十六日、母美知恵死去。享年八十五歳。八月、『スケープゴート』を刊行。

一九九一（平成三）年　五十九歳

二月、大阪市中央区法円坂に転居。

一九九二（平成四）年　六十歳

五月十日、福岡県甘木市にて天皇皇后臨席のもと行なわれた「あさくら讃歌」（後藤明生作詞、三善晃作曲）の初演発表会に作詞者として出席。六月、群像新人文学賞選考委員となる。

一九九三（平成五）年　六十一歳

四月、近畿大学文芸学部学部長に就任。

一九九四（平成六）年　六十二歳

四月、近畿大学大学院文芸学研究科長に就任。

一九九五（平成七）年　六十三歳

一月十七日、阪神大震災。執筆途中の「しんとく問答」の原稿を持って東京へ脱出、山の上ホテルで残りを書く。十月、『しんとく問答』刊行。

一九九七（平成九）年　六十五歳

「日本近代文学との戦い」連作を「新潮」一月号から翌年にかけ第四篇まで断続的に発表。

一九九八（平成十）年　六十六歳

五月十八日、近畿大学医学部附属病院に入院。肺癌手術。

一九九九（平成十一）年　六十七歳

六月二十八日、近畿大学医学部附属病院に入院。八月二日午前八時二十八分、肺癌のため逝去。享年六十七歳。六日の告別式では古井由吉や蓮實重彥らが弔辞を読む。

本年譜は乾口達司氏のウェブサイトに掲載されていた年譜をもとに、各種年譜や資料を参考に東條が作成した。詳細な年譜としては講談社文芸文庫の二冊に所収の自筆年譜以外に、乾口達司作成『日本近代文学との戦い』（柳原出版）、江南亜美子作成『後藤明生コレクション』五巻（国書刊行会）のものが新しい。また乾口氏が公開していた年譜はジオシティーズのサービス終了により、現在アクセス不可。ウェイバックマシンのアーカイブから見ることができる。

https://web.archive.org/web/20181108125450/http://www.geocities.co.jp/CollegeLife/4111/shiryou2.html

あとがき

　およそ二十年越しの宿題をようやく形にできた、と思う。学生時代、後藤明生を卒業論文のテーマに選び書き上げたのは二〇〇三年末のことだった。それは二百枚近くを費やしながらも朝鮮についてはほとんど踏みこまず、専ら楕円、喜劇、その他後藤が言う方法の側面を論じたものだった。しかし、それでは後藤明生を後藤明生で読んでいるだけではないか、という心残りがあった。朝鮮引揚者というアプローチは、その堂々めぐりを脱する試みでもある。

　本書は序章にも述べたとおり、引揚げという視点からひとまず後藤明生の全体像はこう見えるというものを提示したつもりだ。その際、あまり言及されない作品についても再評価を行ない、注目すべき関連文献を紹介することを心掛けた。これから読む読者や後藤明生研究の足がかり、叩き台になればと願っている。ただ、長篇全てを扱いたかったものの、新聞小説のうち『めぐり逢い』と『夢と夢の間』には触れられなかったのが残念だ。

　そしてやはり本書でも後藤明生だけを読んでいることからは抜け出せていない。原稿を西成彦さんにご一読いただく機会があり、「数ある引揚げ文学のなかの後藤」や「20世紀故郷喪失者文学のなかの後藤」といった比較の枠組み抜きでは後藤の再評価は難しいのではないか、というコメントを頂いたとおり、同時代的な状況での後藤の立ち位置や、他の引揚げ文学、在日朝鮮人文学、移民文学との比較といった広い視点からの位置づけはできていない。それでもひとまず、このようにしか書けないというものを形にすることで区切りをつけることができた。そうすることでしか次に進むこともできないだろう。

本書のうち、第一部は未來社のＰＲ誌季刊「未来」の二〇一六年秋号から二〇一八年冬号にかけて、「『挾み撃ち』の夢——後藤明生の引揚げ（エグザイル）」のタイトルで本書の一〜四章が六回にわけて連載された。そのほかは本書が初出となる。

メールを探ったところ、二〇一四年の秋、『北の想像力　《北海道文学》と《北海道ＳＦ》をめぐる思索の旅』（寿郎社）や『アイヌ民族否定論に抗する』（河出書房新社）などで一緒に仕事をした岡和田晃さんを通じて、未來社の天野みかさん（当時）と知り合い、卒論をお見せしたところ、これを元に後藤明生論を書けないかというお話を頂いたのがそもそもの始まりだった。最初に書いたように卒論には物足りなさを感じていて、せっかくならと一から書き直すことにした。商業媒体デビュー作になる『北の想像力』所収の「裏切り者と英雄のテーマ——鶴田知也「コシャマイン記」とその前後」は、戦前の芥川賞作家鶴田知也について、アイヌ、北海道、植民地をテーマに論じたものだ。そんな流れもあって、後藤明生の「朝鮮」に着目するというのはごく自然なことだった。

そして二〇一五年の夏ごろ、岡和田さん、天野さんと国会図書館近くの喫茶店に集まり、本格的に作業が始められた。二章分の原稿を提出して三人で集まり感想や意見をもらい、しかるべく改稿をしてOKということになれば次に進む、というプロセスで原稿は書き進められた。全十二章を仕上げ、終章を追加して一応の完成を見たのが二〇一七年の末になる。

「未来」の連載が終わっても単行本刊行のあてもなかったところ、翌年塚田眞周博さんのつかだま書房で刊行の話をいただいた。そこでの要望をもとに、引用ごとに数百個つけていた出典註を整理し、記述の薄かった箇所や作品の概要紹介を加筆し、イントロダクションとなる序章を書き加えて体裁を整えた。本書はこの二〇一八年版がベースで、本文や依拠した文献は概ねそのままだ。しかし版元の都合で企画が保留となり、そのまま四年近くが経った。やはり出せそうもないということで、改めて私から声をかけたなかで引き受けて下さったのが幻戯書房の名嘉真春紀さん（当時）だった。二〇一二年に氏の担当した、後藤の未完連載『この人を見よ』の刊行は、アーリーバード・ブックス、国書刊行会、つかだま書房に至る近年の後藤リバイバルの起点となったもので、幻戯書房から出るのならばこの数年の回り道のかいもあったといえる。そもそも『この人を見よ』刊行のきっかけとなったのは、私が公開している「後藤明生レビュー」のウェブサイトで未刊行の連載があると書いていたのを氏が見たことだというから奇縁は一巡した格好だ。

また、二〇一三年、後藤明生研究の第一人者乾口達司さんが東京に来られた際には名嘉真さんの紹介でお会いすることができ、「研究動向　後藤明生」の抜き刷りをいただいたことも本書成立にとっては大きい。後藤論を書くに当たって改めて再読し、この記事にある自分の知らない文献を一つ一つ読んでは線を引いて潰していくことから作業はスタートした。

本書以外の私の後藤明生関連記事を挙げておく。

「後藤明生の再読のために」「図書新聞」二〇一八年七月二十八日。つかだま書房の後藤明生本四冊の書評。隣に後藤の教え子だった倉数茂さんのエッセイも掲載。

「故郷喪失から意味の解体へ」「図書新聞」二〇一九年六月十五日。『笑いの方法』復刊を期した陣野俊史さんとの対談。

「見ることの政治性――後藤明生はなぜ政治的に見えないのか?」『代わりに読む人0　創刊準備号』二〇二二年六月。後藤明生小特集に寄せたエッセイ。

寄稿した『代わりに読む人0』の版元、代わりに読む人の社主友田とんさんは後藤明生に私淑する一人で、著書には後藤明生オマージュが散りばめられ、雑誌での連載後藤明生小特集の企画や、読書会などを開催し後藤明生リバイバルの気運を作っている。電子書籍を刊行していたアーリーバード・ブックスでも、後藤明生講義の音源をCD化したりと新たな活動を行なっている。そうした各所で行なわれている後藤明生再評価の流れを本書で後押しできればと願っている。

改めて、岡和田晃さん、天野みかさん、塚田眞周博さん、名嘉真春紀さん、乾口達司さん、西成彦さん、陣野俊史さん、友田とんさん、後藤夫人暁子さんと長女松崎元子さん、「最後に笑う」の存在をご教示頂いた国書刊行会の清水範之さん、卒論の主査塩崎文雄先生と副査杉本紀子先生、ほかにもさまざまな方のかかわりにおいて本書は書き上げられた。特に、岡和田さんと天野さんがいなければ本書は生まれなかった。皆さまに感謝したい。そして私の適当な生き方に文句も言わず見守ってくれた両親にも。

もう一人、宮澤大の名を挙げなければならない。世に知られた仕事としては数冊の書籍の装幀があるくらいだろうか。高校生の頃に知り合い、私が卒論を書き始めた年からルームシェアを始め、およそ十年を一緒に生活した友人だ。アナーキストでもあった彼との交流がなければ私がこうして政治的なテーマで原稿を書くこともなかっただろうし、彼の提案がなければ文学フリマで同人誌「幻視社」を発刊することもなく、文学フリマで岡和田さんと会うこともなかったかも知れない。私が今ここにこうしてあることについて、彼の影響を抜きにして考えることはできない。病を得て実家で療養していた彼は二〇一四年の十二月に三十二歳で急逝した。本書の大部分は彼の死の喪失感のなかで書き進められたとも言える。以て追悼を捧げたい。

今年二月から始まったロシアのウクライナ侵略戦争では、数多くの戦死者や民間の犠牲者以外にも、数百万人の難民が生まれ、百万人単位のウクライナ人がロシアに連れ去られているという。本書で取り上げたような故郷喪失者の苦難がまた新たに膨大な数生まれていっていることを思うと言葉もない。ロシアの今も続いている侵略を非難する。

日本では、良くも悪くも二十一世紀の日本の顔と言える元首相が、白昼銃撃され殺されるという衝撃的な事件が起こった。凶行の原因とされ、元首相が広告塔となっていた犯罪的カルト組織をめぐって、日本と朝鮮・韓国の植民地以来の政治史が改めてクローズアップされたばかりか、特に与党の政治家たちがその組織と骨がらみの関係を持っているというフィクションじみた事実が次々と明らかになっていっている。

ロシア、朝鮮、日本という本書で大きな意味を持つ国との関係が今年これほど大きな事件になるとは思ってもみなかった。二十世紀の歴史はまったく過ぎ去ってはいないことを思い知らされる。いずれの件もいまもって事態は進行中で、その影響を見定めることは難しい。

ともあれ、このような状況だからこそ、絶対的なものを突き崩す営為としての「笑い」の重要性はいくら強調してもしすぎることはないだろう。

東條慎生

二〇二二年八月

付記

筆者が公開している「後藤明生レビュー」というサイトには、創作を年代順に並べた「後藤明生創作年譜」や「後藤明生エッセイ集初出リスト」などの情報を掲載している。

「幻視社」サイト内、「後藤明生レビュー」http://genshisha.g2.xrea.com/gotou.htm

さ行

た行

な行

は行

ま行・や・わ行

ま行

や・わ行

事項索引

あ行

か行

さ行

た行

な行

は行

や・ら・わ行

題名索引

あ行

か行

は行

ま行

た行

な行

さ行

索　引

人名索引

あ行

か行

東條慎生（とうじょう・しんせい）一九八一年生まれ。ライター。和光大学表現学部卒。「幻視社」サイト内「後藤明生レビュー」を運営。これまでの主な寄稿・参加：「裏切り者と英雄のテーマ　鶴田知也「コシャマイン記」とその前後」（『北の想像力《北海道文学》と《北海道SF》をめぐる思索の旅』寿郎社）、「再演される戦前　アイヌ「民族」否定論について」（『アイヌ民族否定論に抗する』河出書房新社）、紹介「イスマイル・カダレ」（『ノーベル文学賞にもっとも近い作家たち』青月社）、「解説鼎談（岡和田晃、山城むつみ）」（『骨踊り　向井豊昭小説選』幻戯書房）。

幻視社URL：http://genshisha.g2.xrea.com/

後藤明生（ごとうめいせい）の夢（ゆめ）

——朝鮮引揚者（エグザイル）の〈方法（ほうほう）〉

二〇二二年十月十日　第一刷発行

著者　東條慎生

発行者　田尻勉

発行所　幻戯書房

〒一〇一－〇〇五二
東京都千代田区神田小川町三－一二
岩崎ビル二階
TEL　〇三（五二八三）三九三四
FAX　〇三（五二八三）三九三五
URL　http://www.genki-shobou.co.jp/

印刷・製本　中央精版印刷

ISBN978-4-86488-256-9　C0095